私の生きてきた時代

—人間の驕り—

高野恵美子

鳥影社

はじめに

「私の生きてきた時代――人間の驕り――」の刷り上がった本を携え、久しぶりに白馬乗鞍を訪れた。澄みきった空気の中に、きりっと、そして堂々とそびえる雪山の景色はいつ見ても私の心を捉えてはなさない。そこに集う人々の心温まる行為にも感動した。

自分史を書くつもりではなかったが、私のミスで、朝日新聞の自分史部門で出版した。

私の考えをもう少し広範囲な人にも知ってほしいと思った。無名である私の本の出版を引き受けてくださった出版社に感謝する。

今回、注目されているテーマのひとつ、細菌叢を追加した。

何ら特技がなく、運動能力、頭脳もそれほど優れていない者が、書評で話題になった本を読み、自分の人生経験からの考えに重ね合わせて書いた意見書である。ご批判くだされば幸いに思う。

２０２１年晩秋

私の生きてきた時代——人間の驕り——

目次

私の生きてきた時代——人間の驕り——

序章

「大英博物館展――100のモノが語る世界の歴史」（神戸市立博物館で開催、2015年）は素晴らしかった。

「モノは語る」――私たちは自分たちの作る「物」なしには生きることはできない。はるか昔、アフリカで初期の人類が石から最初の道具をつくりだして以来、物は私たちの暮らしのなかで中心的な役割を果たしてきた。「大英博物館展――100のモノが語る世界の歴史」では、大英博物館の比類ないコレクションによって、世界の歴史を一風変わった方法でひもといてゆく。「物」自体を読み解くのである。――「プロローグ　ものは語る」より。

感動したと同時に考えさせられた。さらにいくつも疑問も湧いてきた。太古の昔から、人間はどうして、場所や民族に関係なく、このような素晴らしいモノや、美しいモノを作るようになったのか？　私は世界の歴史にまったく無知であることを認識した。

それにしても大英博物館はどうしてこのような世界のさまざまな貴重なモノを集めることができたのか？　インターネットで調べると、大英博物館は別名、泥棒博物館と言われている。

栄光の大英帝国の国力を背景に、世界各地の歴史的遺産を勝手に、また有無を言わさぬ契約を交わして持ち帰った展示物が少なくないという。繁栄した大英帝国の歴史についても知りたい。

人類はどのようにして誕生したのか。ヒトはチンパンジーからどうして、進化したのか？さらに地球上の生物はどのようにして誕生し、絶滅と進化を繰り返し、今にあるのか？　地球は宇宙の中でどのような存在なのか？　など。今までまったく知ることがなかった興味あるテーマが次々と浮かぶ。これらの疑問を解くために、今まで読まなかった幅広い本を読んだ。

「大英博物館展――100のモノが語る世界の歴史」の展覧会が刺激になり、読書の幅が広まり、次から次へと読みたくなる本が出てくる。読書は一層面白くなった。ただし、スロー読書で、読んでもすぐ忘れる。そこで、それらの本の内容をまとめ、感想文と批評を書き、読書録を作っている。その中で、自分の生きてきた時代について、自分の歩んできた人生についても照らし合わせて考えるようになった。

退職少し前に両膝変形性関節炎が、退職後、PBC（原発性胆汁性肝硬変）が発症した（その病名は、2016年に原発性胆汁性胆管炎に変更された）。そのため70歳前には私の人生は終わっていたはずだった。

しかし、まだ元気だ。スキーのお陰か？　それにしても物忘れはひど過ぎる。忘れることに努めすぎたのか？　老化現象にしてはひどすぎる。認知症の始まりか？

高齢者が認知症になる確率は非常に高い。認知症防止には読書も有効と言われている。その一つが『読む薬』（五十嵐良雄著、日本読書療法学会監修）である。データは少なく適切かどうかは不明だが、認知症防止を一つの目的として読書を始めた。もちろん読書自体は面白いが。「筆記セラピー」の研究者、余語真夫氏によれば、書くことは心の癒やしになり、自分の考えや気持ちを文字にすると、ものごとを細かく認識し、客観的に捉えることができるという。確かに書くことにより理解も深まる。自分の考えも確かなものになる。

なぜ出版するのか？　能力がない者の書きものを誰も読まないであろう。

わがままで、協調性に欠け、他人に迷惑をかけてきた者は、静かに去るべきだと思う。

しかし、昭和の時代を生きてきた人間は、最後に言いたいことがある。

そしてコロナウイルスに振り動かされている今は、私にも特に発言したいことがある。

今回の衝撃的なゲノム編集のノーベル賞受賞で、ぜひ発言したい。

文献
1『大英博物館展——100のモノが語る世界の歴史』筑摩書房、2015年
2『読む薬　読書こそ万能薬』五十嵐良雄、日本読書療法学会監修、アチーブメント出版、2019年

サリドマイド児たちの
若栗スノーキャンプ

高野恵美子著　カット：宮沢麻紀

第1章　小谷——スキーが生きてゆく上での大切なことを教えてくれた

1　小谷へ

松本でＪＲ大糸線に乗り換えると、左手に北アルプスの山々がみえてくる。若いころの常念、槍ヶ岳の山行が頭を掠める。夜行で上高地に入り、蝶ヶ岳を経由しての常念岳の登りは苦しかった。もうだめかと思った。やっと常念小屋に着いた時、夕日に映えた槍ヶ岳、穂高連峰の山々が目の前に現れ圧倒された。

静かな湖面の木崎湖までくると、心が湖面のように落ち着く。中綱湖が山に接しているすぐそばには何軒かの家がある。マスターズスキー大会で知り合った大町のレーサーたちの面々が浮かぶ。今年の調子はどうか？　昔参加されていた方々は今どうされているだろうか？

せまった急斜面の上は鹿島槍スキー場だ。全日本スキー連盟（ＳＡＪ）準指導員の受験で大失敗した。そのレベルにまったく達していない下手な私が、最初の直滑降で見事に転んだ。

透明な青色の青木湖までくると、五竜岳、白馬の白い山並みが現れ、山々は遠くまで続き、そのはるか向こうには小谷《おたり》村がある。私にとって、心のふるさと、小谷である。

75歳を過ぎてもまだ、スキーを楽しみたい。あの斜面を上手く滑り降りたい。もう少し上手く滑ることができればもっと楽しい。これはすべてスキースポーツの所為だ。膝の悪い私には、同じ斜面でも、その日の雪の状態によって上手く滑れるかどうかは変わる。午前と午後でも。身体のトレーニングとスキー練習に励んでおくことが大事だ。

すっきり晴れた朝、青空を背景に雪をかぶって輝く山々をながめながら、快適に滑り降りるのは、なんとさわやかなことか！　幸せ！　このスキーの楽しさ、挑戦する面白さ！

そしてなによりも、生きてゆくための大切なことも教えてくれたのが小谷だ。そのおかげで、現役時代の大変苦しかった時期もなんとか乗り越えられた。今も前向きに、積極的に生きている。これはすべて、スキーから学ぶことができた。

大糸線の終点、南小谷で降りて、栂池《つがいけ》高原行きのバスの時刻を調べていると、「おーい」と呼ばれた。ホテル行きのバスの運転手さんだったが、現役時代は有名なスキーのデモンストレーターだった。ずれないきれいな一本線を描く。大変上手なスキーヤーだった。スキーの基礎技術を教えてくださった。話し方は、がみがみ声で怒鳴るようだったので、何度やってもズレズレ太い線しか描けない私には少しこわかった。でも大変親切で心やさしい人だとわかった。この声をきいただけで、私の心は和んだ。

南小谷駅からのバスは、急斜面の曲がりくねった道を登り、立屋部落の上までくると、田圃のはるか向こうに、北アルプスの山々が見えてくる。その景色もすばらしい。山麓には、有名なスキー場が連なっている。鹿島槍、さのさか、白馬五竜、白馬八方尾根、岩岳、栂池高原、白馬乗鞍（若栗、わらび平・今は白馬乗鞍温泉スキー場）、コルチナスキー場。今年もまた、北アルプスの果てにあるこのスキー場に来ることができたことを喜ぶ。

日本へのスキーの到来は1911年、オーストリア武官、テオドール・レルヒ少佐が、新潟、上越市高田に来たからとされている。レルヒを受け入れた当時の高田の師団長長岡外史は、山口県の下級武士出身で、ドイツ留学経験を持ちヨーロッパ文明を知っていた。スキーを革新的な文明の利器として捉え、軍隊だけでなく、広く民間に普及させるべきだと考え、学校の教師や郵便配達などの民間人を対象に大規模な講習会を開いたので、これを機に、スキーはまたたくまに全国に広まった。日本へのスキーの到来については多くの記録があるが、SAJは高田を日本のスキー発祥地とした。小谷には、学校の教師を通じて長野県の中でも早く伝えられた。わらび平と若栗は、カヤバで、スキーに適していたので、白馬山麓の中でも早くからスキーヤーが訪れた。

レルヒは雪山にスキーを利用し、冬山登山にも大きな足跡を残した。白馬連峰を中心とした山岳スキーが盛んになった。京大の高橋健治が京都三高の学生を引きつれ、わらび平にくるようになり、わらび平スキー場の歴史が始まった。また、京大の西堀栄三郎氏（後の南極観測隊長）は冬の白馬を愛し、たびたび学生を連れて、小蓮華、天狗原、栂池に野営し、山岳スキーのメッカとしての基礎を築いた。西堀氏は山岳スキーの帰りにわらび平にたちより、スキーを楽しんだ。わらび平スキー場は京都の学生が多く訪れるようになってにぎわった。若栗にも日大や、他の学生たちが訪れた。

『山に学ぶ　山と生きる』（信州大学山岳科学総合研究所編）の中に、梅棹忠夫氏（1920年6月13日―2010年7月3日　京都大学名誉教授、国立民族学博物館顧問、文化人類学のパイオニア、今西錦司門下の一人）の対談が載せられていた。その中で、梅棹氏は蕨平《わらびだいら》での冬山トレーニングスキーについて語っていた。要約する。

「北安曇群南小谷村で、当時は大糸線が貫通していなくて、大糸南線、大糸北線といって切れていた。南線をずっと北上すると、南小谷駅がある。そこでおりて蕨平という山村、本当に山の斜面にしがみついたような村。そこで徹底的に山スキーをたたきこまれた。山スキーを習って、いきなり白馬山群にとりつく。白馬乗鞍から小蓮華山（2769m）。毎年〳〵、ずっと戦後もつづいて蕨平にいっている。最後にいったのが1983年の夏。そこの宮嶋さんに、三高時分からやっかいになっている。宮嶋家とは四代のおつきあいをしている。蚕室があり、冬は蚕室が空いているので、そこが合宿所になる。そこに三高の連中が毎年合宿をしていた。戦後、旧制の三高も京都一中もなくなるが、一中の系統が新制になって、洛北高校と、鴨沂《おうき》高校になるが、これらの山岳部も宮嶋家にお世話になっている。私はスキーのヘッドコーチとして、高校生にスキーを教えていた。」

大学卒業後、初めて勤めた職場では、有機溶媒を取り扱っていた。それが私の身体に悪影響を与えた。貧血で倒れ、職場を辞職した。次の病院勤務まで休みがあった。弟の所属する山岳会は、ヒマラヤ遠征資金稼ぎに長野県八方黒菱スキーツアーを企画し、参加者を募集していた。絶好のスキー行のチャンスと考えツアーに参加した。すばらしい好天気に恵まれ、1日で真っ黒な顔になった。当時は日焼け止めクリームは一般に販売されていなかったと思う。しまったと思ったが後の祭りだった。3月1日、新しい勤務先に、真っ黒な顔で初出勤したところ、病院の職場の長、閣下（大変えらい人で、そう呼ばれていた）は怪訝な顔をした。しかし、スキーの得意な職場の男女が、面白い子が入職したと思ったのか、その3月20日の連休スキー行に誘ってくれた。そこが小谷、若栗の隣のわらび平スキー場だった。梅棹氏の話から考えて、私を誘ってくれた人の中の誰かが、京大、三高、洛北、鴨沂高校へと繋がっているスキー客だったと思われる。

スキー行の最終日、わらび平の民宿から南小谷駅までスキーで滑って降りた。連休だったので、駅にはスキー客があふれていた。かろうじて列車に乗りこむことができたが、あとから来た人々が無理やり私を押しのけ、振り落とした。すずなりのスキー客を乗せた2両の列車は、数人のスキーヤーが列車のタラップにつかまったまま、ドアも閉まらないままで去っていった。ああ！　振り落とされた私はぼんやりとして、去っていく列車をながめて立っていた。その列車の後ろ姿は今も脳裏にやきついている。私だけでなく、乗れなかったスキーヤーが5、6人いた。

連絡手段のない時代だった。携帯電話はもちろん、駅には公衆電話もなかった。京都まで帰る列車はない。連れて来てもらったので、宿泊した宿の住所も連絡方法も知らない。宿まで戻るとしても、日が暮れた雪の坂道を、スキーと荷物を担いで1時間以上、いや2時間近く登らねばならないだろう。絶対無理だ。どうすべきか思いあぐねていた。誰も知り合いはいなかった。その時、一人の若い青年が、八方黒菱に知り合いがいるので行きませんかと声をかけてくれた。信頼できそうな青年に見えた。八方は、丁度1ヶ月前に行ったところだった。ほっとし、神の助けと思い喜んでついてゆくことにした。大糸線の白馬駅は、当時の名前は信濃四ツ谷だった。小谷から、信濃四ツ谷、八方尾根黒菱までどうして移動したのか、まったく記憶にない。でも、なぜその前に、まず職場に連絡することを思いつかなかったのか？　バカ者だった。翌日スキーをした。そして1日遅れで出勤したら、閣下ににらまれた。当然だ。言い訳は通じない。無断欠勤。しかし驚いたことに、誘ってくれた男女は平然と職場で勤務しているではないか。小谷は苦い思い出のところだ。

その2年後、ようやくなんとか滑れるようになった私は、主人（高野哲夫）の指図で、新体連の指導者講習会黒岩スキー場（今は閉鎖になった）に行くことになった。指導者講習会参加とは、恥ずかしい。急斜面を非常に上手く滑り降りてくるスキーヤーがいるではないか。その姿は本当にカッコよかった。しかし、そばまで来たら百姓のおっさんだ。若栗の宮沢寿男氏（デーサと呼ぶ）だった。夜のミーティングの時、彼は、「火祭り、若栗スキー場、3月連休」と書いたわら半紙を配り、「おらほうのスキー場にもこらし」と誘った。苦い思いでのわらび平の小谷へ？　でも哲夫は行きたいと言い、友人と共に参加することになった。

千国駅は、大糸線の終着駅である南小谷駅のひとつ手前にある無人駅だ。そこで下車した。急坂を15分登ると、千国部落があり、われわれの宿はそこにあてがわれた。夕食後、雪明かりの道を上ってゆくと、家々の角々に、花火がしかけられ、歓迎ムードにあふれていた。更に15分くらい登ると、立屋部落の上に出た。そこが火祭り会場になっていた。すでに多くの若者が大きなやぐらのまわりに集まって賑わっていた。会場のはるか向こうには、黒ずんだ山々がみえた。立屋から山まで、当時はさえぎる建物はなく、段々畑が続いていた。山麓に小さい火の点が、いくつかゆらめいているのが見えた。蛍のようだ。そしてその火がゆっくり、ゆっくりと、降りてくる。幻想的だ！　松明を持ったスキーヤーが、目の前に現れ、いっせいに、その松明をファイヤーのやぐらに投げ込んだ。パット燃えあがった。ワッと大きな歓声があがった。

ファイヤーを囲んで、歌い、踊った。円形の火縄くぐりも用意されていた。地元の青年たちが、スキーで滑ってきて、ジャンプして火縄をくぐる。失敗すれば、スキー服に火がつく。スリルいっぱいのショー。誰も失敗しなかった。それは感動的な火祭りだった。

翌日、民宿から約1時間かけて歩いて登っていくとスキー場に到着した。その前に行ったわらび平スキー場の隣の若栗スキー場だった。スキーヤーは何人かのグループに分けられ、スキー講習を受けていた。そのグループ大集団が、広い緩斜面いっぱいに広がり、斜面を埋め尽くしていた。何組いたのだろう？　参加者は大変多いと思った。

夜には、デーサが民宿までできてくれ、出稼ぎの歌を歌った。哀愁を帯びた歌だ。デーサは、地元の青年がスキーをすることにより、冬場、出稼ぎにゆかなくても生活できるのではと考えスキー学校を開いたと説明してくれた。お酒が入ると皆も話がはずみ、なんでも話し出す。デーサの話も良かったが、農村の若者と都会の若者の知らないもの同士のおしゃべりも楽しかった。最近は、車でスキーに来て、終われば宿泊せずすぐ帰る。やはり、宿泊して、ふだん付き合わない人々と交流し、職場の問題や個人の抱えるストレスを発散させたほうがよい人間関係も生まれる。

哲夫は感動して、スキーサークルを作った。名前は〝シグマ〟。デーサは小谷の弟子の若者を連れて、京都と大阪のクラブをまわり、われわれのスキークラブを立ち上げるために応援に来てくれた。われわれは、正月休み、２月連休、３月連休と、毎年、スキーバスを出した。参加者はバス２台分も集まることもあった。地元の青年との交流が深まる中で、多くのカップルも誕生した。

参加者は全員地元の青年によるスキー指導講習会を受けて、スキーも上手くなっていった。シーズン最後の３月ツアーでは、ＳＡＪのバッジテストを受けた。５級のビギナーから、１級の上級まであった。数年後、私は、１級のテストを受けた。まだ２級くらいのレベルなのに１級に合格したのだ。曲がりくねった細い道の急斜面を直滑降で降りた。なぜかその時は転ばず、難しい斜面を上手くコントロールして滑り終えた。若かったからか？　でもショートターン（ウェーデルン）は下手だった。検定員は、もっと練習するようにとアドバイスしながら、合格にしてくれた。どうやら、検定員がまけてくれたようだ。おまけの１級だ。

２　サリドマイド児のための若栗スノーキャンプ

サリドマイド薬害事件は１９５７年から１９６２年にかけて、当時の西ドイツで起こった。日本でも、安全な睡眠薬として販売された「イソミン」を飲んだ女性からサリドマイド被害児が産まれていた。症状は、妊婦が薬を服用した時期によって異なり、日本では、手の障害児が多かった。

　サリドマイド被害児の父親で、京都在住の中森黎悟氏は、サリドマイド事件について京大で講演された。京大薬学部大学院卒の哲夫は、アンプルかぜ薬問題など、薬害問題に関心を示していたが、サリドマイド薬害事件については、一切知らなかったのだ。中森氏の講演に大変なショックを受けた。薬学研究者の社会的責任を果たすべきと考えた。

　サリドマイド被害児の親たちは、すでに訴訟を起こしていた。サリドマイド運動を支援する活動が、薬害をなくす運動の取り組みになると哲夫は考えた。サリドマイド被害児救済会の中森黎悟氏の活動に協力し、仲間と共にさまざまな活動を行った。被害児守る会の組織も作った。

サリドマイド児たちの足腰を鍛えるのに、スキーが良いと言われていたらしい。彼は、サリドマイド児たちを滋賀県のスキー場に連れて行き、シグマスキーサークルのメンバーがお世話するスキー行を思いついた。しかしスキー場は雪不足だった。小谷に行くことを考え、勇敢にもデーサにお願いした。驚いたことに、デーサは引き受けてくれたのだ。関西の被害児だけの少人数旅行と考えていたらしい。ところが後になって関東グループも参加したいという。被害児とその友達、兄弟、世話人たち、親など、結局100人を超える人数に膨れ上がっていた。しかも障害児の団体だ。

　ルートヴィッヒ・グットマンは、ドイツ出身のユダヤ系神経学者でイギリスに亡命した。第二次世界大戦での多くの傷痍軍人の治療にあたる中で、その身体的・精神的なリハビリテーションにスポーツが最適であると考え、医療にスポーツを導入した。「失った機能を数えるな。残った機能を最大限に生かせ」障害者のリハビリテーションの基本哲学となっている。そのリハビリの成果を競うため、入院患者を対象に、ストーク・マンデビル競技会が始められた（1948年）。この小さな競技会が国際大会に発展したのがパラリンピックであるので、「パラリンピックの父」と称せられる。グットマンの下で学んだ整形外科医の中村裕氏は、パラリンピック東京大会（1964年）開催に尽力し、日本にも障害者スポーツの種をまいた。

今は、さまざまなスポーツに果敢に挑戦している障害者の雄姿をテレビで見ることができる。しかし、1970年には、まだ障害者は家に閉じ込められていた。スポーツを行うという考えはまったく無かった。若栗スキー場には、民宿も大きなホテルもなかった。デーサのロッジが建っていただけだった。スキー場から一番近いところの民宿は立屋で、デーサの民宿から徒歩で下って30分。さらに、南小谷から立屋の民宿までバスも運行していなかった。歩かねばならなかった。参加人数が増加したので、宿泊の手配、バスの手配も行い、さらには子供用のスキー用具も調達しなければならなかった。デーサの苦労は大変だった。『サリドマイド児たちの若栗スノーキャンプ』、『信州小谷村に生きたデーサ』にも詳しく書かれている。

スノーキャンプの現地での準備は、シグマスキークラブ員を中心に行った。子供たちの移動は、関東のリーダーたち、関西の守る会会員たちが世話をしてくれた。子供たちが寝静まったあとの一日目の夜、オールスタッフミーティングを行った。世話する関東のリーダー会と関西の守る会会員、関西アサヒキャンプのグループ、地元やスキー協のコーチ、シグマのコーチ、父母、父母の会事務局の面々は、ほとんど始めての顔合わせだった。明日からスキーを具体的にどのように行うかのための話し合いだった。皆不安だった。スキーを危険なスポーツと思うものは、手が使えない子供にスキーができるのか？　一方、スキーの指導者は、手の極端に短い子供が、バランスよく滑ることができるのか、転倒した時立ち上がれるのかなど。それぞれ立場は違うが、不安な空気で満たされていた。具体的な話し合いというより、若者特有の議論も続き、緊張感が高まっていた。夜もふけた。デーサはその時、「まあ、みんな、酒でも飲んでやろうよ！」と言った。この一言で、緊張した雰囲気が和らいだ。もちろん酒、タバコは禁止だったが。議論はすぐ終了した。確かに世話人同士の信頼関係は薄かった。特に関東と関西との間では。でも皆「子供たちにスキーを楽しんでもらう。ただし安全に！」全力尽くして目的を達成するようにやるだけだと思い直した。

翌日はすばらしい天気に恵まれた。まったくのスキー日和！　アルプスの山々も歓迎してくれている！！　スタッフの不安を拭い去ってくれた。

参加した子供は、小学校2年生から6年生だった。その時の写真を見ると、滑ってくる子供が、転ばないように抱きかかえている指導者もいた。しかし、子供たちは上手く滑った。転んでもすぐ独りで立ち上がった。サッカーで足腰は鍛えられていたのだ。なによりもスキーを学ぶことに熱心だった。そして、喜びに満ちあふれていた。スノーキャンプは大成功だった。１９７３年に開かれた会は１９７９年まで続いた。

人間にとって手がどれほど重要か！　その手が使えなかったらどのようにして日常の作業をこなすのか？　食事はどうするのだろう？　私はそれまでサリドマイド児を見たことがなかったので、足など残された機能を上手く使って食事をしている子供たちを目の当たりにして大変驚いた。と同時に、感心した。私だけでなく、スタッフや民宿の人たちも皆、同様な思いだったようだ。私は不満を言い散らす〝文句言いのもーさん〟だったので、障害を背負わされた子供たちが、文句も言わずに、ひるまず生きている姿に頭が下がった。さらになぜこんな薬害を起こしたのか！　怒りが湧きあがった。子供たちの未来はどうなるのだろう？　複雑な気持ちに襲われた。哲夫の提案する薬害運動に積極的に協力した。

予想外の大人数になり、さまざまな人々が集合したキャンプを引き受けてくれたデーサの勇気と努力に感心した。そしてまったく知らない人々を上手くまとめるリーダー力にも感動した。デーサのキャラクターと努力があってこそ成功したと思う。あらためてデーサに感謝する。このキャンプを通じて、大変大切なことを学ばしてもらった。障害を持った子供の積極的な生き方と、そして、悪条件のなかでも、キャンプをやりきったデーサの勇気だ。

サリドマイド被害児のスノーキャンプは、私だけでなく、多くの人々に、大きな影響を与えた。コーチとして参加された名古屋の近藤弘治氏も大変感動されたようで、その体験を講演された。その講演のときの文章を送ってくださった。状況が上手く表現され、近藤氏の気持ちがよく書かれており、すばらしいので引用させていただく。

サリドマイド被害児のスキー
近藤弘治氏

ある時、京都のサリドマイド被害児とボランティア・グループの人達が私たちのスキー場にスキー・ツアーに来ることになった。「サリドマイド」と言うのは睡眠薬の一種なのだが、妊娠中の女性が服用すると奇形児が生まれる可能性があるので現在は睡眠薬としては使用されていない。その当時多くの奇形児が生まれ大きな社会問題になった。いろいろなタイプの奇形があったけれども、その代表的なものは「アザラシ子」だった。腕が無く、肩に直接、動かない手のひらがくっついているのだ。子供たちは小学校の4～6年生になっていた。

ハンディキャップの人とスキーをするのは、私たちにとって初めての体験だった。どんな講習をしたらよいのか、まるで雲をつかむような気持ちだった。

「まず子供たちの気持ちになってみよう。」それを合言葉にして講習のための練習が始まった。ストックを持たないで腕を背中で組んでスキーをしてみた。スキーの経験のある人ならば容易に想像できると思うけれども、これは正に至難の技だった。バランスが悪くなるのは予想できたのだが、はるかに予想を上回る困難さだった。ストックを持たないでスキーをするだけならば、まだ何とかなるのだが、背中に腕を固定されてしまうと、まるでだらしがなくなってしまうのだ。私たちは無意識の内にバランスをとるためにすごく腕を使っているのが良くわかる。リフトに乗ることもできない。そのころはまだシングル・リフトしか無かったのだが、支柱を掴めないので、不安定で一人ではとても乗ることができない。その上、転んだら立ち上がれないのだ。これは大問題だった。スキー学校校長の「デーサ」はじめ、スキーの名手たちが雪の上でスキーをつけて、立ち上がることもできずに、もがいている様は不思議な光景だった。焦りばかりが先行し講習会のイメージができないまま、とにかく戦々恐々として当日になってしまった。

講習会はボランティアの人をアシスタントにして始まった。

アシスタントが子供を抱っこして私がスキーのバインディングを装着する。一人ずつ抱っこしてはめていく。子供とアシスタントと私の、三人の息が合わないとなかなかスキーを履くことができない。何人目かで悪戦苦闘しているうちに、始めのほうでスキーを履いてしまった子供たちが退屈して遊びはじめてしまった。スルスルと滑りはじめたスキーに

「きゃーっ」と声をあげて喜んでいる。そして、やはりすぐに転んでしまった。でも次の瞬間、私たちの想像を超えることが起きた。子供は、パッと立ち上がった。ごく普通に、何事も無かったかのように、でもちょっと照れくさそうに、それは一瞬の出来事だった。私は凍ってしまった。子供たちは、私をはるかに超える能力をもっていることを見せつけられたのだ。明るくたくましい子供たちを私は素直に尊敬することができた。足の感覚が優れている子供たちはめきめき上達した。

恥ずかしい話だが、それまで私は「ハンディキャップのスポーツ＝リハビリテーション」というイメージを持っていた。思い浮かぶのは、病院の理学療法室の光景だった。でも目の前で嬉々としてスキーを楽しんでいるこの子供たちは、純粋にスポーツを楽しんでいるとしか言いようがないのだ。自分の持っている能力を最大限に活用して、生きている喜びを全身で表現している。

最終日の三日目になった。子供たちはもうプルーク・ボーゲンで回転ができるようになっていた。いよいよリフトに乗ることへの挑戦だ。村営リフトの管理のおじさんたちもスキー客もみんな協力してくれた。とにかく一人ずつリフトを止めて座らせるのだから、みんなの協力なしにはとてもできないことなのだ。

「デーサ」はマイクでスキー場のみなさんに協力をお願いしていた。

初めてのプルーク・ボーゲン（スキーをVの字型にする連続回転）でのスキー・トレイ

ンが始まった。

一列につながって滑るのだ。誰もストックを持ってはいない。スルスルと滑り始めた。子供たちの顔はひときわ嬉しそうに輝いている。マイクで知らされたゲレンデの人たちすべてが注目していた。

スキー場のすべての人たちが動きを止めて見つめている。

私は感動で押し潰されそうだった。涙で視界がかすんでしまった。一番転んでしまいそうなのは、実は先頭を滑っている私だったのかも知れない。

ゲレンデの下まで無事滑り降りてスキー・トレインは終わった。

多くの人がゴーグルを外して涙をふいている。拍手を送ってくれる人もいる。

子供たちはバンザイの代わりのジャンプを繰り返しながら歓声を上げ続けている。

スキー学校の仲間たちは、歴史的な瞬間を共有することができた喜びにいつまでも涙が止まらなかった。

3　指導員資格

スキーブームが到来した。1月には修学旅行の高校生の団体が、いくつも白馬乗鞍スキー場に押し寄せた。白馬乗鞍スキー場は、大きなホテルを中心に、広くて長い緩斜面と、中・急斜面が、コンパクトにつながっている。初心者は、この広い緩斜面で、安心してスキー技術を学ぶことができる。中・急斜面では、さまざまなスキーの中・上級技術が習得できる。コンパクトなので、誰がどこを滑っているか把握しやすい。修学旅行には大変適したスキー場である。隣のわらび平スキー場から、コルチナスキー場にも遠征できる。わらび平スキー場の上には、上級者向きの広々とした大斜面があり（昔は第5、今は第10と呼ぶ）、これほど大きな一枚バーンは日本の他のスキー場には少ない。たっぷり新雪が楽しめる。その頂上からコルチナスキー場に滑り降りることができる。そしてなにより、リフトの上から見る景色がすばらしい。栂池、岩岳、八方スキー場と沿線の村々が遠くまで見渡せる。あきないスキー場である。

1月には指導員が大幅に不足した。大学生のアシスタントは試験の時期だ。一応1級保持者の私も指導員として指導しなければならなかった。指導員資格を持たなくても、スキーそのものをマスターしていれば、指導できる。しかし、私にはスキー技術に自信がなかった。休暇の取れない職場、家庭の仕事などで、スキーの滑走日数があまりにも少ない。下手なスキーヤーだ。それでも指導せねばならないのなら、SAJ指導員の資格をとりたいと思った。当時のスキー学校の校長は文さんだった。彼は私の受験を許可してくれた。スキーのアシスタントはスキー学校に宿泊したが、私は、文さんの家に、無料で泊めてもらった。

SAJ指導員資格取得には、1級試験取得後、まず準指導員を取得しなければならない。

筆記試験と実技試験がある。地元のスキーヤーは子供のころから滑っているのでスキーが上手い。スキーそのものを知っている。スキー学校に来ている常連アシスタントも、何日も滑ることができるので、実技は簡単だ。逆に筆記試験が難しいようだ。ＳＡＪの組織とか、スキーの歴史、スキー指導理論など、指導員スキー教程をまる暗記しなければならない。普段勉強から離れている彼らには、暗記が苦手らしい。私には、逆に実技が大変だった。何度落ちたか？それでもようやく合格にしてくれた。恥ずかしながらその後技術習得に励むという条件付きの、４次合格だった。

だが、仕事が大変忙しくなり、その後のスキー技術習得に励む時間はまったくなかった。有資格者（準指導員も含む）は2年毎に、ＳＡＪの講習会に参加しなければならない規則がある。非常に悪条件のスキーコースも、八方尾根の大きなコブ斜面も、大変長いコースでも有資格者である参加者は、当然すいすいと滑ってゆく。ついてゆくのがやっとの私は、ずいぶん恥をかいた。なぜこんな下手なものが有資格者なのか！！　準指導員資格を返上すべきか！？

修学旅行の指導で、それまではビギナーの生徒を担当したが、準指導員資格をもつ有資格者になったので、滑れる生徒のクラスの担当になった。踏みならしていない悪雪コースに生徒を連れていって滑ったとき、２、３人の子供は、私より上手く滑った。あとでもらった色紙の感想文には、「ありがとう先生、僕は前からうまかった！！」「ぼくも前からうまかったぞ！」心にグサッとささる言葉が並んでいた。

校長の文さんが、指導員資格を取りたいなら、ＳＡＪの規則が大幅に変わる今がチャンスだ。誰でも合格すると薦めてくれた。会場は八方五竜の頂上で、急斜面技術試験が行われた。その日は大変なガスでまったく見えない。スタートしたが、途中どこをどう滑っていたのかわからない。でもゴール地点につくと、検定員がぼんやり見えて、合格にしてくれた。翌日は晴れで、緩斜面技術だった。緩斜面技術は多少自信があったので、それなりに滑ることができた。私は合格したが、「霧のなかの指導」というレッテルを貼られた。

カービングスキーが流行ってきた。良質のカービングスキーを買った。それを履いて滑っている私を見て、地元の人は、スキーが泣いているよと言った。私のターンはカービングターンでなく、ズレターンだった。

4　60になってレーシングスキー

年休がまったく取れない職場だった。しかし、いつごろだったたか、国家公務員も休むべしというおふれが出たので、海外のスキーキャンプに参加するようになった。そこで、オーストリア出身の元競技選手だったマルチン・グガニック（愛称、グッキー）に出会った。ニュージーランドツアーでは、当時、案内のみで、指導してはいけないことになっていたのに、下手な私に、ショートターンを熱心に教えてくれた。『スキージャーナル』にも掲載された「悪雪は楽しい！」というグッキーの滑りであるが、すごく上手く、惚れぐヽした。当然彼のファンになった。彼のように深雪、コブ、悪雪を、若栗の第10斜面も自由に滑れるようになりたいと思った。彼がコーチするツアーにはいつも参加した。ところが、東北のスキー場（今は閉鎖）で、リフトを降りたとたん、膝がまったく動かず、ボーゲンすらできず、下まで降りてくるのに大変苦労した。（残念ながら、グッキーは、若くして故郷の山で亡くなった。享年36）

退職する1年前、全国マスターズスキー競技会大会が私たちの白馬乗鞍で開催された。参加したレーサーたちがスピードを出して、気持ちよく滑り降りてくる。ヘルメットをかぶり、ゴーグルを着用し、レーシングスーツ姿のスキーヤーは、スマートで格好良い。しかし、そばに来てヘルメットをとると、歳をとっていることがわかる。私もマスターズスキーを目指そうと思った。

翌年、長野県大会予選会が白馬乗鞍で行われた。ヘルメットを他人から借りて参加したが、スタートした直後に転んだ。ポールをくぐることは難しい。とても私には無理だ。しかし、故中村勳コーチ（栂池スキースクール）は全国大会に参加しようと誘ってくれた。大会会場は新潟だった。ポールなしの競技バーンは緩斜面だ。練習で滑ってみたときは、簡単なコースと思った。しかし、本番でポールが立つと、なんとスピードが出るではないか。初めてのレーシング

サースフェスキー場

スーツを着用したこともあってか、一層スピードが出た。最後の斜面でまったくコントロールできなくなり、転んでしまった。

　桶谷さん（スキー友達の一人）が転倒した私を見ていて、声をかけてきた。「ポールの練習をしているか？」と聞く。もちろん「していない、初めてだ」と言うと、彼はスイスでのポール練習に誘ってくれた。彼は有名な日本人スキーヤーの主催するレーシングキャンプに参加したが、値段が高い割には、内容も良くなかったという。そこで、自分で桶谷キャンプを企画した。スイスとオーストリアの大変有名な一流レーサーをコーチに雇った。良いホテルを予約し、チケット購入も手配した。彼の周辺の友人や、スキー友達を誘った。私は退職後大学の研修員になったので、休暇をとる必要がなかった。喜んで桶谷キャンプに参加できた。7月中ごろ、約1週間、スイスのサースフェで練習し、その後約1週間か10日は、オーストリアの氷河に移動して滑るキャンプだった。

　初めての夏のスイスの氷河は硬くて、ガタガタだった。その上を滑っていると、再び膝に痛みを感じ、滑れなくなった。2回目だ。整形外科医の診察を受けると、膝に水がたまっていた。両膝変形性関節炎と診断された。スキーは5、6ヶ月空けてなら滑れるという。それでは、スキーができないのと同じだ。あきらめるべきか？　しかし、桶谷キャンプの仲間が、大阪の貴島会クリニックを紹介してくれた。フィジカルトレーニングによって筋力をつけるという。今は一般的になっているが、当時は珍しい治療法だった。半年以上ゆっくり膝をまわし、さらに1年かけて徐々に筋力を強化したところ、なんと、スキーに復帰できた。うれしかった。

サースフェ　Allalinhorn　をバックに

夏の氷河は午前中で閉鎖になる。午後からスキー練習は休み。また、標高の高い氷河で滑るので、4日滑って1日休憩する。午後の休みと休憩日には、車を借りて、スイス、イタリア、オーストリア周辺の観光旅行に出かけた。夏はオーストリアの有名なホテルも値段が安いので、快適な四ツ星ホテルに宿泊した。スキーと観光、大変なデラックス旅行だった。

退職後すぐ、喉がかすれ、甲状腺腫瘍と診断された。早く手術すべきとある有名な医者は言ったが、一方、ある医者には様子をみたらと言われた。しばらく放置した。その後、迷ったあげく、やはり手術を受けることを決意した。術前検査をしたところ、驚いたことに、肝臓機能検査値が異常な高値を示した。原発性胆汁性肝硬変（PBC）と診断された。原因不明の病気である。当時のある内科教科書には、平均生存率は5年と書かれていた。治療法には「熊胆」、肝移植療法しかない。どうせ短命なら、スキーをやろう。楽しんで人生を終わろう。そう思いつつ毎年桶谷キャンプに参加した。

オーストリアの氷河は溶けて危険な状態になったので、滑るのが困難になった。スイスのサースフェの氷河のみでの練習になった。そこは、夏には有名なレーサーたちが練習に集まる。子供も含め、ほとんどレーサーだ。有名なレーサーも基礎練習をしている。大杖氏（元札幌オリンピック選手）が指導するベラークキャンプがサースフェにきて練習していた。子供中心のキャンプだったが、頼んで参加させてもらう。夏のサースフェキャンプのあとは、秋のサースフェキャンプ、11月のカナダキャンプ、正月前は北海道、すぐあとの野辺山（長野県、いまは閉鎖）に参加して練習した後、小谷に行く。春休みは志賀高原キャンプ、5月の秋田八幡平。長い日数のベラークキャンプにはほとんど参加した。体がスキーと一体化していく。下手なスキーヤーの私もレーシングスキー技術を少しずつマスターすることができた。そして、各地のスキーマスターズ大会に参加した。

スキーマスターズ大会は60～64歳、65～69歳と5歳刻みのレーサーたちで競う。各地のスキー

第37回全日本マスターズスキー選手権志賀高原大会、小谷体協スキーOB会中村勲氏編集の小アルバムから（小谷参加者と大会の全体の様子を写したもの・次ページ）中村勲氏（左）と小谷の仲間

マスターズ大会、全国大会と参加しているうちに、65歳で、全国大会で優勝した。白馬乗鞍のクラブ員は大変驚いた。下手な私が優勝したのだ！

競技スキーをやるようになって、スキー技術について以前よりよく考えるようになった。ワールドカップや、オリンピックに出場する有名選手たちの速さと上手さの秘密が少しずつ分かるようになってきた。彼ら、彼女たちレーサーの滑りのビデオを見るのは、面白い。それほど高度なスキーを見ても、素人のスキーヤーには参考にならないという人もいる。しかし自分の滑りに直接つながらなくても、とにかく迫力があり面白い。

ワールドカップ、世界選手権、オリンピックに出る有名選手たちは、夏には、スイス・サースフェで基礎練習をしている。ほれぼれするきれいなターン弧を描く。大杖氏は、ワールドカップ優勝者と

優勝者、宮沢徹（私のコーチ）

日本の有名なスキー指導者と較べ、同じ急斜面の滑りがどのように違うかを、ビデオで見せてくれ、われわれの眼を養ってくれた。

さらに、オーストリア、カナダでも有名選手たちの滑りを身近に見ているので、一層親しみを感じる。超有名なレーサーも、競技以外では、快く接してくれる。アニヤ・パーション（スウェーデンの有名女性レーサー）が、サースフェの２人乗りＴバーリフトに乗るとき、私を待っていてくれた。同じグローブをはめているという。私も片言英語で答えた。彼女は私たちのすぐ隣のコースで練習していた。すごい滑りを間近で見ることができた。ヨーロッパ大会を終え、アメリカ大会参加の前に、練習にきているレーサーたちが、カナダ・パノラマの同じホテルに泊まったことがあった。多くの有名選手を見た。またパノラマから遠征したレイクルイーズスキー場では、滑降コースの下見を終えた男子選手たちに出会えた。彼らは気軽に写真撮影に応じてくれた。

5　トレーニング効果

両膝変形性関節炎が悪化してくると、歩けなくなる。関節の隙間が狭くなり骨が神経にあたる。基本的には、主人のように歩行不能になりたくない。

スキーでは、あの斜面のポールバーンを、恐怖感なく滑り降りるには、もっと筋肉強化が必要だ。そのためには夏にどれだけ身体のトレーニングするかが重要になってくる。

すでに述べたように、両膝変形性関節炎の私は、スキーをすること自体、医者から見離されていたが、桶谷キャンプの仲間のおかげで、大阪の貴島会クリニックに通い、滑れるようになった。そこには週2回トレーニングに通った。クリニックのトレーナーは、筋肉がついてくると、選手が行うような厳しいトレーニングメニューを作ってくれた。夏のキャンプに行く前は、その超厳しいメニューでトレーニングを行った。それは筋肉をつけるのに、大変効果があった。スイスの硬い氷河の、長い斜面も、怖くなく滑れるようになった。すごいことだ。

競技ではポールをくぐるので、ポールなしの斜面を滑るより難しい。昔は、ターンの前でチェック動作を行い、一旦止まってスピードを落とし、ゆっくりターンをしていた。逆に、競技では、ポールのところで、いかにスピードを落とさず、カービングターンするかがスピードにつながる。普通のスキーなら、ターンが困難ならやめればよい。しかし、競技スキーでは、ポールを必ずくぐらなければならない。年を重ねると難しい操作だ。できなくてもチャレンジした。子供のころから滑っていない私は、スピードに弱い。カービングターンの習得は本当に難しかった。

普通は、スキーコースのクニックでとまる。しかしベラークキャンプでは、クニックで止まるなと注意された。リフトを降りた所から、下のリフトの乗り場まで、長いコースを止まらないで一気に滑りきる練習をした。スイスの氷河の固い、長いコース、カナダの人工雪の長いコースも、止まらず滑りきることにより、私なりのスピードで滑れるようになった。長野県志賀高原ジャイアントの急斜面で、ポールレッスンが行われた際に撮ってもらった分解写真がある。スピードに弱い、60をすぎた私が、かなりスピード感ある滑りをしている。めったに褒めない大杖氏が、「ジャイアントの急斜面という難しい場面としては上体がよく下を向き良い滑りです」と褒めてくれた。トレーニングすれば、ここまで滑れるようになるのだ。我ながら感心した。スキーはすばらしいスポーツだ。雪景色の美しさに感動する。気持ちが晴れ〳〵する。おかげで免疫機能が高まったようだ。肝臓の検査値は少し異常値を示すが、ありがたいことに、PBCはあまり進行していないようだ。他にも身体に異常が出てきた。めまいが起こったので、原因を調べている中で、脳にかなり大きい動脈瘤が2、3見つかった。医師は、しつこく手術をすすめたが、放置したままだ。薬はPBCの薬（ウルソー）だけ飲む。血圧の値も気にしない。運動療法として、毎朝、フィジカルトレーニングを欠かさず行う。さらに食事も大変気をつけている。最初に見つかった甲状腺異常は消えた。ここまでなんとか元気で活発に生きることができているのは、小谷で始まったスキーのおかげと感謝する。

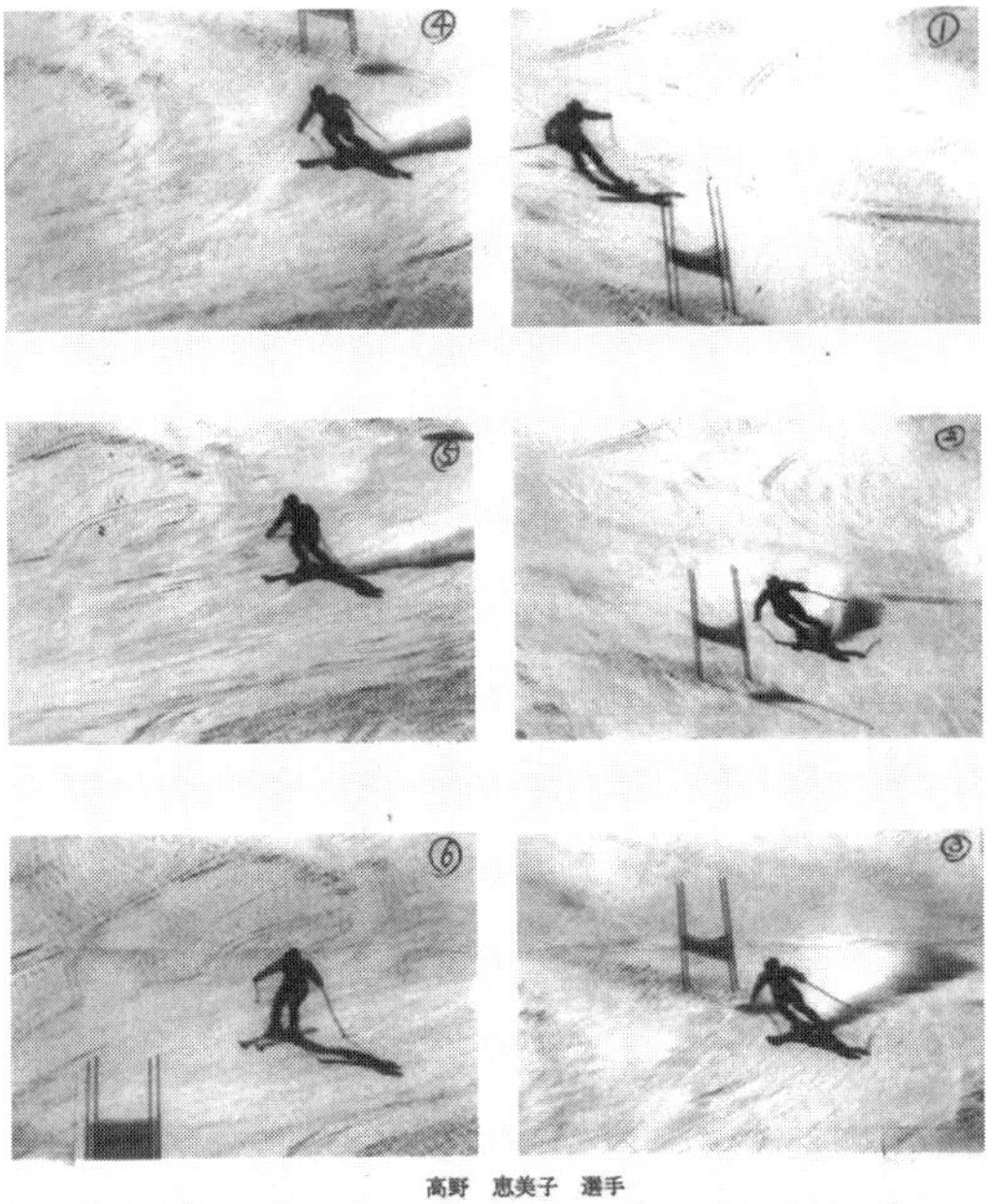

志賀高原ジャイアントの滑り。大杖コーチに褒められる

高野恵美子選手（京都在住・マスターズ）
大杖コーチが、スキー雑誌に載せてくれた

6　スキー仲間とマスターズスキー大会

スキーは本来、個人のスポーツだ。しかし、仲間と滑るとより楽しい。昔はシグマスキーサークルを作ってスキーをしていたが、主人が亡くなって以後、職場での問題によるストレスが大きくなり、会の運営はおろか、スキーどころではなくなった。

退職後、長野県スキー連盟所属小谷体協ＯＢ会のマスターズに参加させてもらったので、レーサー仲間が増えた。栂池の白樺スキーゲレンデは私の練習に適したスロープだ。そこで滑っていると、誰か仲間に会う。数本滑ってコーヒータイム。後で、「ふるさと」のそば屋で昼食にした。「ふるさと」のそばが本当に美味しい。そば屋の主人も昔からの有名なレーサーだ。渡辺さん（有名なスキーデモンストレータの渡辺一樹の父親）は、ＯＢ会の世話はもちろんのこと、私が小谷にゆくと、私個人に対しても大変よくお世話してくださった。

われわれＯＢ会のリーダーでもあり、長野県ＯＢ会長である猪俣茂さんを、白樺スキーゲレンデでは一番よく見かける。茂さんは下の川内地区の民宿から栂池高原に上がって初めて小屋を建てられたと聞く。国体でも優勝経験もある茂さんの滑りはすばらしい。それにもかかわらず練習は一番よくされる。競技スキーに対する意欲は格別だ。ある時、怪我をされて、スキー靴がはけなくなったことがあった。スキー靴を自分ではけるように工夫し、トレーニングをしてマスターズに参加された。その滑りは、怪我をされた滑りとは、まったく思われない滑りだった。

筋肉強化で、スキーができるようになったとはいえ、膝関節は相当変形しており、悪雪、コブ、新雪は無理だった。ただ競技の場合、高齢の女子は、ありがたいことに、大変きれいに整備されたバーンを滑らせてくれるので、なんとか滑れたのだ。しかし大会コースによっては、小樽大会のように細い急斜面からスタートする。膝のほうが怖がることが分かった。なぜレーシングスキーが、私にとって良かったかということがよく分かった。

デーサ

多くのスキー仲間に出会った。小谷がベースのスキーヤーたちだ。北大阪スキークラブ、名古屋、東京や長野県のスキークラブの人たち。レーシングキャンプに参加して、その参加者たち。そして、マスターズ全国大会に参加してから、さらに仲間は全国的に広がった。大会に参加すると、

小谷の仲間、みはるさんと森川さん　白馬乗鞍温泉　スキー場第３リフト上で

皆、声をかけてくれる。今年も会えたね！　これがうれしい。東京、横浜、兵庫、新潟、東北、北海道などなど。仲間を持つ大切さも学ぶことができた。

小谷ＯＢ会のみはるさんから、電話があり、全国大会のリザルトを見て欲しいという。インターネットで調べると、以前は、クラスの最後か、その前だった。今回は4位だ。さらに、タイムがずっと早くなっているのにびっくりした。電話で知らせてくるはずだ！　みはるさんは若いころから若栗に来て滑っている。スキーは上手だ。デーサや森川さんのあとについて滑っていられるのをよく見かけた。しかし競技の滑りでないので、タイムは早くなかった。

「10年かかって、ようやく競技スキーができるようになった。仲間も皆ほめてくれる」と言われた。私はうれしくなった。みはるさんのお祝い会を企画した。大師匠デーサと森川さんと4人で久しぶりに滑った。森川さんは抜群に上手い。広大な第10斜面の滑りの名手だ。雪が積もると真っ先にその斜面に滑りに行き、弧を描かれる（昔の私の目標は、あの斜面を森川さんのように滑ってみたかったが、ついぞ果たせなかった。膝が悪すぎた）。急斜面も、さすが森川さんは上手い。みはるさんも滑りが違っていた。私はスキーが下を向かず急斜面では苦労した。夜はレストラン「ペパーミント」で、みはるさんのお祝いをした。「ペパーミント」は手づくりの美味しい食事を出してくれた。皆でみはるさんが上達したことをお祝いし、そのうち優勝の可能性もあると言った。彼女のクラスは、速い人が多い。中でも、今も多くのレーサーたちに指導しているプロのスキーレーサーがいる。とてもかなわない。それでも競技だから分からない。私のように優勝できるかも（私のクラスにもプロのレーサーがいたが勝てた）。私に代わり熱心なスキーレーサーが誕生したことに私は嬉しくなった。

多くの小谷の人々にお世話になった。文さん、咲子さんとその家族、デーサの奥さん、徹さん、奥さん、スキー学校の郷津夫妻、谷口夫妻、その他指導者やアシスタントの人々。先日、早く天国に旅立った吉田君には、スキー用具の手入れだけでなく、オリンピック、世界選手権、ワールドカップなどのビデオを撮ってもらった。ＧＳロッジのよしみさん、昔泊まった民宿わかたや、千国の民宿の人々、森川さん……もの忘れがひどいので、思い出せないが……。小谷の人々は、わがままで、言いたいことをずばずば言う私に対しても、親切にしてくださったことに感謝する。

若栗は、景色の良い所だ。家はそれほど建て込んでいない。ＧＳロッジから見る南の山々、西の北アルプスの遠景が好きだ。目を癒やしてくれる。そして、温泉好きの私には、熱い湯が身体《からだ》全体をほどよく癒やしてくれる若栗温泉もたまらない。

若いころは、何事にもそれほどチャレンジしなかった私だが、スキーをやることで、チャレンジ精神が養われた。もちろんサリドマイドの子供たちから教えられたことが一番大きい。また病気でも最後まで活発に生きた主人からも学んだ。競技スキーは、一層チャレンジすることに拍車をかけた。今は意欲的に、残された人生を活発に生きている。すべて、小谷でスキーをやったおかげだ。感謝！　感謝！　感謝！

文献

1『山岳科学叢書1　山に学ぶ　山と生きる』信州大学山岳科学総合研究所編、信濃毎日新聞、２００３年
2『サリドマイド児たちの若栗スノーキャンプ』高野恵美子、近代文芸社、２０１１年
3『信州小谷村に生きたデーサ』宮沢寿男、関西共同印刷所、２０１７年

第2章　白いスーツケース——山仲間の深い友情

１　弟の遭難から考える

「ヒマラヤに行く」と、弟からの久しぶりの電話。素敵な白いスーツケースを見つけ、プレゼントに買った。夜遅くアパートの扉に、にっこり笑ったうれしそうな顔。そして……帰ってきたのは、汚れた白いスーツケースだけだった。

ヒンズー・クシュ山脈のイストル・オ・ナール（７４０３ｍ、Ｉ―Ｏ―Ｎ、パキスタン）で、単独滑落死。

ヒマラヤの幕開けは、１９５０年のフランス隊のアンナプルナ登攀に始まり、１９５３年、英国登山隊、ヒラリー・テンジンのエベレスト初登攀、１９５６年、日本山岳会のマナスル初登頂により、ヒマラヤ登攀がブームになった。大学のみならず、高校にも山岳部が設置された。登山者たちはヒマラヤ登攀が夢となった。

１９４４年生まれの弟は、野生的で、爬虫類、蛇などふりまわして遊ぶ悪ガキのリーダーだった。田圃の水路を壊して叱られていた。でも憎めない性格だった。高校から入部した山岳部は彼に最も適した居場所だった。山に浸りきりだったようだ。親友たちもできた。

初登頂、初ルート登山、初めてに意義があり、価値があった（どの分野でも同じ。新事実の発見、これまで誰もやらなかったことの挑戦、誰も描かなかった絵画、文章……ヒトの性質であると思う）。登山の場合も、厳しいけれども、初めてに挑戦する面白さがあった。しかし、有名な登山家は死に至るケースが多いという印象だ。

山野井泰史氏の『アルピニズムと死　僕が登り続けてこられた理由』（２０１４年）を読み、今まで心を閉ざしていた弟の単独滑落死について考察した。山野井氏は１９６５年生まれ。単独または少人数で、酸素ボンベなしで難ルートに挑戦し続ける世界的なクライマーだ。

山野井氏は高校生で明星山（大糸線小滝）の岩を単独で登頂した時、「これで生きていきたい」と思ったという。時代も、登山方法も、プロ登山家になる道を決意した山野井氏と、弟の場合とはまったく異なる。しかし、登山に対して大いに参考になることが書かれている。多くの登山家から学んでいるが、なかでも無事故の理由――ヴォイテク・クルティカ（ポーランド）は今まで一度も怪我をしたことがない、彼と組んだパートナーも、という珍しい登山家である。その理由はとても慎重に進むべきルートを選択していた。山野井氏は山に対して謙虚であった。重要なことは想像すること。八ヶ岳のような小さな山に行く前でも、想像する。いろいろな状況を事前に想像しておくことは、もしも「最悪」な状況になっても、それに対する心構えを頭のなかで描いておけば冷静に対処できるという。

弟の所属山岳部Ｉ―Ｏ―Ｎ踏査隊の場合、悪条件が重なっていたようだ。パキスタン政府はインドとの紛争でカラコルムなど希望した山へは入山は不許可。Ｉ—Ｏ—Ｎ入山の正式許可が来た時は、すでに日本女性親善隊が現地で入山許可をとって登っていた。女性隊がピークに達した山に行くことが大議論になり彼らの意欲をそいだ。それでも第一次踏査隊として行くことに決定した。が、やはりこの点が山を軽視することになった。特に弟の場合、隊長の注意にもかかわらず、アンザイレンしないことに繋がった。日数が短縮され、高度順化が不十分だった。３日間のビバークによるアタックの疲れ。女性隊の登ったところは主峰ではなかった。これに対する気落ち。主峰へはさらに時間がかかる（主峰がどれか分かりにくい山だったようだ）。下山中にアンザイレンせず、単独滑落した。

捜索、事後処理、隊員、特に隊長には多大な迷惑をかけた。山岳部に対する世間からの鋭い批判もあった。この事故が無かったら、第二次、第三次ヒマラヤ登山も実現しただろう。当時ではヒマラヤ登山は夢であったから、多くの方々のカンパも援助もあった。さらに歴史ある山岳会の名を汚した。迷惑千万。弟の行動は、登山家としての資格に欠けると思う。

弟のような庶民がヒマラヤに行くのはまだ早かった。だから週刊誌などでたたかれた。

私の想像では、弟は下山中、さまざまなことが頭に浮かんだと思う。本当の主峰に行くにはどうするか？　残された入山期間はない。家の事情、早く農業を継ぐのを待っている両親の顔、などなど。下山に集中できなかったのだ。これが庶民の弱さ。……でもそれを乗り越えて慎重にアンザイレンして下山して欲しかった。

山岳会長はじめ、会員の皆様がなされた行為は考えられる最高のものだった。立派な合同葬儀、多くの参列者、田舎のお墓には珍しいスマートな御影石の石碑建立。そして、法事には最後まで来ていただいた。隊長が四国八十八ヶ所巡りでお札をもらってきてくださったことも大変な慰めだった。ドラ息子の遊びでなく、登山はスポーツと両親の考えも変わった。山岳部の行為のお陰で、両親はなんとか最後まで生きられたと思う。大変遅くなったが、感謝、感謝、感謝の気持ちでいっぱい。

2　山は招く

（注）山の標高は、その当時、山の案内書で計画、登山した高さを示した。現在の案内書では多少異なる。

小さい会社に勤めていたが、貧血で倒れて2年足らずで会社を辞めた。有機物質を取り扱っていたのでその影響だと思う。病院の検査技師になった。職場の仲間たちと比良山に登ったが、頂上を歩いていた時、急に歩けなくなった。大変苦労の末なんとか下山した記憶がある。小球性鉄欠乏性貧血だと診断された。それでも、しばらくして、山に行く。

雨の北アルプス裏銀座縦走：比良山のふもとの坊村で合宿を開催してくれた大学の先生に、誰か山の友達を紹介してほしいと言ったところ、丁度北アルプスに登る友人がいると言われ紹介してもらった。その男性たち、２人か４人だったか忘れたが、彼らに連れられ登山した。どこだったか、多分裏銀座縦走だったたと思う。朝から夜まで毎日〳〵雨だった。山小屋について、びしょ濡れの衣服を乾かした。それでも休むことなく縦走した。こんな雨でも歩くのかと思った。まったくどこを歩いたのか？　山の景色は一切見えず。雨雨雨。

八ヶ岳：大学の同級生を誘って八ヶ岳に登った。同級生は、私には、山の経験が有ると思って同行したという。なぜ八ヶ岳を選んだのかも覚えていない。山のブームだった。あるいは弟の影響かもしれない。素人が初めて登るのには八ヶ岳の北からのルートを選ぶらしい。私は南からの逆ルート（高い山から登る）を選んだ。清里に前泊した。宿は２軒くらいで清里はひっそりしていた。翌朝、私たちは清里から最高峰、赤岳（２８９９・２ｍ）に直登し、北に縦走した。私は赤岳の８〜９合目くらいでバテ気味だった。イヌが付いてきて私をはげましてくれた。友人は大変元気だった。

若い女性二人の雲ノ平：大学の別の友人が結婚し、その家に招かれた。旦那が北アルプス雲ノ平の写真を見せて、秘境で素晴らしい所だと言った。どうしても行きたくなり、北アルプスのガイドブックを購入して読んだ。北アルプスの最深部にあり、どのルートをとっても一日ではたどり着けない、北アルプスでも奥深いところだ。「日本最後の秘境」。当時のガイドブックには、薬師沢を渡るのに、籠わたしと書いてある。素人の私たちにとって、果たして行けるだろうか？　小学校の旧友を誘った。彼女も素人。折立から太郎平小屋までの登りの途中でバテ気味だった。果実の缶詰を開けて鱈腹《たらふく》食べたら元気になった。翌日、太郎平小屋から薬師沢に下りると、幸いなことに丸木橋が架かっていた。そこを上り詰めて雲ノ平の広い庭園に着く。素晴らしく気持ち良いところだ。雲ノ平小屋に入ると、小屋の男性は、よく若い女二人で来たと大歓迎してくれた。8月終わりだったからか、客は私たちだけ。焼岩魚を特別サービスしてくれた。水晶岳（2986m）が素晴らしいと言って、翌日、途中まで案内してくれた。水晶岳に登りたかったがその余裕はなかった。山の知識なしの無謀登山？　でも私たち二人は田舎者で歩くのには慣れていたから。

若い女性二人（職場の年下の女性と）の槍ヶ岳：夜行に乗り、早朝上高地に着いて、そこから槍・穂高の反対側の蝶ヶ岳（2677m）に登り、常念岳（2857m）を超えて常念小屋に泊まる。きつい登山だったが、小屋に着いてほっとして、反対側の穂高、槍を見た。夕焼けに照らされた山々は、神々しく、まさに圧巻だった。翌日は大天井岳（2814m）から東鎌尾根を経て槍ヶ岳（3180m）に登頂した。槍沢は長いので歩きたくない。新穂高温泉に下り一泊した。

若い女性二人（職場の若い看護婦と）の穂高、槍縦走：普通、槍穂縦走という。私は、逆に、新穂高温泉から前穂高に登り、穂高岳（３１９０ｍ）を経て槍ヶ岳下の小屋に泊まった。槍の小屋は泊まり客が多いが、ここは少ないので歓迎された。のんびりと山の雰囲気を味わえた。翌日、槍ヶ岳に登頂し、新穂高温泉に下った。

チングルマ

山の会「チングルマ」：女性は結婚するともう彼女らを山には誘うことはできない。若い女一人では山は危険だ。山友達がほしい。病院内で山に行く友人を作りたく、山の同好会を発足させ、チングルマと名前をつけた。毎月一回は北山、比良山など近くの山に登った。夏は休暇を取って北アルプスか南アルプスへ、テントを担いで登った。山の好きな男性たちが参加してくれた。男性をリーダーに、私はもっぱら山行きのルートを計画した。素人だが、ちょっとひねったルートを選ぶのが、私の流儀だった。

チングルマ—立山、剣岳、裏剣、黒部峡谷山行：剣岳（２９９９

ｍ）に一般ルートで登頂した後、剣沢を下る。裏からの剣岳の眺めのすごさは、田淵行男氏も書いている。同じ山が眺める方向を変えるだけで、こんなにも姿と雰囲気が違ってくるものかと興趣をそそられ、何度も訪れている。『田淵行男　山岳写真傑作集』（朝日新聞社、アサヒカメラ臨時増刊、1951年）の表紙を飾っている。最近放送されたNHKの山番組によると、一番訪れたい場所でもある。私たちも剣岳の壮大なたけだけしさに感動した。そこでテントを張った。翌日、黒部峡谷鉄道道路―宇奈月温泉へのルートを下る。この山道は、一方はそそり立つ岩、反対側は沢に落ち込む細い一本道だった。当時のキスリングは横長だったので、横向きにしか歩けなかった。特にテントを担いだ男性たちは特にきつかったであろう。宇奈月温泉に着き、上着をぬいで、裸で、ほっとした表情で写真に写っている彼らを見ると、4時間の横向き歩行が、いかに苦労であったかが窺える。NHKの山番組で、もちろん今風の縦長リュックをかついでだが、そのルート歩行は危険だと放映していた。私たちは、横長リュックでよくも歩いたものだ。こんなルートを選んでよかったのかと反省もした。でも面白かった。

チングルマ―南アルプス、荒川・赤石山行：1971年夏山合宿：豪華なお花畑を持つ3000ｍの5山、荒川岳（前岳、3040ｍ）、魚無河内岳（中岳、3083ｍ）、悪沢岳（東岳、3146ｍ）小赤石岳（3080ｍ）赤石岳（3120ｍ）を一日で味わえる魅力的なコースだ。このコースも一日ではたどりつけない。豊橋から伊那大島（泊）―湯折―小渋湯―北沢出合―広河原小屋（テント泊）―船窪―大聖寺平―荒川小屋（テント泊）―荒川中岳―悪沢岳―荒川中岳―荒川小屋（テント泊）―大聖寺平―広河原小屋―小渋湯温泉（泊）―湯折―伊那大島―豊橋：２０１６年の新しい南アルプスのガイドブックによれば、本コースは広河原小屋まで登山道がない。河原の遡行で、上級者ルートとなっている。私たちは、雨にあわず、無事行けた。運が良かったのか！

16人の大メンバーで、テント泊だった。テント場では、女性を含むパーティは私たちだけだった。まったく山は初めてという女性も参加した。大聖寺平から登りの途中で、早くもバテた女性もいた。が、若者だったので、回復は早かった。登りきれば、３０００m級の山々の散歩は圧巻だった。その山肌には、いろいろな花が大群生していて、本当に見事だった。当時この山を登る登山者は限られていたからだと思う。

剣沢にて

チングルマ—南アルプス白峰三山、農鳥—間ノ岳—北岳山行：1973年7月：身延—奈良田—大門沢小屋（泊）—大門沢下降点—農鳥岳（3026m）—西農鳥—農鳥小屋（テント泊）—間ノ岳（3189m）—北岳稜線小屋—吊尾根分岐—北岳（3192m）—八本歯コル—大樺沢二俣(テント泊)—広河原—身延：いつもリーダーになってくれる男性が参加できず、私がリーダーにならざるを得なかった。一日目のテント泊の大門沢小屋で、夕方、雨が降ってきた。私は天気予報を聞いても天気図が書けなかった。翌日、登るか、引き返すか判断に迷った。リーダーの怖さを知った。ところが、翌朝2時半ころ、目を覚ますと星空だった。ラッキー！大急ぎでテントをたたむ。農鳥岳に登り、間ノ岳の稜線を歩いていると、左に富士山がぽっかり浮かんで見える。なんとすばらしい光景だ。北岳まで登りで、左手に富士山を見ながらの歩行は、まさに、天空のプロムナード！　大変すばらしかった。北岳登頂の後、下山の時、大雪渓があった。皆喜んでわれ先にと滑って行く。大丈夫？　またまたリーダーの責任を痛感した。リーダーの孤独を味わった。リーダーとしての資格に欠ける者が、病院の職員を連れて、事故を起こしては大変なことになる。以後、私は責任感を意識し、恐ろしくなり、山の会を積極的にやらなくなった。

単独登山—北海道愛山渓から大雪山：深田久弥の『日本百名山』登山が流行った。生きているうちに百名山を踏破したい。当時は人生60年。定年後、山行きができるとは思わなかった。

学会に行ったあと、その近くの百名山に登頂することを主人は勧めた。薬学会で北海道に行った時、愛山渓に宿泊してから大雪山に登った。熊にばったり出くわすのを恐れて、絶えず笛を吹いて歩いた。

単独登山―中央アルプス木曽駒ヶ岳：木曽駒ヶ岳の裏からの登頂は主人が強く勧めてくれた。表からはケーブルが利用できて簡単だ。裏からは１５００mの登りになる。秋だったので、4時ころ、暗闇の中を出発した。途中お墓があって葬式があったらしい。のぼりやちょうちんが乱立していて幽霊かと思わせる。薄気味悪い。少し登ると小さい小屋があり、前で一休みした。中から妙な音がした。慌てて小屋から離れた。誰にも出くわさない。静かで山は秋色。確かにすばらしい。頂上に着くと大勢の人ごみ。裏の静かな山旅の良さを味わう。

そして、下山の途中、7合目くらいのちょっと開けたところで、動物に出くわす。目と目があう。熊らしい。しゃがんだ。どうする!?　とたんに恐怖が襲う。上に引き返すのが近い。でも？　いや下山？　地面にはいつくばい、考えながら少しずつ後ずさりした。下山だ。一目散に低い姿勢で走り降りた。幸い熊はついてこなかった。

秋の単独登山―鳥海山：10月の学会からの帰り鳥海山をめざした。一般ルートを選んだが、どこか覚えていない。5合目の宿に山用の荷物を送っておいた。そこで一泊した。早朝登山開始。

約4時間登って9合目くらいに来たところで、やや広い平らなところにでた。その先はごつごつした岩が連なっているが頂上はすぐだ。海側からくる強風もぴったりやんだ。静寂な平らな砂場のところに踏み出した途端、30㎝位の大きな足跡のようなものがずっと続いている。何？一瞬迷ったが、恐ろしくなって、引き返した。宿に戻って女主人に話したところ、「今年は遭難者が多かった。よく引き返してきたね」と言われた。やはり女性の一人山歩きは怖い。

3 「山・わが心のオアシス」村井文男氏

1995年10月、村井文男写真展「四季のシンフォニー」（富士フォトサロン・大阪）の案内状をいただいたので見に行った。緑の中に咲く可憐な白い花、上高地・田代池の光のシンフォニー、霧に浮かぶ水芭蕉と至仏山、尾瀬、モルゲンロートに輝く剣岳、などなど。力強さと優しさを見せる自然のすばらしさを、芸術的な感覚で捉えた写真の数々。その中で、幻想的なモルゲンロートに輝く穂高連峰に特に感動した。素晴らしい！！！　この写真（80㎝×64㎝）が気に入り購入した。毎日、繁々見ることができる階段の登り口に飾ってある。

村井君は、1962年、高校卒業後、大日本製薬に入社。1987年、大阪芸大教授高田誠三先生の指導される写真クラブ「燦」入会し、高田先生の指導を受けて腕を磨いた。会社勤めを勤勉にしながら、土、日、休暇を利用して写真を撮った。

『山・わが心のオアシス　村井文男写真集』は1999年、東方出版から出版された。その巻頭は高田氏の讃辞で飾られている。

「深紅に彩られた穂高連峰、凛々たるその姿は山の霊気を伝え、山岳写真の極地的映像といえます。〝村井君、とうとうこの境地に達したか〟と感心し、その達成を喜びました。……山好きは孤高、孤独、生一本が要求されます。写真の中で、山岳写真は不毛の分野です。それは労多く、報われることが少ないからです。重い機材を担ぎ、山が一番美しく装うとき、それは厳しい自然の中から生まれるもので、その時期に登らねばなりません。出会いは数えるほどしかありません。……村井君の結晶的作品群から、日本の自然の素晴らしさ、それを追い求める彼の気持ちに同化し、心あらわれます。」

本のあとがきから。92年夏、彼の初の個展「山の讃歌」を、95年秋に2回目の個展「四季のシンフォニー」を富士フォトサロンで開催した。お客のある老婦人に「先生は何人もお弟子さんをひきつれて山に登られるのですか?」と聞かれたという。「私は、写真は趣味、本業は会社勤めであることを充分心得ている。この10年間、正月休みは冬山撮影に、4月下旬〜5月上旬の連休は春山撮影に集中し、地元の赤目渓谷、大台ヶ原は土・日を利用し、夏山と紅葉のシーズンは、有給休暇を利用した」。素晴らしい生き方をし、あますところなき山の感動を私たちに伝えてくれた。

あくまで勝手な、失礼かもしれない私の想像だが、会社ではいろいろ辛い思いもあったのではなかったのでは？　大日本製薬が製造したサリドマイドから、サリドマイド奇形児が生まれた。加害企業である。山の自然の偉大さに惹かれ、山を心のオアシスと悟り、困難な条件をものともせず、山を撮影したので、一層素晴らしい写真が生まれたのではと考える。彼はいつの間にか亡くなったので、彼の本心を聞くことができずじまいだ。

4　花に惹かれた内田一也先生

内田先生とは、臨床化学会、特に、冬季セミナーで知った。故佐々木禎一先生は、札幌オリンピックの際に活躍されたスキーの得意な方で、三浦雄一郎氏の先輩でもあり、彼とも親しい仲だった。スキーと勉強というユニークな臨床化学冬季セミナーを提案され、ニセコで第一回が開催された。私はその会に参加した。その後、毎年、北海道と東北の先生方によって開催された。三浦雄一郎氏の話も聞くことができた。私は冬季セミナーの常連になった。日本では、開催期間は３日間と短かった。アメリカのスキー場で開催されたスキーと科学シンポジウム、Keystone Symposia on Molecular and Cellular Biology, Gene Therapy and Molecular Medicine March 26-April は開催期間が長かった（実は、私が、スキーができるので、京大の先生に誘っていただいた）。

内田先生は北大大学院薬学研究科修士課程修了後、市立札幌病院検査部に勤められた。医学博士でもある。

本格的に登山を始めたのは、大学2年目にワンダーフォーゲル部に入部し、夏山合宿の山行からであった。高山植物の美しさ、可憐さにみせられてしまい、それ以来、花を求めての山行に変わってしまった。当初、山行の範囲は北海道内の花に限られ、スイスの花など夢のまた夢でしかなかったという。１９８１年、ウイーン、ザルツブルグ、ミュンヘンでの国際学会に参加した折、最終日のツアーから抜け出し、マッターホルンを見ようとチューリッヒに飛び、ゴルナーグラートに泊まる。その時からスイスとの付き合いが始まる。定年退職2年前、植物写真家剣持猛氏と出会った。退職後、剣持氏のアドバイスに従い、ヴェンゲンのホテルをベースにスイスに長期滞在し、ほとんどの新しい花の種類に出会っている。帰国して撮影した写真を整理するなかで、自分だけの本を作り楽しんでいたが、花の数が増すにつれ、『スイスアルプス花図鑑』を２０１０年に出版された。10年間で撮影した中から５３０種を厳選。高山植物学者で、ローザンヌ大学付属植物園園長のG・ミュラー氏の同定協力による正確な内容である（一般の花の本には間違った記述もある)。「花めぐりハイキング」ではコースと咲いている花が紹介され、花が好きでスイスまで花を見に出かける人の良書である。

私はスキー以外に旅行社の企画した旅に参加したことがない。2005年6月、JTB「2005年　花の旅」には、内田先生の企画ということで、友人と参加した。広い平野に白と紫のクロッカスが咲き乱れどこまでも続く、そのはてに白い雪をかぶった山がある。ミューレンの花の谷では、黄色や白の花の見事な絨毯が広がっている。その先に白い雪を纏ったユングフラウ連山がどっしりかまえている。それがスイスの花の旅だった。特に感激したのは、メインの道から逸れて山路を30分程下った谷筋の静かなところに案内された時だった。そこでは、黄色の木靴形をした可憐な花の群生が、喜ばしく私たちを迎えてくれた。まったく見事だ!!! キプリペディウム・カルケオルスで、ラン科アツモリソウ属に属し、ドイツ名:Frauenschuhという。日本名オオキバナアツモリソウは日本では絶滅している。北海道からこられた一婦人は、この花を見るために、わざわざ別途、この日のみ参加された。旅行者は誰も行かないところだ。でも、ひっそりとした谷合に、この花が乱舞しているの

キプリペディウム・カルケオルス

を見るためにたった一日参加でも来る価値は十分あると思った。先生が撮影されたマッターホルンを背景に咲き乱れる花の群生写真を部屋に飾っている。

5　黄色いテント

ＮＨＫ日曜美術館で、田淵行男（１９０５—１９８９年）の特集を放送した。田淵行男については、山岳写真家であり高山蝶研究家であるくらいの知識しかなかったが、芸術的な写真の数々を紹介していたので、田淵行男記念館（長野県安曇野）を尋ねた。そして、彼が遺した唯一のエッセー集『黄色いテント』を購入して読んだ。

『黄色いテント』の著者紹介によれば、田淵行男は、鳥取県生まれ。教職に就いていたが、１９４１—１９４５年、日本映画社教育映画部に勤務後、フリーの写真家になる。１９４５年、長野県現安曇野市に転居、終生安曇野に暮らす。彼の山への情熱は、黄色いテントに泊まり、山の自然をとことんまで愛し、観察したことである。当時はテントをどこにでも張ることができた。雷鳥、高山蝶、高山の花、樹木、山への道、山の景色、雪形、などなど。特に噴火した浅間山に惹かれている。山のあらゆるものに興味を抱き、そして飽くなき探求心で写真に撮影した。『田淵行男　山岳写真傑作集』など、37冊の作品を残している。

スイス、花の絨毯

『黄色いテント』のあとがき1985年4月8日から引用する。北海道大雪山で、一般の人には入れない境界線のロープを越えたところに案内された。そこに、素晴らしいコマクサの大群落があった。「わが国の自然保護は、これでよいのであろうか。事は大雪山のコマクサだけではない。その他諸々の素晴らしい自然、貴重な自然の管理体制、自然保護の施策は、おしなべて規制を強め、監視を厳しくして、一般の人々から自然を遮断し、遠ざける結果になっていくように見える。……こうした方策は、今日の登山人口の急増に対応する必要最小限の止むを得ない処置と考えられるが、あの素晴らしい花園のコマクサが、ひっそりと訪《おとな》う人もなく咲いているのを見ると、なんとなく宝の死蔵という虚しさが心に浮かんでくるのであった。」もし、田淵氏がスイスの花の絨毯を見れば、どういう意見を出されるだろうか？

６　心深き山男――沢井君

沢井君は、弟と共に桃山高校の山岳部で活躍した弟の親友だ。名古屋大学医学部に進学した。そこでも山岳部員として活躍した。彼がリーダーの時、北アルプスの合宿で（場所は覚えていない）、２人の部員が滑落死した。彼は非常にショックを受け、大学を辞めて寺に籠もった（約１年近く）。しかし、彼の家は医院を営んでいたので、後継者として、医者になるべく、医大に入り直し、医者になった。

弟の死後、私は「山」という言葉を避けた。聞きたくなかったし、自分も言いたくなかった。しばらくして、私の家にきている沢井君に驚いた。彼は山に誘ってくれた。彼の大学の友人や、昔の高校山岳部員の仲間と一緒であった。登山の基本動作である垂直滑降の指導から始まった。沢井君の家族が経営する鉄筋４階建てのアパートの屋上にロープを張り、そこから懸垂滑降で降りる。夏山合宿では、剣沢にテントを張った。剣岳への比較的易しい、一般ルートではない雪上ルートを登った。ピッケルを使って滑り降りる方法、グリセードなどを教えてくれた。冬山訓練としては、晩秋に御岳山に登った。そこでは、アイゼンの使い方を教わった。５月の連休には、北アルプス針ノ木（２８２１ｍ）の頂上にテントを張った。下りはピッケルを使って尻セードだ。すごく長い下り。最初は怖かったが慣れると面白い。大町の温泉に着いた時は、下半身がずぶぬれになった。でも歩いているうちに乾いた。

「73　夏山〝上ノ廊下〟遡行」：大町―扇沢―黒四ダム―平―東沢出会―口元のタル沢―中のタル沢（広河原）―奥のタル沢―（岩苔小谷）―立山―薬師沢出合―太郎山―折立。まったく一般向きでないルートで、大学山岳部員が登った報告書をもとに登る。沢井君がリーダーで、メンバーは医大生M君、高校山岳部後輩T君とY君と私である。地下足袋を履いて渓流に入る。地下足袋では、岩の上も滑らない。なんともさわやかな気持ちになる。これぞ夏山の渓流登山の醍醐味だ。男性が渓流の膝まででも、私には腰上になり、胸まで水に浸かると歩けないどころか流される。そのつど、沢井君はロープを張ってくれた。水かさが男性の腰を超えると、沢の周囲の岩を登る。渓流歩きと岩登りを繰り返した。薬師沢と廊下沢の出会いでテントを張った。雲行きが怪しくなってきた。沢井君はラジオの天気予報を聞いて天気図を描いた。台風が来ている。もう少しで、頂上に通じる尾根に出るので残念だが、明日は早く引き返そうと沢井君は言った。

1969年、夏、沢井君たちは剣沢のテントにいた。そこで、弟の遭難を聞いたという。その時は、北アルプスも大荒れで、剣沢がいっきに増水した。すんでのところでテントごと流さ

図１

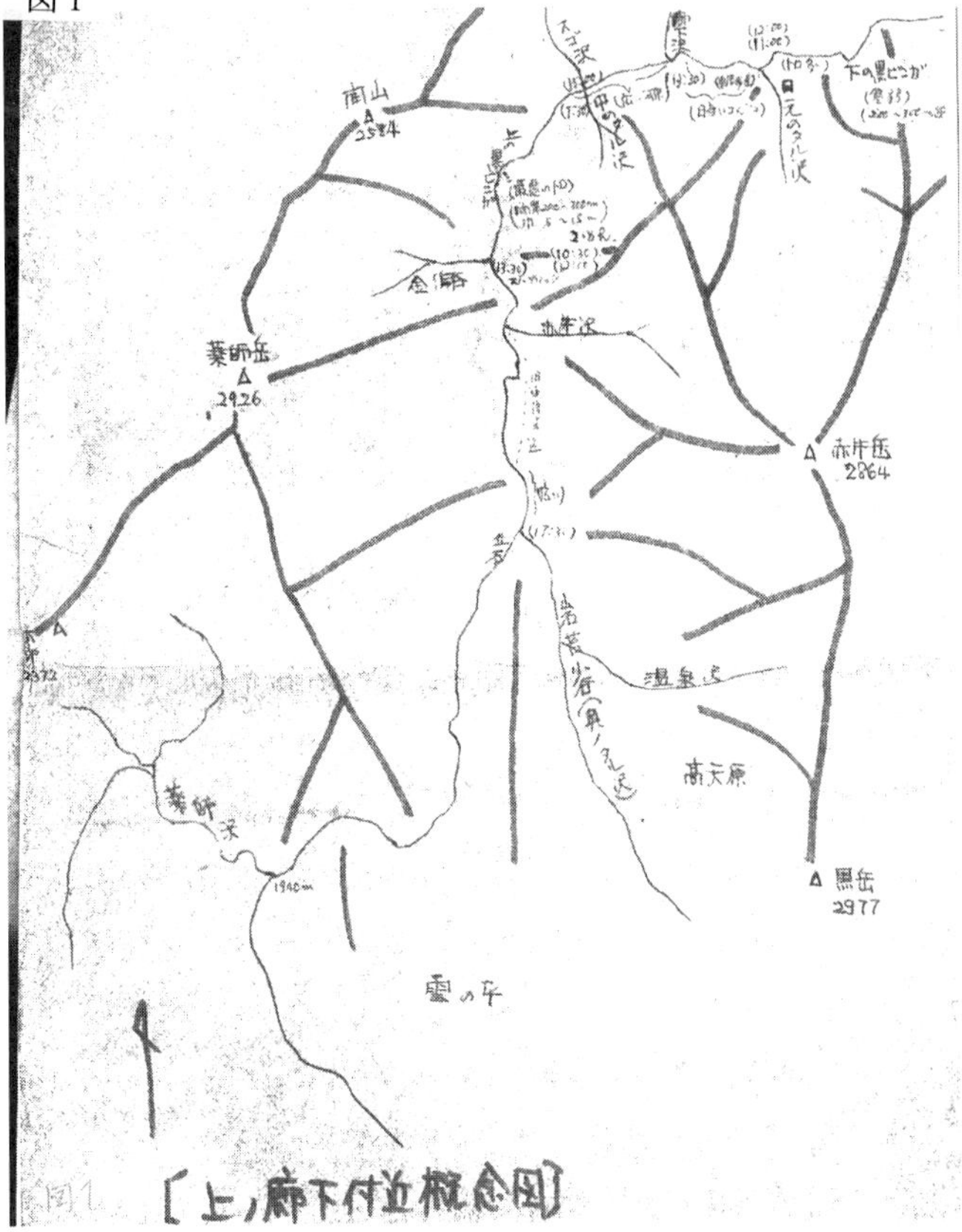

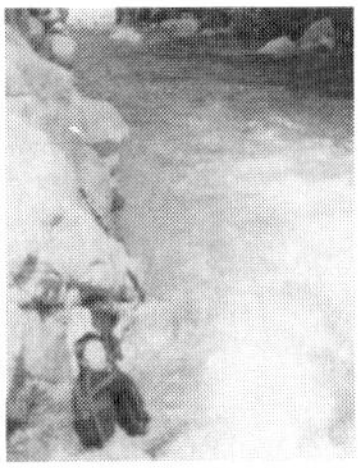

上ノ廊下

れるところだった。その危険な経験を踏まえ、沢でのテントは危ない、早めに引き上げるべしと判断したのだ。

下り、渓流は途中で広くなり、浅瀬になった。沢井君はリュックを抱えて泳いで行こうと言った。まず若いT君が先に上手に流れに乗って泳いでいった。次は医学生の番。少し下ったところに水の溜まり場があり、医学生はその溜まり場にはまり、ぐるぐるまわっていて、川の流れに合流できない。しかし2〜3回まわって流れに乗れた。次は私の番。案の定、溜まりに入ってしまった。どうしよう？　脚で淵の周りの岩を蹴ろうとするが、脚が短くて、岩に届かない。数回試みたがだめだった。泳ぎもできない。溺れそう！　どうしよう？　その時、沢井君が大声で「リュックを捨てろ」と言った。え！　泳げないのに？　と丁度その時、目の前にロープが飛んできた。そのロープを捕まえることができた。沢井君が引っ張ってくれて、浅瀬に出ることができた。間一髪の助けだった。泳ぐのをやめて川のほとりを歩いた。震えはとまらない。しばらく歩いた後、幸いにも私のリュックは浅瀬に止まっていた。歩きながらも、夜になっても恐怖の震えは止まらなかった。

沢井君は、頼りになる山の豊富な経験と、強さを持っていた。それでいてやさしく、心は純粋だった。さらに弟と違って、女性の私にまで、差別することなく、親切丁寧に登山の方法を指導してくれた。真のリーダーだ。まさしく、アルファウルフだ。

彼はヒマラヤ登山を計画し、誘ってくれた。あまり高峰でないが、未踏峰だった。職場の長に休暇を願い出たが、職場を辞めて行ってくれと言われた。職場を辞めれば食べてゆけない。辞めれば再就職したくても女性には職が見つからない。主人は歩行不能者で、収入はほとんど無かった。家のローンもあった。行きたかったが、仕方ない。

その後、沢井君は、１９７８年に、関西学連ＯＢのパーティを組織して、ヒマラヤ、ゲントⅡ峰（７３４３ｍ）の登頂を果たした。

正月を過ぎたある日、高校山岳部だった仲間から、沢井君の突然死の悲報が届いた。正月、家族が留守中に自宅で倒れているのを弟が見つけた。脳出血で、病院で手術をしたが、２日後に亡くなった。高校山岳部顧問だった先生、古い山仲間、沢登りを共にしたＴ君など数名が集まり、沢井君を偲んだ。奥様は、ゲントⅡ峰の登頂記録のＣＤをもってきてくださった。

弟の遭難記事を詳しく読み、沢井君が、何故ヒマラヤに誘ってくれたのかが分かった。弟の供養のための登山。沢井君も弟も、真に山を愛していた。私にもその山の魅力を共に味わってほしかったのであろう。

7　山の魅力

北山などの低山を歩いていると、いつも私の前に蛇が現れる。嫌いだ。爬虫類にも弱い。蝶はきれいだが、虫が好きでない。鳥のさえずりは心地よいが、名前を覚えるほどでもない。

花は好きだ。父は老いて農業労働がきつくなってから、最後には、家の周りの畑で花を栽培した。母はいつも玄関に生け花を飾っていた。両親の共通点は、花が好きだったことだ。私は、生け花より、山に咲いている可憐な花に愛着を覚える。しかし好きでも、内田先生のように、花の名前が覚えられない。

木も好きだ。木を見ると心が癒やされる。山では、新芽のころ、深い緑色、そして紅葉のみごとなこと、どのシーズンもきれいだ。雪をかぶった木々も楽しい。何か言いたげだ。スキー場のリフトに乗って、雪に覆われた木を見ていると、木々は何か言葉を発している、いや、はしゃいでいるようにも思われる。この私の感覚は、植物の性質からくる。山道に入ると、なんともさわやかな木々の心地良いにおいを感じる。木々の癒やし効果はすでに良く語られている。

特に惹かれ、感動するのは、雪をかぶった岩山だ。村井君の山の写真、穂高岳のモルゲンロートはまさしく心のオアシス。見ているだけでも山の空気が伝わってくる。汗をかきながら登って休憩した時に、ふと見た山々や、山からの景色は感動を呼ぶ。私は数え切れないくらい多くの山々の景色に感動してきた。最近では、小谷村にある雨飾山《あまかざりやま》の頂上から、緑がどこまでも続く風景に、こころを打たれた。近年、よく競技スキー合宿で訪れたスイス・サースフェは、雪に覆われた岩山群に囲まれた氷河があり、そして、ふもとの村には可憐な花、花、花が咲きみだれているすばらしいところだ。でも、白馬の手前にある小日向山《おびなたやま》に積雪期に登れば、白馬をはじめ、北アルプスの山群の風景は、スイスに負けないダイナミックさを感じる。

最近は、ドローンを飛ばして、普通に見ることができない山の風景写真がテレビで映し出される。それらは、めずらしいが、私にとっては感動が感じられない。山の空気が伝わらない。

人に連れられて登るより、自分で計画したルートを登る面白さを知った。山の会チングルマではその楽しく、面白い経験をした。旅行の面白さの半分は計画を立てることにあると私は考える。もし独身時代に、沢井君のような山の専門家に出会い、山の知識を得て経験を積んでいたら、もっと厳しい山に挑戦する山女になっていたかも？　でも私にはそのようなチャンスはなかった。

山の自然は、偉大だ。どの国、地域の昔の人々も、山に対する信仰を持っていた。今、簡単に登れるようになったとはいえ、山は変化し、いろいろな面、けわしさ、すばらしさをみせる。だから魅かれる。挑戦したくなる。山では、自分も素直な気持ちになれるが、人との関係も純粋になれる。そして最高の友情が得られる。

文献

1『DAS　EDELWEISS　XVI　1971』関西学院山岳会（OB会）、関西学院大学体育会山岳部発行、1971年
2『アルピニズムと死　僕が登り続けてこられた理由』山野井康史、ヤマケイ新書、2014年
3『山・わが心のオアシス　村井文男写真集』東方出版、1999年
4『スイスアルプス花図鑑』内田一也、2010年
5『黄色いテント』田淵行男、ヤマケイ文庫、2018年

第3章　お茶のさと

白い茶碗の中の緑の色、口に含むとほんのりした香りとまろやかな甘みが舌を心地よく刺激し、喉を潤すこの感触はたまらない。煎茶を味わうのが朝の日課である。昔は、コーヒーだったが、今は、お茶。

かなり大きな丘陵地が開発されて、売り始められたばかりの団地を見つけた。１９７２年３月14日、主人と私はここに一番乗りで移ってきた。桃山の丘陵を下り、奈良街道に出て、車で少し走ると、茶畑があり、木々に囲まれたトンネルのような道を通過する。今は開発されて家や店が立ち並ぶ平凡な道となったが、ここを通ると昼間のストレスから開放されてほっとし、お茶の郷に引っ越してきたと思えた。団地は、菟道岡谷の名前から想像される静かな処である。朝は小鳥が気持ちよくさえずっている。北に明星山が迫り、南の小高い山を越えると興聖寺の裏、あるいは仏徳山（大吉山）を越えると宇治上神社の裏に出る。興聖寺は宇治川に面しており、川を渡ると南側に平等院がある。団地を表すにふさわしい町名の菟道岡谷だが、数年のちに平凡な明星町に変わったのにちょっとがっかりした。

宇治市史をひもとけば、「宇治の地名については、古くは『宇治』と書くこともあったが、むしろ『菟道』とするほうが多かったようだ。市内の『菟道』は『とどう』と読まれているが、本来の発音は『うじ』であって、言葉の内容にふさわしい漢字をあてるならば『内』である。古代宇治の地形を頭に描いてみれば、北・東・南をそれぞれ山でかこまれ、西に巨椋池《おぐらいけ》が広がっており、まわりを自然的障壁によってさえぎられた『内』であった」。

文禄3年（1594年）は、宇治の歴史上文字どおり画期的な年になった。宇治市史によれば「『内野』と呼ばれていた平安京大内裏跡に聚楽第を営んだ秀吉の思考と行為をみれば、平安京と平城京という二つの古都を結ぶ唯一無二の大和街道は、秀吉にとっていわば『天下一の街道』でなければならなかった。秀吉の伏見構想は、図2に示すように、宇治川迂回河道の新設、伏見城下町の『横町』化、小倉堤の築成、豊後橋の架設、宇治橋の撤去、淀城の廃城を含む一組のものだった。新しい

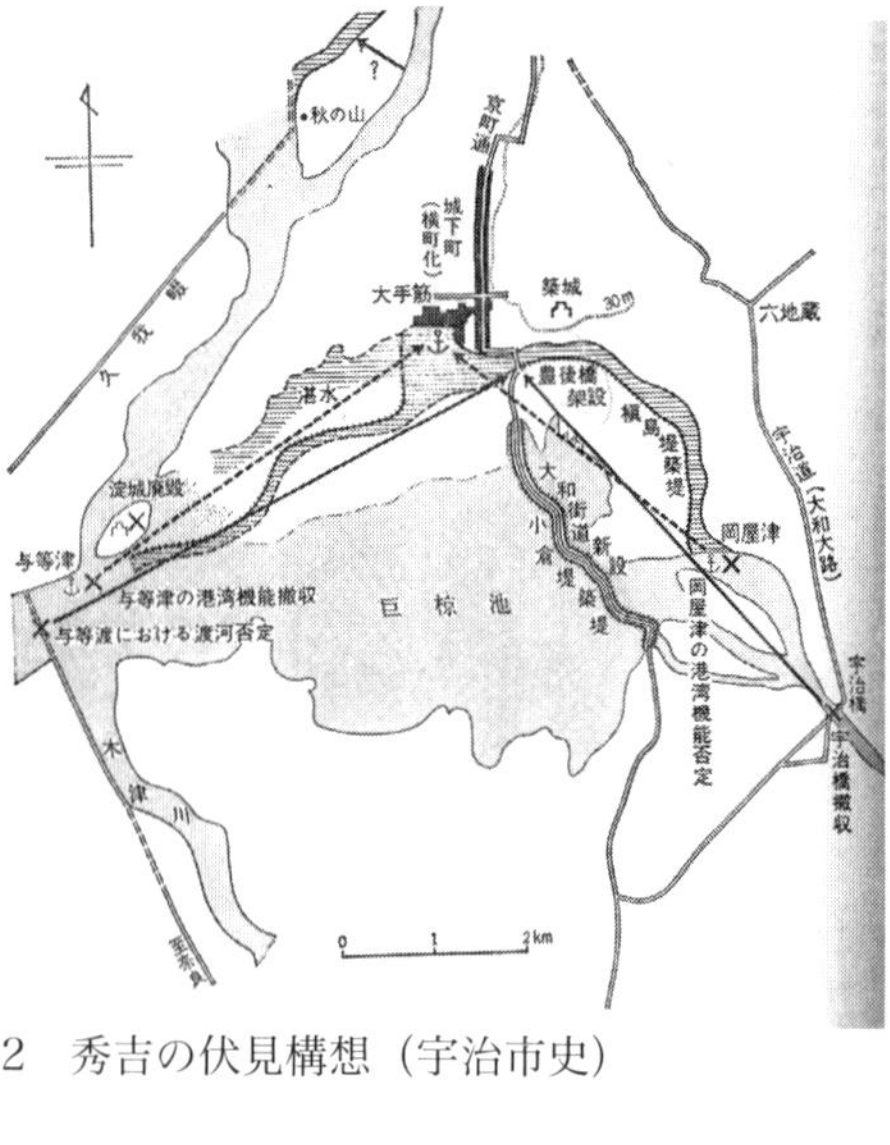

図2　秀吉の伏見構想（宇治市史）

大和街道は、通行の実態が完全に伏見城の視界におさまるように作為された湖上の一本道である。宇治は、宇治橋撤去という交通の要衝としての地理的位置が奪い取られただけでなく、小倉堤の築造は、おそらくまだ存続していたであろう岡屋津から、前面の巨椋池を経て各地につながっていた水路を奪い取られる結果にもなった。宇治は水路上の地理的位置もはく奪されてしまった。『宇治里袋』によれば、撤去されていた宇治橋は、慶長４年（１５９９）、家康の命によって復興されたという。だが、ひとたび小倉堤に移った『大和街道』が宇治橋ルートに戻ることはなかった」。

高野哲夫の専門は薬であった。が、それ以外にもさまざまな方面に広く興味を示した。結婚後すぐに脊椎カリエスを再発した。２度手術をしたが、結核菌の壊死巣による膿瘍を除去できず、結局歩行不能になった。安価な家を購入し、車椅子で部屋の中を動き回れる間取りに改良した。記憶力抜群だったので、なんでも彼に伝えておけば、インターネットのない時代には、彼がインターネットの代わりをしてくれるので、本や雑誌も自宅で購入せざるを得なかった。大変敏感な舌の持ち主で、美味しい食べ物に目がなかった。昔、京大教養部の1年間は、宇治分校で学んでいたので、宇治についてはかなり良く知っていたようだ。守屋毅氏は『喫茶の文明史』で、お茶は嗜好品で、生命に関わる飲み物というよりは、人々の気分や精神や雰囲気や価値観、つまり文化に関わる飲み物という。さらに、お茶は、似たような仲間たちと一緒に、幅広い飲み物の世界をかたちづくる、広い意味で「お茶」はその仲間たちの名前ともいえるという。哲夫は多くの仲間と交わりリーダシップをとるのを得意とした。友人、後輩、知人に自宅に来てもらって、意見を交わし、その上、手助けも頼んでいたようだ。もちろん大のお茶好きであったので、仲間との集まりには上質の煎茶が不可欠であったと思われる。移住以来ずっと日常、堀井さんの良質の煎茶を飲んできた。

２０１５年のある日、京都山城宇治茶の郷として、和束町原山の、こんもり丸く刈り込まれた茶畑が整然と並ぶ景観と共に、『日本茶８００年の歴史散歩』〜京都・山城〜の「日本遺産」認定がテレビで放送された（２０１５年４月24日）。お茶好きの私だが、そんなきれいな茶畑は見たことがない。「日本遺産」とは？

文化庁によれば、「日本遺産」は「地域の歴史的魅力や特色を通じて我が国の文化・伝統を語るストーリー」で文化庁が認定するもの。「地域に点在する遺産を面として活用し発信することで、地域の活性化を図る」ことを目的とする。「世界遺産」は、文化財（文化遺産）の価値付けを行い、保護を担保とする。

『日本茶８００年の歴史散歩』のストーリーは、「お茶が中国から日本に伝えられて以降、京都・南山城は、お茶の生産技術を向上させ、茶の湯に使用される『抹茶』、今日広く飲まれている『煎茶』、高級茶として世界に広く知られる『玉露』を生み出した。日本の特徴的文化である茶道など、我が国の喫茶文化の展開を、生産、製茶面からリードし、発展をとげてきた歴史と、その発展段階毎の景観を残しつつ今に伝える独特で美しい茶畑、茶問屋、茶まつりなどの代表例が、優良な状態で揃っている唯一の場所である」。これを語る32の文化財が指定されている。例えば、宇治茶のはじまりとされる「駒蹄影園跡《こまのあしかげえん》碑」、足利将軍家などが作らせた茶園「七茗園」の一つで、現存する堀井七茗園さんの所持する「奥ノ山茶園」、旨みを引き出す「覆下栽培」、煎茶を誕生させた「永谷宗円の生家」、「和束町原山の茶園の景観」、「流れ橋と浜茶」「上狛の茶問屋の街並み」「和束町石寺の山なり茶園」「海住山寺」などなどである。

毎日愛好しているお茶についてまったく無知なことを反省し、お茶に関する知識を少し得ようと思い立った。宇治市の図書館は、さすがお茶の郷であるだけに、お茶の本が約２００冊以上書棚に並べてある。

茶の原産地は中国であり、日本にもたらされたことは多くの本で一致していた。それが、いつ、誰によって日本にもたらされたかについては本によって異なっており、日本最古の茶園として、滋賀県坂本の日吉茶園、佐賀県背振山の茶園、あるいは京都栂ノ尾の茶園も記載されている。どれが本当なのか？　橋本素子氏（専門は日本中世史、主に喫茶文化史、京都府茶業会議所学識経験理事）の『日本茶の歴史』（淡交社）が出版された。一次資料と説話によるものとが明記されているので信頼性が高い。これを基にした。

1　日本茶の始まりと茶文化の到来

茶は中国雲南省南端から渡来したとされているが確定していない。現存する日本の品種は、どれも遺伝子タイプが似ている。唐に留学した修行僧、永忠(743〜816年)、最澄(767〜822年)、空海(774〜835年)が1度目の唐風喫茶文化を日本にもたらしたのが始まりらしい(他に商人がもたらした説もあるという)。

『日本後紀』が日本における茶に関する最古の史料である(橋本氏)。その弘仁6年(815年)4月22日に永忠が住職であった近江国(滋賀県)梵釈寺で、永忠手ずから嵯峨天皇に茶を煎じ奉御した。煮出して飲む「煎茶法」の茶だった。帰京した天皇は茶を植えこれを献ぜしむと法令をだした。橋本氏の『日本茶の歴史』によれば、史料にみる最古の茶園は、大内裏茶園である。そこでは茶を摘み製茶していたこと、その茶を朝廷の仏教儀礼で使用していたことの2点が最古の国産茶事例史料で確認できる。一方、最澄は空海のもとから帰らない弟子に書状とともに茶10斤を送った史料もある。

2度目は栄西《ようさい》(1141〜1215年)が宋風喫茶文化をもたらした(点茶法は栄西より1世紀早く、留学僧もしくは商人が伝えた可能性もある)。栄西は、茶の効用について中国の文献を引用し『喫茶養生記』を記したが（『茶の文化史』、小川後楽）、抹茶の製茶法については、栄西が実際見聞きしたものであり、それゆえ寺院や市井で飲まれている茶、葉茶を抹茶にして飲む点茶法と飲み方について簡潔に要点を記した。栄西は顕密僧で、宋に2度留学し、2度目の留学から帰国（1191年）の際、持ち帰った茶種を佐賀県背振山山麓霊仙寺（今はない）300mのところに蒔き、栽培したとされる。霊仙寺跡のある吉野ヶ里には「日本最初之茶樹栽培地」（肥前史談会、東背振村）という石碑が立っている。茶は、禅と共にではなく、顕密寺院を中心に広まったというのが橋本氏の説である。

最後に、明風喫茶文化をもたらしたのは、隠元（1592〜1673年）が有力候補という。

2　宇治茶の歴史

2—1宇治茶の始まり

宇治茶業界では栄西、明恵がともに茶祖とされる。栄西から送られた背振山の茶種（茶実）を、栂尾《とがのお》高山寺の明恵は、「深瀬《ふかいぜ》三本木」谷側に植えたとされる。高山寺は京都周山街道を隔てたところにある。境内には「日本最古之茶園」の石碑が建つ茶園があるが、これは大正期（1912〜1926年）、山に散在していた茶樹を個々に集めて現在のこの茶畑が作られた。今は宇治の茶業協会の篤志家により管理されている。

南北朝時代（1336～1392年）に闘茶が大流行した。「本茶」を栂ノ尾茶とし、他の産地の茶「非茶」を飲み当てる遊芸である。栂ノ尾茶が本茶とされるのは、栄西から持ち帰った茶実という系譜を引いているからで、茶の文化や技術が中国から伝来し、栂尾から全国に広まった伝説が作られたからという。が、それ以上に、栂ノ尾の茶は味も良かったらしい。明恵が茶の蒔き方を教えたと言われる伝説「駒の蹄影《あしかげ》」の由来を記した大きな石碑が黄檗山万福寺の門前に建っている。このあたりは茶畑であったのであろうか。隠元によって開創され黄檗山万福寺が建てられたのは、はるか後、1661年だ。

2―2　宇治茶の大改革――うまみの「抹茶」

戦国時代末期までは、栂ノ尾茶が至高とされてきた。宇治の地に、足利義満によって六茗園が、のち七茗園が作られ、（一次史料なし）茶は代々の為政者に愛されてきた。しかし宇治・栂尾以外の産地からも、天皇家、将軍家に茶が献上されていたので、宇治では、栂ノ尾茶を抜きトップになるために、茶の栽培方法から経営にいたるまでの大改革がなされた。第一に、宇治は自らのブランド力を高めるために、生産量の増加を図り土地を買い集めた。「宇治茶」ブランドの保護として、宇治郷以外で栽培された茶も宇治茶に集積され、茶師により製茶、ブレンドされ「宇治茶」と称して販売した。

2―3　覆下栽培《おおいしたさいばい》

覆下栽培は、新芽が出る時期に、霜よけのため茶園全体に覆いをかけて栽培する方法として編み出された。いつから始まったかは定かでなく、最も古い記録とされてきたのは、ポルトガル人宣教師ジョアン・ロドリゲスの『日本教会史』だった。

主要な栽培地である宇治のヴィーラでは、この茶の作られる茶園なり畑なりで、その上に棚をつくり、葦か藁で全部をかこい、2月から新芽の出始めるころまで、すなわち3月の末まで霜にあって害を受けることのないようにする。―ロドリゲスの『日本教会史』はほぼ1622年以降にマカオで書かれたものであるが、執筆の素地となる体験は天正年間から慶長年間であったから、安土桃山時代（1573～1603年）には覆下の技法が一般化していた（宇治市史Ｐ638）。

最近、京都府立大などの土壌調査により、遅くとも15世紀には行われていたことが分かった。宇治七茗園の一つ、奥ノ山茶園にある最も古い茶の木の下の土壌が分析され、茶園の覆いに使われた稲わらなどに由来する有機物が調べられ、1396～1440年の土壌で急増していることが判明した（朝日新聞、2017年9月5日）。

覆下栽培からの茶葉「てん茶」を擦って抹茶にする茶臼も、地元の宇治石を使用して改良が加えられた。下肥などの大量の肥料も使用された。覆下栽培によってうまみを引き出す「てん茶」の生産方法は、栽培法や製茶法の長年の改良の結果生まれたものといえる。

２―４　千利休（茶人）は、宇治の茶を重要視し、宇治と深い関わりを持った

千利休は茶匠として、みずから宇治に来て、宇治茗園の茶を押さえてそこの茶を詰めさせ、多くの茶人の需要をまかなっていた（書状あり）。利休は宇治の茶師、上林との交流が密であった。その他多くの茶師が単なる茶業者の枠を超え、茶の湯に関する茶の総合プロデューサーとして大活躍した。

２―５　御茶壷道中

江戸時代には、新茶の時期に宇治で茶を詰めた茶壷は、愛宕山に預けられ、ひと夏を越して、徳川将軍家に運ばれた。江戸幕府が宇治茶に献上を命じる宇治採茶師を派遣したのが始まりで、１６９３年家光の時代に制度化された。お茶壷道中は権威ある行列で幕末まで続いた。後には、宇治から山梨県谷村に持って行き、そこで夏中置かれた。ルートも東海道、中仙道、甲州街道などが用いられた。

２―６　「煎茶」の登場

宇治製煎茶とは、露地茶園の葉を摘んで、すぐに蒸して殺青《さっせい》し、焙炉の上で揉みながら乾燥

させるもの。現在我々が飲んでいる茶である。元文３年（１７３８）に、宇治田原の湯屋谷の篤農家である永谷宗円が、宇治製煎茶を発明したと伝えられている。『古今嘉木歴覧』引用の『上煎茶由来』や『永谷家旧記』に記載されたもので、後世の家の記録であり、一次史料ではない。宇治田原町教育委員会によりこの伝承が再検討された。

永谷宗園と緑茶製法の発明を再検討：宇治田原町茶史調査報告書（２０１４年３月、宇治田原町教育委員会）。

1．なぜ元文年間、湯屋谷なのか：緑茶製法を発明したという通説は、宗円の子孫である永谷三之丞家に伝来する「古今嘉木歴覧」が元になっていると思われる。諸大名の茶の需要も減少し宇治茶師の特権や地位の優位性が薄れていき、経済状況が窮乏していた。18世紀の中頃には、宇治郷の茶園の32％が荒廃していた。常用茶としての煎茶が次の主力商品になるだろうと、宗円による緑茶発明の年より40年前には予測されていた。都市部の需要拡大に応じて煎茶生産を拡大するというのは全国的な動きであった。宗円による蒸し製煎茶に近いレベルの製法は存在していた。都市住民の新しい常用茶を生み出そうとするなかで、最も高品質な煎茶をうみだしたのが湯屋谷の緑茶製法であったのではないか。新芽だけを摘み取って蒸すというてん茶の製法を取り入れ、そこに乾燥させながら、揉捻過程を加えることで、抹茶の風味のよさを煎じ茶に取り込むことに成功したのが、湯屋谷の青製煎茶だった。このイノーベーションは、何の特権もなく、しかも宇治抹茶の製法を熟知していた湯屋谷で生まれたのも偶然ではないはず。

2. なぜ江戸行きなのか：宇治田原町茶史調査報告書によると新製法の茶を京都など湯屋谷近辺の都市で販売したくても、宇治茶師の既得権の中に割り込むのは困難であった。湯屋谷の茶業者が選んだのは巨大マーケットとしての江戸であったのではないか。江戸では受け入れられた。どのような繋がりで江戸に行き、販売の中心になった山本嘉兵衛と知り合いになったのかは不明。後年、宗円は緑茶製法を惜しげもなく皆に伝えた。一大消費都市で受け入れられて販売が拡大すれば、一人で作っていては間に合わない。新製法発明後10年で、近隣の村々で、この緑茶製法で茶が作られるようになった。宇治の茶師を経由せず「宇治製茶」として売り出し始めたので、宇治茶師との間に確執を生み出した。湯屋谷を始めとする製茶業者と煎茶をみずからの統制下において権益の拡大を図る宇治茶師との長い駆け引きもあった。

2―7 「玉露」の登場

1835年、江戸の茶商山本嘉兵衛が、宇治小倉の茶師、木下吉左衛門の焙炉場で玉露の原型となる「玉の露」を生み出した。その他に3つの説がある。その後、江口茂十郎が「玉の露」を現在の形状に近づけた。辻利右衛門によりそれまで粗製であった「玉露」に改良が加えられ、現在の製法の基礎を確立したと伝えられている。これらの伝承から、個人の努力と宇治製茶業界全体で数度の改良により、現在の「玉露」が完成したという。

2―8　明治期の茶の輸出

日米和親条約締結後、１８５９年、横浜港が開港した。茶は生糸に次ぐ重要な輸出品目となった。１８６７年、神戸港が開港され、ここでは、茶の輸出が第1位だった。山城産や、滋賀県、奈良県、三重県産の茶が、上狛（京都府木津川市山城町）の茶問屋に運ばれ、木津川、淀川を経て神戸港に運ばれた。輸出先はアメリカ、イギリスなどであった。

2―9　茶の科学

「茶」と表記した場合は茶葉や飲み物、「チャ」は植物を意味する。ツバキの仲間、弱酸性の土壌を好む。

大森正司氏の『お茶の科学』の説によると、「大和茶」は、８０６年、空海が唐から持ち帰り奈良県宇陀の仏隆寺あたりに蒔かれ、その後これが京都に伝わり、全国に広まったとする。複数の留学僧がもたらしたとされる現存する日本の品種は、どれも遺伝子タイプが似ているので、中国の限られた地域に生息していた可能性が高い。研究者として大森氏は「自生説」を証明したい夢を抱く。

「お茶の木の源流も京にあり―DNA型分析で判明」

京都府の研究チームが、国内各地の茶のDNA型分析をした。この分析により、中国から伝わった茶が、京都・宇治で確立された製造技術により各地に広まったとされるが、その技とともに茶の木そのものも、京都から各地に伝わった可能性が高いことが、科学的に裏付けされた（朝日新聞、2016年5月16日）。

2―10　茶のうまみ、テアニンの発見

酒戸弥二郎（京都府茶業研究所）は、1950年、茶のうまみ物質がテアニンという新物質であることを、玉露を用いて発見した。テアニンは根で作られ葉に移行する。光によりカテキン（渋み成分）に変化する。被覆栽培を行うと、茶園の温度を下げる効果があり、テアニンのカテキンへの転換を抑制するので、テアニンが葉に残りやすいと考えられている。昔から、緑茶の名産地には朝霧のたちこめた冷涼な土地が多いことも、このことから証明された。テアニンは、玉露に、覆下栽培のてん茶（抹茶になる）に、高級煎茶に多く含まれる。

2―11　茶と健康

テアニンは、リラックス効果があり、ストレスを感じやすい人に過剰な緊張を抑制することが見出された。その他、茶の生理作用について多くの研究がなされている。カテキンは、生体

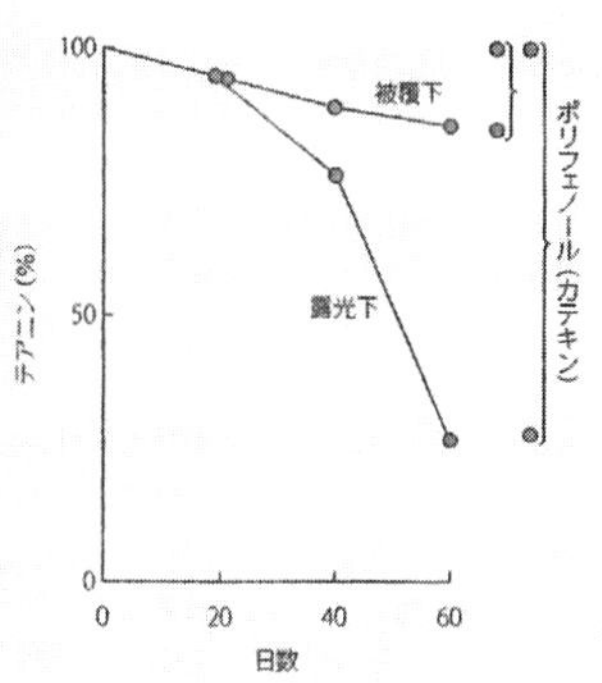

図３　茶大百科　農文協
テニアンの合成反応

の活性酸素を消去する作用がある。「抗酸化作用」で発ガン抑制する。ＬＤＬコレステロール上昇抑制、血圧上昇抑制作用もある。カテキンは構造にＯＨ基を多く持つので、スパイクを被覆し、ウイルスと細胞の結合を阻止し、風邪やインフルエンザを予防、アレルギー症状を抑制する、などなど。カフェインは、覚醒効果、利尿作用を高める。

　宇治では、抹茶、煎茶、玉露が発見されただけでなく、覆下栽培により、テアニンの増加が科学的に証明された。このテアニンこそが、ストレスの多い現代人にとって欠かせないリラックス効果をもたらすという。茶の重要なポイントについて、宇治は真にリードしてきたことが示された。

　『喫茶養生記』は、栄西が鎌倉の３代将軍源実朝に献上した茶に関する最初の本であるが、医書として評価される（『茶の文化史』小川後楽）。「茶は養生の仙薬なり。延齢の妙術なり」僧侶たちは身をもって茶の効用を早くから認識していたように思われた。

3　茶の名所訪問

3―1高山寺

高山寺を訪れたのは初夏だった。早朝7時半ころ駐車場に着いた。清滝川のほとり、背の高い木々に囲まれたお寺の表参道から入ると、木々のにおいを含む、ひんやりした冷気が伝わってきた。すがすがしい。標高は約200m少しだが、京都の街から離れて山に奥深く入った感じがする。石水院は、鎌倉時代初期の建築様式の最高傑作ですばらしい建物だ。今は国宝に指定されている。中に入ると、まず明恵上人樹上座禅像が目に留まる。仏陀の説いた戒律を重んじることこそ、その精神を受け継ぐものと主張したとされる。超人的な学僧、人柄は無欲無私にして清廉、世俗権力、権勢を恐れるところがなかったと言われている。山中の松林で座禅を組んでおられる像を見て、すでに茶の良き効果、テアニン効果を知っておられたのでは、そして、その良さの故に、宇治に茶を広められたのではと、私なりの勝手解釈をめぐらす。

日本最古の茶園は寺の境内の中央にあるが、大正期（1912〜1926年）、山に散在していた茶樹を個々に集めて現在の場所に作られたことはすでに述べた。茶は土壌の質が良し悪しを決めるが、朝霧の立ち込めた冷涼な気候も大切である。栂尾が茶に適した土地で、本茶として長らくその位置を占めていたのは、茶にとって、良き環境であったからとうなずける。

3―2　茶摘み体験

堀井さんの覆下茶園で高級煎茶の茶摘みを体験させてもらった。必要な新芽だけを上手く摘むのには大変な熟練が必要だった。私の登場は、ベテラン茶摘み人たちのまったくのお邪魔虫となった。

3―3　永谷宗円生家

宇治田原湯屋谷にある日本緑茶発祥の地、永谷宗円生家へは2回訪問した。ロードバイクを自家用車に乗せて出かけた。自宅から宇治川沿いの曲がりくねった大津南郷宇治線を走る。宵待橋で南へ曲がり、森林に囲まれた、田原川沿いの62号線を走るとすぐに宇治田原に到着した。部落があちこちに点在し、迷路のごとく細い道が数多く通っている。目指す湯屋谷は分かりにくい。湯屋谷永谷宗円生家の看板があったので、その山に囲まれた細い道に入ると部落があった。が、生家は見つからない。一軒の家の扉を叩いて尋ねると、「少し下ると橋に出る。その橋を渡ってまっすぐに登って行くと見つかる」という。30分くらい登り、ついに部落をはるか離れた徳川家康の伊賀越えの道まで上がってしまった（天下統一を目前にしていた織田信長は、1582年6月2日、京都本能寺で明智光秀の襲撃で生涯を閉じた。当時信長の招きで堺に逗留していた家康は、その事実を知り、信長の後を追う覚悟をしていたが、家臣に止められ意を決し、急いで領国まで帰ることにした。宇治田原に入り、湯屋谷を経て伊賀を経由した道）。

　幸い出会った配達員に案内してもらった。少し下ると橋に出た。なんと、そこの脇には、「日本茶誕生地」の看板がいくつかあったのだ。どうしてそれを見落としたのか！　自家用車も、特にロードバイクは視野が狭く行く先の前しか見ていない。

　橋を渡り、川沿いの、一方は山に囲まれた坂道を上がって行くと、道々には、よく知る有名な茶の看板をかかげた生産者宅が並んでいた。茶畑は見えない。行き止まりに、永谷宗円生家と茶宗明神社があった。生家は閉まっていたので、小さな茶宗明神社に参った。

　翌年5月8日の新茶祭りの時に、再び永谷宗円生家を訪れた。生家は開かれ展示されていた。山あいの狭い場所に、多くの人々が集まり混みあっていたので、残念ながら生家の様子をよく見ることができなかった。いく班かに分かれて、そこに植えられている茶の木から、各自新しく摘んだ新芽を用い、煎茶を作る簡易方法を学んだ。自宅で飲む煎茶は、細く撚られている。これをつくるには、茶葉を繰り返し、繰り返し揉まねばならないことが分かった。手揉みは根気が必要で、時間もかかる操作だ。

　偶然にも、まったく異色な男性、京都在住製薬会社の研究所の元チーフで、今はある大学の研究室に所属されている人に出会った。彼は立派な自宅に外人の講師を招き英語塾を開催されていた。NY勤務の経験から、英会話力を身につける必要性を痛感されていたようだ。一時期、参加させてもらった。何故彼がここに来られたのかを聞くと、アルツハイマーや認知症への茶の効果を調べたいということであった。茶の生理的作用の研究は、すでに多くなされているのにと私は勝手に考えたが、それらの病気に対して茶の効果がより詳しく調べられ、良き結果が得られれば、われわれ高齢者にとって良く、さらに茶を生産する宇治や南山城でも画期的になると思った。

３―４　和束

テレビで見た和束の茶源郷に行く。広告がべたべた張られた家々が乱雑に立ち並び、自動車がひっきりなしに通過する24号線は走りたくない。日本人は都市計画がない。昔スキーでドイツを訪れ、通過したドイツの田舎町の整然としたきれいさに驚いた。私は細くて曲がりくねった静かな山道をマイカーで走るのが好きだ。宇治田原に行った時と同じ宇治川沿いを走り、宵待橋で南に折れ、62号線に出る。そのまま和束に行くのが最短ルートだ。しかし、細い山道で離合できない。しかも雨のあとだったので無理と言われた。仕方なく３０７号を走り、奈良街道（24号線）に出た。しばらく走ると広々としたのどかな山城平野に出た。

突然、大昔の記憶が蘇ってきた。高校２年の日曜日に、クラスの10人くらいの同級生の男女で、奈良街道を自転車で奈良までハイクした。約60年前のことで、桃山高校から奈良まで、今のように道沿いに店舗や小さい家屋がひしめきあっていることもなく、広々としたのどかな山城平野の田園の中の道だった。悠々と道いっぱいに広がり、スピードを競いながら、歌を歌いながら走った。道は舗装されていたと思うが、まったく自動車もバイクにも出くわさなかった。大変楽しいサイクリング小旅行だった。だが、次の日学校で担任の先生から、受験勉強もしないでハイキングとは！　とかなり厳しく注意を受けた。桃山高校はユニークな授業をする先生方が多いなか、われわれの担任の先生だけがいわゆる今風の受験勉強主義の教師だった。

しばらく走ると、ひときわ大きい「福寿園」の看板と、白い、大きい土蔵風の倉庫が目に入ってきた。上狛だ。ここで木津川がほぼ直角に折れ曲がっていた。上狛は茶問屋街だ。今は40軒に減少したが、最盛期には約１２０軒も茶問屋が軒を連ねていたという。今も古い町並みが残っている。ここに集積された茶は木津川、淀川を通って神戸港まで運ばれていった。上狛で伊賀街道１６３号線に入る。ゆったり流れる木津川沿いのドライブも気持ちが良い。和束への看板を見て左へ曲がる。小川沿いを走ると、とたんに温度が下がり、樹木の匂いのするひんやりした心地よい空気を浴びた。山道の傾斜が急になり、こんもりしたかまぼこ型の茶畑に到着した。石寺の茶畑である。はるか山あいの下の斜面に撰原《えりはら》の茶畑がみえる。整然とした茶園はきれいだ。斜面には白栖《しらす》の茶畑が延々と続く。細い茶畑の中の道を登り降りして、和束茶カフェに到着した。自動車を駐車場に置き、カフェで和束茶をいただく。

和束では、小高い山の斜面を利用して、あちこちに茶畑が作られている。和束町のサイトによれば「標高１６５ｍの山頂に、和束町の自慢の風景が一望できる『天空カフェ』がある。京都の高台寺の茶室（傘亭）をモチーフに、府内産のヒノキや杉を使って建てられた。平成24年オープン」と書かれている。徒歩でそこをめざした。茶畑を見ながら、雑木林の道を行き、山を回って反対の南側の川のほとりに出た。そこから急な階段状の登り道をあがる。上に出ると背丈くらいの木が生い茂っていて、急に道が消えた。すぐその先に「天空カフェ」があるはずだが、到着できない。反対側に道を見つけたのでそちらに進むが、行けども〳〵茶畑の上の道が続き、降りられない。仕方なくあるところで、茶畑に飛び降り、ようやく農道に出て、無事帰れた。途中で和束の茶畑の風景は一望できたとはいえ、大変な目にあった。後で分かったことだが、「天空カフェ」へは、和束茶カフェで申し込んでくださいと書いてあった。

２回目の訪問では、バイクこぎで釜塚の茶畑をまわった。坂が多く、何回もバイクを降りて押さねばならなかった。３回目は、一番端にある原山の円形茶畑を訪れた。帰り、鷲峰山参道入り口から、鷲峰山金胎寺《じゅうぶさんこんたいじ》に登りたいと思い、試みたが登り口が見つけられず、引き返した。海住山寺《かいじゅうせんじ》の高僧が、鎌倉時代に、茶の栽培に適した土地として、鷲峰山の山麓に茶の種を蒔いたのが、原山の茶畑の始まりとされる。和束は、町中いたるところ小高い山の斜面に茶畑が広がっている。きれいに整備されており、見事で、美しい。茶源郷としてふさわしい。「日本で最も美しい村」連合に登録されている。ただ自転車でまわるのは、登り下りが多いので、若向きである。私にはまったく無理だった。

和束がどうして、「茶源郷」というキャッチフレーズを獲得した茶産地になったのか？「和束茶業史――人々の奮闘とそれを支えた地域の力――藤井孝夫」（『京都府立大学文化遺産叢書第9集　和束地域の歴史と文化遺産』京都府立大学、2015年）に詳細に記されている。ここから抜粋、引用する。

和束の茶生産は江戸時代に確認できるが、現在のような茶畑が広く展開する景観になったのは、輸出品として茶の生産量が増加したから。茶の集散地として木津川河港の上狛が発展し、山城南部地域の茶業の直接的な基礎はこの時期にできた。戦後も輸出品に茶が奨励され、戦後開発された茶園も多い。風土が水田より茶栽培に適していた。煎茶の手揉み茶園では、筋状に植栽されていないが、摘採機の導入により、茶園は筋状に整備されてゆく。品質や摘採機の普及と相俟って、生育が斉一で樹冠面に起伏がない整然としたかまぼこ型の茶園となった。近年は、樹冠面全体の新芽生育を揃えるため、摘採機の曲率を小さくして、よりフラットな〝かまぼこ〟茶園に様変わりしている。和束郷が茶産地として発展の契機になったのは、収穫や製造の作業が、〝て〟から〝機械〟に転換してゆく中で、品質を落とさない創意工夫がされたから。また、新しい技術を受け入れて挑戦し、他に先駆けた技術を〝もの〟にしてきたことである。それは、茶産地の品評会などを舞台にした、〝競争〟と製造や販売での〝共同〟による、人の努力や想がある。技術の変化、即ち、手揉み時代、手ハサミ時代、機械刈りの時代に合わせて植え方が変化した。一株毎から、列状に植えられ、今の景観（かまぼこ型）ができた。

３―５　海住山寺

翌年、２０１７年の秋、南山城非公開の寺めぐりが企画されたので、一番に海住山寺を選んだ。海もない山の中に海住山寺とは？　その名前に惹かれる。その由来は、「海」とは、観音の衆生を救済しようという誓願が海のように広大であることを意味し、海のような観音の誓願に安住するという意味があるとする。

登り口の民家に自家用車の駐車をお願いした。瓶原《みかのはら》を一望におさめる三上山（海住山）の中腹にお寺は建てられている。急峻な曲がりくねった道を徒歩で登った。約30分後、立派な山門が見えた。山門の横の広い車道に誘導されて歩いてしまった。少し上がると入り口にきた。８時前で、従業員の人たちはあわただしく準備中だった。まず目に留まったのは国宝の五重塔で、きりっとして美しい。鎌倉時代の傑作とされる。

「塔は元来仏舎利を納めるための施設で、海住山寺では貞慶上人の仏舎利への篤い信仰の表現として建てられている。この五重の塔は裳階《もこし》と呼ぶ庇が設けられている。心礎のない建物で、心柱は初重の天井から立ち、相輪を支える。初重内部には四天柱が立ち、床を高く張り、四天柱には、四方とも扉が設けられ厨子のように造られ、ここに仏舎利が奉安されていた。板扉内部には極彩色でさまざまな宝相華文様や牡丹唐草が描かれ、鎌倉時代の仏画や彩色がよく残る珍しい塔だ。」(『海住山の寺美術』 海住山寺、2012年)

残念ながら、中の極彩色の模様は、剥がれていてところどころしか見えなかった。山門から入れば、広い境内の中央に東面する本堂につきあたる。中に本尊十一面観音立像(重要文化財)が設置されている。右手前に南面するは文殊堂などがありこれも重要文化財だ。そして左手に五重塔が建つ構成になっている。本坊庭園は、山を借景にした庭で、小さいながら絵になる風景だ。全体として、大変立派なお寺だ。

本堂の後ろ側を登ると、「みかの原　わきて流るる　いずみ川　いつ見きとてか　恋しかるらむ」百人一首の和歌で知られる瓶原が一望できる。恭仁京《くにきょう》造宮に先立つ6年前(735年)に聖武天皇が工事の平安を祈るために寺を建設されたが、灰燼にあった。約70年後、貞慶上人によって中興されたという。この瓶原の平野と、その彼方に連なる山並みは、あたかも南洋の洋上に浮かぶ観音菩薩の聖地、補陀洛山《ふだらくせん》のごとくであるとして海住山寺と名前が変更された。確かに、ゆったりしたすばらしい景色を見ていると、心が癒やされる。私は山の景色、特に雪に覆われた山々の風景に強く惹かれてきた。近年では、スキートレーニングに訪れたサースフェ

(スイス)が気に入っている。氷河スキー場では、澄み切った空気感の中で雪をかぶった岩の山々がそびえており、ロッジ周辺にはお花が一面に咲き乱れるというすばらしく魅力的な所だ。しかし、平野が広がりはるか遠くに山が見えるおだやかな風景も、私の気持ちを癒やしてくれた。

4　千利休と茶の湯とわびの文化——千利休に対する誤った解釈

私は、お茶そのものは好きだが、〝お茶〟(茶道)を習ったことがない。作法や茶道具についても知らないので、批判する資格もない。利休についても貧弱な知識しか持たない。

4—1　堺訪問

堺市役所21階展望ロビーが開放され、80mの高さから360度の町の景観が見渡せ、行きたい場所が確認できた。町の名所を、自転車を借りてまわった。道路の幅は広く、走りやすい。まず、利休屋敷跡を探したが、見つからない。人に聞くと、教えてくれたのは、「さかい利晶の杜」だった。「千利休茶の湯館」と「与謝野晶子記念館」を合体して建てられた近代的建築物だった。私が出かける丁度前、2015年3月20日にオープンしたばかり。堺の歴史文化を楽しむ新しい観光施設だという。しかしあまりにも相応しくない組み合わせだ。茶人としての千利休像が飾られていた。利休屋敷に面した茶の湯体験施設では、気軽に椅子席でお手前が体験できた。本格的な茶の湯体験は、グループでの予約が必要だった。利休が作った茶室で唯一現存する国宝「待庵」(妙喜庵)の復元である「さかい待庵」が設置されているという。しかし、このようなごたごたの施設の中では、京都大山崎にある実物の雰囲気を味わえないのではないか？　本物の待庵を訪れた私の印象だ。利休のめざした茶の湯の雰囲気とかけ離れる？　逆に、市中の山居をねらったのか？

堺市広報によれば、1543年に種子島に鉄砲が持ち込まれ、堺商人は、薩摩から種子島などを経由して琉球へと往復していたので、鉄砲の伝来をすぐ知ることができた。堺の職人たちは、鉄砲製造の模造品を作る高い技術を持っていた。戦国大名の多くはこの新兵器に着目し、堺へ続々と注文した。堺の有名な茶人である今井宗久や千利休らも鉄砲の取引や硝石の貿易で活躍した。1575年、織田信長が長篠の戦いで使った鉄砲は利休が送ったものだ。信長から利休に宛てた「鉄砲の玉千到来」の書状の史料がある(鉄砲屋敷から最近古文書が発見され、激動の幕末に生産がピークに達していたことが見出された)。鉄砲鍛冶屋敷跡に行ったが、閉鎖されていた。

利休には二つの顔がある。頭巾をかぶり穏やかな表情の茶人の姿と、眼光がするどい商人の姿を表す肖像で、堺市近郊の正木美術館にある。堺観光ボランティア協会の川上浩理事長は、「茶の湯は堺の裕福な商人の間で生まれた文化だ。堺で商人として生きていくには不可欠なたしなみだった」。利休は、宇治にも来て、名園の茶を詰めさせたが、大変有能な商人であったと同時に、美的センスを持った茶人でもあったことを知った。

4―2　『千利休の「わび」とはなにか』神津朝夫

武野紹鷗の弟子としてわび茶を広め、大成したという通説の利休像が誤っていることを、当時の史料、『山上宗二記』、『南方録』などを丹念に探って見出し、真の利休像を提示した書である。同書から抜粋引用する。

千利休（1522〜1591年）幼名「田中与四郎」、禅宗に帰依し「宗易」を授かった。千はもともと屋号、「利休」は、秀吉が御所内で禁中茶会を催すにあたって、1585年、正親町《おおぎまち》天皇から「利休居士号」賜る。父の商売は倉庫業だったが、利休が19歳のとき死亡したので、千家当主として商売の舵取りを始めた。のち、商売は急成長した。17歳ごろ、北向道陳から茶の湯の手ほどきを受けた。北向道陳は、利休に武野紹鷗を紹介し、19歳で武野紹鷗の愛弟子となり、秘伝も残らず伝授され、茶人としての名をあげた。今井宗久や津田宗及と共に、織田信長（1534〜1582年）の茶頭（末席）となった。堺を手中にした信長は、京都に続いて、堺の茶人が所有する名物道具を強制買収、献上させた（名物狩り）。秀吉の時代になると、利休は、筆頭の茶頭となり、秀吉の発案した茶のイベントの実現に尽力した。有名な御所での禁中茶会、北野天満宮での北野大茶湯に茶人として力量を発揮した。利休は政治的にも重要な補佐役になっていった。しかし

1591年、突然、秀吉の怒りを買い、利休は切腹を命じられて70年の生涯を閉じた。理由は京都紫野、大徳寺山門の上層に置かれた利休像が、門の下を通る秀吉らを踏みつけ不敬だという。また茶道具の売買で私腹を肥やしたという。

神津朝夫によると、利休とその茶の湯について同時代に書かれた確かな史料は案外少なく、ほとんどは江戸時代に、すでに伝説化された「偉大な利休」について書かれたものである。そのなかで、南坊宗啓が利休から直接聞いた話を書き留めたとされる『南方録』が、今日利休像に決定的ともいえる影響を与えた。宗啓は大徳寺の末寺である堺の南宗寺集雲庵第二世で茶の湯について利休に長年師事し、秘伝も残らず伝授された禅僧だったとされる。『南方録』は立花実山（1655～1708年）によって世に出され、実山の入手した秘伝書をそのまま書き写したのではなく、実山による取捨選択・編集が行われていた。史実とは考えられない点がいくつもある。用語や概念も利休時代にはなかったものがある。利休についてのエピソードは実山の創作したもの。実山は茶の修業も長く、禅への帰依者であり文人でもあった。利休自身の言動を書き残したものでないので、利休についての書としては偽書であるが、江戸時代前期の茶の湯の思想を示す著作というべきだという。

『山上宗二記』（利休の弟子）によれば、武野紹鷗は名物茶道具を60種も所持する堺の大茶人になってゆく。紹鷗茶会の特徴は道具を見せることが主目的であったようで、後の利休のイメージされる「わび茶」と異なる。

侘《わ》びとは、芳賀幸四郎氏の『わび茶の研究』では、「心あまりて詞足らず」の余情体を評価したのが藤原俊成で、美意識が大きく変わった。余情幽玄の美は、完全円満・均衡典雅をめざした古代的な美にたいする反逆、転換であったが、鎌倉末期になってその反逆はいよいよ積極的になり、その転換は一段と自覚的になってきた。完全円満な美に対して不完全な美が、均衡のとれた典雅な美に対して不均衡な美が、より高次の美として高く評価されるようになった。能や連歌でも「寂《さ》び」や「冷え」の美が高く評価されるようになった。

利休の時代、茶の湯でも「わび」を、美意識を示す言葉として使うことはなかった。それを利休によって大成された茶の湯の美意識を意味する言葉として使ったのは『南方録』であると矢部良明氏が指摘した。では、利休の時代の「わび」は、『山上宗二記』では、「侘数寄」という言葉で使われており、高価な唐物茶道具を買えず、それを使えない茶人たちのことであったとされる。

利休を紹鷗の弟子とする史料は、利休の曾孫、千宗旦の子である表千家四代目の江岑宗左《こうしんそうさ》が、仕える紀州徳川家に提出した『千利休由緒書』である。紹鷗についてもあまりに誤りの多い文である。紹鷗を利休の師とする初出史料であり、道陳・紹鷗を利休の師とはっきり位置づけたのが『南方録』だった。紹鷗は利休が34歳のときに死んでいるので、利休が紹鷗に20年間師事することはありえなかった。利休の茶の湯は紹鷗のそれとはまったく違うものだった。［高野注：武野紹鷗（1502〜1555年）、辻玄哉（生年不詳〜1576年）、千利休（1522〜1591年）］

利休の本当の師は辻玄哉だった。豪商であり、連歌にも優れていた。目利きで、茶の湯上手で、数寄の師匠だった。茶の湯の正当性を自認する千家としては、法華宗の玄哉は利休の師としてふさわしくない人物であり、逆に禅宗であった紹鷗こそがそれにふさわしいと意識されたのではなかろうか。……紹鷗から印可を受けた唯一の弟子が、熱心な法華宗徒だったのでは、茶の湯は「ことごとく禅宗」とするその論理に大きな矛盾を生じることになるからだ。玄哉の名は自然に忘れられたのではなく、『山上宗二記』においては意識的にぼかされ、『千利休由緒書』において完全に千家の歴史から抹殺されたのであった。神津氏の意見である。

秀吉の茶の宗匠となる前の利休茶会の記録を調べた結果、床にはなにもなく、手桶水指が運び出され、続いて高麗茶碗と木製塗物の茶器以下を持ち出し、茶が点てられるのが原則だった。

二畳の茶室、「待庵」は、天正10年（1582年）明智光秀を倒し天下人となり、天王山に山崎城を築いた秀吉の命によって、利休が翌年完成させた。二畳半の茶室はすでにあったので、新たにつくるには、茶の湯でも光秀を倒して天下一の存在となる必要があったと著者はいう。待庵の完成によって秀吉の信頼を強固なものにした利休は、その後秀吉の茶頭として活躍し、次々と新風を引き込んだ。楽茶碗、竹花入、竹籠置、中節竹茶勺、そして棗《なつめ》や京釜に共通するのは、いずれも新物の和物であった。茶道史は茶道具の美術史として語られることが多く、茶の湯は、芸術鑑賞の場であったとされる。その一面を否定しないが、利休の美意識を讃える道具論では、利休の意図の根本的なところから欠落する。利休はそれまで以上にすぐれた美術品を新たに創造することを目的としていたわけではなく、道具を主とする茶の湯からの脱却を目指していたことが看過されてはならない。利休は若いころから運び点前を行い、唐物茶道具に特に関心を持たず、侘数寄に近い茶の湯を行っていた。その延長線上に、利休はさらに新たな作為を加えて少間の茶室と新しい和物の茶道具を創り出し、わび茶を大成したといえる。紹鷗のそれとは徹頭徹尾まったく違う。

珠光（１４２３～１５０２年）は茶屋と同じ下手物の茶碗を使い、点前を行い、粗末な草庵で客をもてなすことによって、茶の湯を始めた人だった。利休は珠光を重視していた。23歳の利休は珠光茶碗を手に入れ、何度も使っている。利休が知った珠光の茶の湯は、名物道具を所持してのものでなく、茶碗を使ったものであり、その草庵も立派なものでなく、茶の湯が仏教と一体になった隠遁者の生活のなかで始まった。利休はそれを町衆の都会生活のなかで再生させようとしたのである。珠光への傾倒こそが、利休のわび茶大成の前提にあったと神津氏は考える。

4―3 「利休切腹――豊臣政権と茶の湯」

私たちの読書会のメンバーの一人が、山本兼一作『利休にたずねよ』を推薦した。晩年の千利休はなぜ、多くの取り成しを振り切り、他の打開策を採らず、あえて秀吉と対立し、自刃したのか。作家、宮部みゆきは「この有名な歴史上の謎」と本書の解説に書いた。利休切腹の謎の理由をめぐって、多くの説があり、大変興味を引くテーマでもあるので、小説や映画にもなっている。最近、利休は切腹せず生きていたという新説が中村修也氏により、2013年6月の茶の湯文化学会東京例会で発表された。大変多くの史料を丹念に調べている。

利休が生きて、九州にいた史料がある。1592年5月6日、秀吉が母親・大政所の侍女に宛てた自筆親書には1591年に死亡したはずの利休のことが登場する。「きのふりきうの茶にて御せんもあかり」自分の健康であることを説明して、利休のお茶で御飯も上がり、面白くめでたい（『綿考輯録《めんこうしゅうろく》』細川家の正史）。

もう一つの史料は「1592年12月11日付前田玄以宛秀吉書状」である。伏見城築城について、名護屋在陣中に秀吉が前田玄以に宛てた指令書。秀吉は利休の趣向に合うように設計図を書き直させるつもりであった。

母親・大政所の侍女に宛てた史料について、秀吉が利休を哀惜していたと解釈する人もいるが、利休が死亡していたら、いかにして利休好みに設計できるか、無理である。

「豊臣政権論」を論じた浅尾直弘氏の『堺の歴史――都市自治の源流』(角川書店）によれば、「豊臣政権が天下統一を果たすまでの時期、支配領域を統治するためには、政治・軍事だけでなく、社会・経済・文化の諸側面に通じた、宗易のような人物が必要であった」。ところが、いったん天下統一が実現すると、異なる面が登場する。浅尾氏は、「武家政権としての内実が組織化されてくると、町人官僚は武家官僚と対立し、遠ざけられたり、身分制秩序によって差別を受けたりするように」なるという。利休が山門の木像に言いがかりを受けて排除されたのは、まさに浅尾氏の指摘する武家官僚・石田三成たちによる排斥である。

秀吉には積極的に排除する理由はなかった。例えば、秀吉は赤楽茶碗を好み、利休は黒楽を好んだための対立など、事実無根だという。他者を殺し、領地を奪うという戦国の習いのなかで、人間としての当たり前を維持しようとする時、茶の湯が武将たちの前に存在した。……二畳という狭小の空間で、釜に湯が沸く松籟の音を聞き、そっと自分の前に点てられた茶が出され、黙ってそれを喫する体験を重ねることが、秀吉の精神にとってどれほど重要であり、必要であったかは秀吉本人が一番分かっているはずである。それを自分に与えてくれた利休を生かすことは、自分を生かすことであった。茶の湯は利休を生かし、秀吉も生かしたのではなかろうか、中村氏の結論である。

4―4「千利休」

八尾嘉男も、利休の茶会記を詳細に調べ、『南方録』の記述は正しくない、紹鷗の茶会からは侘び茶は窺えないと『千利休』の著作で書いている。珠光が見出した美意識を原点に、より精神性を高めて、楽茶碗などの創作道具を加えたのが千利休の侘び茶だとする。

茶の湯の人口増加は、最初は、珠光の養嗣子・宗珠が禅僧として布教に努める傍ら茶人活動をしていたころ。次は利休の活躍期。織田信長は収集した茶道具を家臣に下賜し、その茶道具を使っての茶の湯を認める政策、「御茶湯御政道」を行い武士に広まった。秀吉は北野大茶湯への、身分を問わない参加の呼び掛けを行った。次は、利休の孫・元伯宗旦が千家中興の祖とされ、表千家、裏千家、武者小路千家として三人の子供たちの将来の道筋をつけた。利休没後50年、江戸前期（1640年ころ）茶の湯は、能楽に準ずる武家にとっての教養とされた。利休百年忌の元禄時代（1688〜1704年）には、新興商人である三井家は表千家、住友家は裏千家の後ろ盾となった。利休回帰、立花実山による『南方録』が出現した。利休は神格化された。利休没後150年には、都市の発展と成熟により茶人口は増大した。徳川政権が崩壊し、三千家の職務が終焉した。西欧文化の波に飲まれた。三千家は明治5年、「茶の湯」は「遊芸」ではなく「道」「茶道」を主張した。利休三百年には日本文化が見直された。政治家や財界の要人が茶の湯の魅力を発信した。茶道は女性の教養として、お稽古事として位置づけられ、新たに多くの女性客を獲得した。

利休はあまりにも有名であったからと思うが、聖人化され、間違った解釈像が公然と伝えられているのに驚いた。茶の湯が日本文化と深く関わっているので残念だ。

5　興聖寺

宇治橋から北を見ると、右に朝日山（１２２ｍ）、左に仏徳山（大吉山、１３１・５ｍ）が見える。朝日焼の銘々皿を結婚祝いの引出物としてもらった。最近、朝日焼の店が宇治川沿いにできたので、ティーカップ、湯飲み茶わんなどを購入し愛用している。４００年の歴史を持つ朝日焼は、茶色の濃淡が土色を表すが、素朴であるけれど優美である（朝日焼15世の著によれば、明治以前までは、朝日山の土だったが、ある程度掘り尽くして採算が取れる層がなくなり、現在は折居山に移った）。

宇治川に面した道に、興聖寺と書かれた石の大きい看板と石の門がある。門からの細長い坂道は両側からのもみじに覆われている。その両脇を流れるせせらぎが琴の音のように聞こえたことから「琴坂」と名づけられた。紅葉の名所として有名である（２０１５年に襲った台風で、山の多くの木々が倒された。残念ながら琴坂の紅葉の木々も被害にあい、寂しくなった。今、献木を募っている）。素晴らしい雰囲気の琴坂を登ると、奥に大きな山門がある。中に入れば、借景を取り入れた静かなたたずまいの庭園、法堂（寺伝では道元禅師自作とされる本尊 釈迦牟尼佛、伏見城の遺構を用いて建立されたため天井には手形や足跡が残る血天井、など）、聖観音菩薩立像、などなどいくつか見どころがある。そして奥には建立者、永井尚政像が祀られている。淀城主になった尚政は、曹洞宗祖道元師の深草興聖寺が廃絶していたことを知り、父直勝が曹洞宗に帰依していたことから、父の菩提を弔い、自らの菩提寺とするために、朝日茶園（七茗園の一つと言われる）に、宇治興聖寺を建立した（興聖寺によれば1648年ころという）。

永井尚政は大名・茶人として知られた人物だ。庭園史では無名であったが、興聖寺には1665年に書かれた『興聖寺作木弁掃除覚帳』が伝わる。近所の庭師、尾崎洋之さんは、この庭園管理マニュアルから、興聖寺庭園の復元的考察を行い、庭園空間と管理指図の特徴から、永井尚政の庭園観を導き出した。

尾崎洋之氏の修士論文から抜粋引用した。

寺院の空間は、宇治川の門前の琴坂ゾーンと、本堂を中心とした「伽藍周辺」ゾーン、背後の観音山（朝日山）ゾーンに分けられる。「伽藍周辺」ゾーンは本堂庭回りを中心とする6ケ所で構成され、各所からの眺望も重要視されている。「観音山周辺」ゾーンは眺望の良さが格別で遠景を取り込んだ山そのものが一つの庭園空間となっていることが注目すべき点である。朝日山は和歌や謡曲に謡われ、観月の賞地としても有名であり、宇治川も名だたる急流と、そしてそこに架かる宇治橋が交通の要衝として知られ、景色の美しさも万葉集を始めとする和歌にも詠まれるなど、どちらも宇治を象徴する景勝として古来より名高い。ゆえに風雅に通じ宇治を愛した永井尚政がこの地に興聖寺庭園を造る時に意識したことはそれらを取り込むことであり、具体的には眺望と水景を生かすことであったと思われる。

本堂前や石塔場をはじめとする伽藍付近からの眺めはもとより、やはり朝日山から四方を見晴らせる景色の描写は、この眺望が興聖寺庭園の最大の目玉であったことを容易に想像させる。

尼崎博正氏は眺望が興聖寺と同じ俯瞰構造の慈光院や修学院離宮を例にとり、「閉ざされた空間から無限に広がる空間への劇的な転換という空間操作によって借景対象を強烈に認識させるという手法がとられている。つまり期待感に意外性を賦与することによって生まれる心理的な相乗効果を巧く利用しているのである」と述べている。

興聖寺の参道である琴坂は、元は岩盤であったものを切り通した道が宇治川から山門まで２００ｍも続く。崩した岩盤は両横に高く石垣として積み上げられており、坂を登るに従い、石垣の先に桃や桜、山吹に彩られた並木道が現れ、並木道は朝日山の山道にまで続いていた。まさにそういった効果があったと考えられる。

水景に関しては、慶長地震で傾いていた宇治川中州にあった浮島十三重層塔を尚政が修復していたことも無視できない。それらを宇治川沿いに建てた茶亭から眺めることは、これも尼崎氏が述べている「自然のなかに小さな人工物を一つ添えることによって、自然景観そのものを庭園化してしまおう」という「自然景観の庭園化」である。さらに朝日山から眺めたであろう巨椋池の景色も一種の水景と考える。うがった見方をすれば、宇治川沿いが間近で川の景色、さらに音や匂いを体感する水景であり、巨椋池が視覚的に絵画のように広がる大パノラマ庭園の中での池泉という二段構えになっていたのではないか。宇治川を体感した後、急な山道を登って朝日山の頂上に立ち、その川がかつて流れ込んでいた巨椋池を眺めた時、大河であるはずの宇治川のスケール感が小さくなることでその景色はより大スケールとなって眼前に広がった。そして向かって巨椋池の奥(西)に建っていた淀城の存在も見逃せない。今のように高い構造物が殆ど無かった当時において、淀城の天守閣はかなり目立ったに違いない。

永井尚政は興聖寺を、道元禅師初開の道場再興と父母の菩提を弔い、永井家の菩提寺とすることを大義名分に建立した。帰依していた萬安英種禅師を中興開山として迎えているなど、それも偽らざる本心であったと思われる。しかし、一方では数寄者としての集大成として、己の持てる美意識を注ぎ込んだ情熱の結晶として理想空間でもあっただろう。だからこそ、『興聖寺作木弁掃除覚帳』という念の入った管理指図書を残し、とこしえに興聖寺の美を維持したいと願った。

尾崎さんの指導者である尾崎博正氏は『図説・茶庭のしくみ――歴史と構造の基礎知識』を出版しており、その中で、日本庭園では伝統的に、眺望が庭園の価値をはかるもっとも重要な尺度の一つであったと述べた。

最近、朝日山に登ってみた。頂上は木が覆い茂っていて、東、北、西の三方の景色を見晴らすことはできなかった。南の展望台からは、真下に宇治川の流れと平等院、宇治の町、ずうっとはるか向こうの大阪方面まで続く町々の遠景を眺めることができた。町の風景でなく巨椋池であったなら、おそらく素晴らしい大パノラマ庭園であったであろうと頭に描く。そして巨椋池の西に淀城を確認し、四方八方の展望の中にあって満足感に浸っている永井尚政を想像した（図6）。今回、興聖寺に隠された魅力があったことを尾崎さんの論文から知った。

茶の湯の文化が、茶器、庭園美などを生み出したが、侘び・さびという、日本人特有の美意識も高めてくれた。そして、興聖寺の庭園空間美というのスケールの大きい美的感も生み出したことに、感動した。

6　売茶翁

伊藤若冲の描いた《売茶翁像》を見て驚いた。僧侶がお茶を売る！　狩野博幸の『若冲』（角川文庫）の中の《売茶翁像》とその生涯を読んだ。律学を修した当代一流の僧、知識人が、50歳にして寺から出て、ひとりで生きる道を選ぶ。茶道具を肩に担いで悠々と歩く僧侶の姿はあまりにもユニークである。なぜ知識人の僧侶が茶を売って歩いたのか？　翁の生き方が独特で、痛烈で、衝撃的である。

すぐ後、“Baisao, The Old Tea Seller, Life and Zen Poetry in 18th Century Kyoto”(２００８)の訳本、ノーマン・ワデル『売茶翁の生涯』(樋口章信、思文閣出版)が出版された。樋口章信氏の訳本によると、最近アメリカでは煎茶の愛好家が増え、西海岸には煎茶喫茶まで出現していると聞く。アメリカでの売茶翁の受け取り方は、詩人と捉えるもの、禅と茶の道を生きた人の二つに分かれる。一部のアメリカ人は、ある種のヒーローとして迎え入れ、翁の生涯を賞賛しはじめている。樋口氏も売茶翁に出会って40年になるが、江戸時代の文化人が欧米で注目されつつあるのを大変喜ばしいと書いている。

売茶翁(経歴は、樋口章信訳『売茶翁の生涯』より抜粋引用)、高遊外(１６７５～１７６３年)は、佐賀県の東、肥前佐賀藩の蓮池支藩の柴山杢之進常名(藩医)の三男として生まれた(柴山菊泉)。初代佐賀藩の鍋島勝茂は鎖国の時代に、中国からの渡来僧を支援した最初の大名であった。隠元(中国の臨斎宗の代表、黄檗派の開祖)は、宇治に萬福寺を建立する許可を与えられた。

菊泉は11歳で肥前蓮池藩の黄檗宗寺院の龍津寺に出家し、月海元昭の僧名となる。38年間、龍津寺に住職として生きた。月海は宇治の黄檗山萬福寺に滞在し修行している。その間、栂ノ尾の高山寺も訪れている。その後も高山寺に参っているが、深い山の中に茶畑をもつ高山寺だけは、格別に売茶翁の記憶に残っていたのかもしれない。後に74歳で書いた翁の唯一の著作『梅山種茶譜略』(梅山は栂ノ尾のこと)からは、翁の茶に対する趣向が若い時代にきざしていたことが知れる。また、仙台や各地の禅寺行脚に旅立っている。

50歳になって、住持から開放され、京都に向けて旅立ち、関西圏に住んだ。漂白の人生を送るためだった。60歳で、京都東山、鴨川のほとりに小さな庵を借りた。日々の糧を稼ぐために、「通仙亭」という茶店を、東山泉涌寺近くや、人々の行き交う場所に開き、煎茶を売る生活を始めた。仏教の僧侶が物品を売った代金で生活の糧とすることは、禁じられていた。一杯のお茶代を設定せず、ただで飲んでもよいが、ただ以上はまけられない。67歳で、僧の身分を捨て、一介の俗人に戻り、『高遊外』と号した。89歳で示寂する。

翁は、何故そのような生活をしたのか？『対客言志』(原本は兵庫県の清澄寺に属する鉄斎美術館所蔵)から引用する。

「客が来て問いただして言う。聞くが出家・僧侶は寺院・僧院に居住し、天地に独居して、あらゆる方向の人々の供養を受け、もし供養がないときには、乞食や托鉢を行って自活する。これは偉大な聖者の遺誡ではないか。今あなたは人の集まる賑やかな市の処々にでかけて煎茶をひさぐことで生活している。まったく邪《よこしま》な生活であり、戒めを犯すことに似ている。願わくば、その真意を聞きたい。

私は言う。貴公の言葉は道理にかなっている、世間一般が支持する議論である。しかしながら、あらかた私の志すところを言いたい……。

今時の輩を見ると、身は寺院においていながら、心がけは俗世のほこりの巷に走る者が、十中八、九までいるのである。また出家は、財物の布施を受けるに堪えるとする言葉を利用して、さまざまな状態といろいろな計りごとをめぐらして、信者の布施を貪り求める。施す信者があるときには、媚びへつらい、先生や年長者や父母に対するより敬い重んじる。……あるいは乞《こつ》うを行うならば、平等の慈悲の心を三千里の外に打ち捨てて、縁のある郷里を択《えら》んで、まことしやかな顔つきで、人の家々の門口を回る。施さない家があると、かたきの家のようにみる。その人が乞食の僧を賤しむことは、路傍の乞食と同じである。このようなあるまじき類いは、みな是れ、よこしまな生活（邪命）であって、心に汚れを抱いて金品を求めながら表面は偽り（現相）、心を激しく発《おこ》すのは、修行僧が身分の高い人におもねって自活することと等しいと言わざるをえない。その害するところは、かえって強盗よりひどい。

昔の人の世俗の外の活計を思い起こすと、蒲《がま》のむしろでわらじを編んだり、船頭になったり、あるときには力仕事をしたり、薪を売るなどは、みな私には堪えられないことである。このために、鴨川のほとりや人の往来の盛んな処を選んで、小さな舎屋を借りて店を開き、茶を煮て、往来する客に売り与え、茶の代金を受け取って飯代とするのである。

……売茶は女や子供、独り暮らしの男の仕事であり、世間では最も賎しいことである。人の賎しいことを、私は貴いとするのである……。」

以上の文章からは、売茶翁の仏教僧に対する批判が率直に力強く表明されており、翁の本音がよく表出されている。彼は宗教制度や社会制度の頽廃が問題であるとし、一見、惨めな生き方を続けることによって、当時の文人たちの考え方に賛同していた、と考えられる。

売茶翁の立場を広く世に知らしめたのは、１７８８年、伴蒿蹊《こうけい》の著した『近世畸人伝』である。伴は、翁が茶を売って生きる道を選んだのは、禅の頽廃ぶりや衰退した状況について熱心に警鐘を打ち鳴らそうとしたからであるという。売茶翁自身の著作を見ると、そのような問題に対して必ずしも伴ほどあからさまに意見を述べているわけではないと樋口氏は言う。

彼は、一般には飲めないほどの味わい深い煎茶を提供した。優雅な書体の漢文と和文の素晴らしい漢詩が店にかかっている。お茶がいただけるのみならず、翁の醸し出す精神の豊かな教えも受けられるという評判が広まっていった。竹の銭筒を立てて布施は受けたが、客が茶を飲んでもその代金は客の自由にまかせ、ただでもよいとした。

当時の日本人にとって、茶とは抹茶であった時代に、売茶翁は煎茶を庶民に広めたので、「煎茶の祖」とされている。翁は長崎や黄檗寺の知り合いの僧たちとの交流で、中国で作られた茶器や茶道具と接する機会に恵まれていたようだ。これらを模して日本で作られた茶道具を使っていた。翁が出した煎茶の多くは、主に日本人の生産したものと思われる。永谷宗円を尋ねたとされている（一次史料かどうか不明）。売茶翁の茶店、「通仙亭」は「日本初の喫茶店」とも言われている。ここには多くの作家、芸術家、学者、画家が訪れている。売茶翁の影響は、江戸時代で、京都で活躍した三大文人画家、彭城《さかき》百川、池大雅、伊藤若冲にも及び、多くの売茶翁の画像が残されている。

翁の禅・茶のルーツは、唐代の詩人蘆同で、売茶翁が理想とした最も重要な人物の一人であった。民衆と同じ立場に身をおいた蘆同は、宮廷人たちのための茶をもてなすことを拒絶し、自らの詩歌の創作と飲茶道の追求に捧げた。

『売茶翁稽語』は、翁が床に臥して死に臨んでいる時に、翁の友人たちは、翁が書いた詩掲などを一冊の本にまとめて手渡したもの。当時の京都の文人たちが売茶翁に捧げた賞賛であり、また彼らから見た理想となっている。翁は平生利用していた「奇興罐」という銘がある湯沸かしを池大雅に送ったとされる。今われわれが使っている急須と同じである。

煎茶道の端緒を開いたとか、喫茶店を始めた人とかいうよりも、私が尊敬するのは翁の行動である。既成の茶事の世界の腐敗や、頽廃した禅の批判を、行動で示したことである。日本人は、言葉で批判しても行動にまで表さない。翁の生き方は、大変な勇気が必要である。老いてから、最後まで貫き通した。なかなかできることではない。大変感動した。

7　もてなしとしての茶

『茶の湯の歴史　千利休まで』（熊倉功夫）から

熊倉氏は、一服の茶がもてなしの心を持つようになる時、新しい茶の湯の時代が開けるが、その前提として、庶民にあっては茶店や街頭での茶のもてなしがあり、またその対極に、武家儀礼のなかの茶のもてなしが始まるという。庶民の茶は、京都東寺南大門前の茶売り人たちの、一服一銭と称する参詣人相手の茶屋であった（寺院門前の一服一銭の茶売り）。〈洛中洛外屏風〉橋本素子氏の史料では、１４２０年、朝鮮王朝の官人に、京都臨川寺で、煎茶法のお茶が振舞われた。禅宗寺院の接客には、煎茶法の茶も天茶法のお茶も使われていた。庶民でも普通に茶を飲むことができる「日常茶飯事」の時代が到来したことを示す史料は、１５３９年『御状引付』である。その中の「京都の盆踊唄」の歌詞の一番には、「亭主亭主の留守なれば、隣りあたりを呼び集め、人事言うて大茶飲みての大笑い、意見さ申そうか」とあり、京都の庶民の女性たちが、夫の留守の間に近所の家に上がり込んで、うわさ話に興じながら「大茶」を飲んでいる風景を歌った。大茶とは、品質が劣る茶であった。

室町時代の庶民が「抹茶」を飲むことができたことを示すもうひとつの史料は狂言『通円』である。京都宇治橋の東詰めにある茶屋の名前で、現在も茶屋を営業している。『通円』では、通円が道行く三百人に「大茶」を点てようと「簸屑《ひくず》ども」をちゃちゃといれて点てるとある。「簸屑」は簸で篩《ふる》って選別された残りの部分で安価で販売されていた「悪茶」とある。

近世日本の茶の文化――『喫茶の文明史』（守屋毅）によれば、江戸時代1649年、幕府が公布した勧農条例によると、一、酒茶を買のみ申間候。妻子同前之事。……大茶をのみ、物まいり遊山すきする女房を離別すべしとある。17世紀初頭に、すでに「大茶をのみ」「大茶をたて喰ひ」といった風習が、農村の女性たちの間にまで、日常化ではないが、一定程度普及していた。

宮崎安貞の『農業全書』によれば、民間の農政家あるいは農学者の啓蒙が、茶の生産増大を促進した、とある。宇治に代表される高級奢侈商品としてではなく、大衆的な日常飲料としての茶の生産と商品化で、自家用茶の栽培・加工を力説した。

二世紀近くの間に、喫茶の習慣が着実に日本全土に浸透していった様子が、『日本九峰修行日記』（1812～1820年の長期に亘って、九州・中国・近畿・北陸・関東を遍暦した野田泉光院の旅日記）からわかる。以前には農民の生活をおびやかす奢侈として非難されたお茶が、農村で茶を飲むことがまったく日常化していたことを示す史料である。

外国人の観察：シーボルトの『日本』によれば、茶樹が頻繁に見られるのは田畑の小道・道・畦にそってであり、あまり肥沃でない場所の田畑の真ん中にも植えられている。農夫はこのような方法で生垣をつくり、しかもそこかしこにある二、三の空き地で農作にあまり適していない田畑に茶を植えるのである（私の実家の生垣も茶樹であった。その茶葉を炒って煎じて飲んでいた）。

お茶の普及は、かならずしも、純粋飲料としてのみ普及したのでなく、茶飯、朝茶・茶漬・茶粥など食事慣行や、穀物の調理法と結合して拡大した側面が無視しがたい。

茶の子と茶塩：お茶に何がしかの食物をつがえるのが一般的だった。茶うけには、中世には木の実と乾物だったが、近世後期には甘いお菓子が対応した。

間食としての地茶：日本人の食事は、二度もしくは三度の正式なもの以外に、季節と労働の内容によって何度も間食があり、茶であった。

茶の間・考：茶の間は座敷における式正の会食に対し、内々の食事を意味していた。男＝酒＝ハレというシェーマに対して、女＝茶＝ケの間という図式が描けそうである（ハレは祭などの非日常、ケは日常、柳田國男によって見いだされた日本人の伝統的な世界観）。

婚姻とお茶：結納品の第一としてお茶があり、その茶を婿方の親戚一同が飲むことで婚約成立の習慣があった。

茶が葬礼ないし仏事・供養につながる性格もあった。茶堂・茶講・茶接待は女性の会合である。尼講・女人講の性格を帯びる。村落の女性の内々の講。村落の公式は酒に象徴されるハレがましさ。常民の間においては、酒―男と、茶―女の対比があった。

日常茶飯事のように茶のつく言葉は大変多い。茶が全国に拡大し、日本人に愛されてきたことを示す。

8 紅茶の世界史

同じチャの葉から加工方法の違いにより、非発酵で緑茶になり、発酵すれば紅茶になる。なぜ、イギリスで紅茶が最大の飲み物になったのか？ イギリスの資本主義勃興と関連すると述べた『茶の世界史 緑茶の文化と紅茶の社会』（角山栄＝京都大学経済学部卒、和歌山大学経済学部教授、大学長、堺市博物館長歴任、２０１４年10月逝去）は大変興味深い。40年前の著作ではあるが、茶を知る上で欠かせない必読書である。

プロローグに、１５６２年にイエズス会の宣教師として来日したポルトガル人ルイス・フロイスのユニークな文明評論『日欧文化比較』の一節が引用されている。

「われわれはすべてのものを、手を使って食べる。日本人は二本の棒《はし》を用いる。われわれの日常飲む水は、冷たく澄んだもの。日本人は熱く、その後竹の刷毛で叩いて茶を入れる。われわれは、宝石や金、銀の片を宝物とする。日本人は古い窯や、古いヒビわれした陶器、土製の器を宝物とする」彼らが日本で発見した最大のものは、茶、「茶の湯」文化だ。

「当時の東洋は、いまとちがって豊な国であった。それにひきかえ、北緯40度以北の寒冷なヨーロッパは貧しい国であった。豊かな東洋からは古代の絹、ついで中世には香料、近世から中国の茶およびインドの綿布が、ヨーロッパへの代表的な輸出品となる。香料がヨーロッパのアジア航路開拓の契機となったとすれば、茶と綿花はヨーロッパの近代資本主義を促進する契機となったといってよい。東洋の「茶の文化」に対するヨーロッパ人の畏敬と憧憬――ここからヨーロッパの近代史は始まる」と述べている。

オランダは最初日本をつうじて茶の飲み方を知り、日本の緑茶を輸入するが、中国に依存する。イギリスをはじめヨーロッパ各国に同時に入ってきた舶来の飲み物は、チョコレート、コーヒーと茶、であった。その中でも茶がもてはやされたのは、東洋文化に対するコンプレックスからきている。茶は中国の陸羽の『茶経』から、日本の「茶の湯」の芸能文化、茶わん、茶器からマナーまで長い歴史的伝統文化の輝きがある。チョコレートやコーヒーには文化の背景がない。

ブラガンザのキャサリン（ポルトガル王の娘）が、チャールズ二世に嫁いできたとき、茶と砂糖を持参し、茶の風習を宮廷にもたらした。朝食にティーとバターつきのパンの習慣が確立した。

イギリスは伝統的飲料の貧弱な国であった（フランス、イタリア、スペインなどの地中海のワイン文化圏では茶はほとんど割り込む余地がなかった）。イギリスの水は軟水でティーに適していたことのほかに、土着の「代用茶」煎汁（plant infusion）があった。この基盤の上に中国茶が入ってきた。イギリス人の間では茶も煎じて飲むくすりと考えられていた。

イギリスでは、コーヒーが、茶より先行して普及したが、コーヒー供給確保で、国際競争に敗北した。

紅茶文化の特質は資本主義を背景にした紅茶文化である。イギリスでは緑茶であれ、紅茶であれ、砂糖とミルクを入れて飲む方法を開発した。ミルクは、有畜農業のイギリス人にとってはごく自然のこと。砂糖はキャサリン王妃がもたらした。

紅茶帝国主義を支えた二つの柱は、西インド諸島における砂糖植民地の確保と中国茶の支配、植民地における茶樹の栽培とその生産・確保であった。

近代の砂糖の歴史は、新世界における奴隷制度と奴隷労働の歴史である。砂糖経済の発展は黒人奴隷の人口増加に依存していた。イギリスは王立アフリカ会社を創立し、王室自身が非人道的な奴隷貿易に参加した。アフリカ西海岸における奴隷貿易と西インドの奴隷制砂糖植民地、イギリス本国との結合は「三角貿易」であり、莫大な富の蓄積と多くの新興成金を生んだ。この莫大な富がイギリス産業革命の資本となった。

茶とアヘン：中国は貿易を必要とせず消極的態度をとっていたので、イギリスの貿易の発展を妨げていた。それをアヘンで打ち砕いた。茶貿易の増大は、イギリス政府にとって、銀流出と茶の密輸が重大問題となった。密輸防止のため、輸入関税を引き下げた。茶の価格下落―消費増大―銀流出の増大をもたらした。アヘンをインドで大規模に生産し、中国に販売した。その方法は東インド会社が直接行わず、地方貿易と呼ばれる間接的方法で行われた。アヘン輸入とともに中国では、大量の銀が流出した。中国は「天朝の恩恵」として茶を西洋人に与えてきたが、大量のアヘンが流入した。中毒患者の蔓延、銀保有量の減少により、中国政府はアヘンの取り締まりを強化しアヘンを没収した。イギリスはアヘン戦争（１８３９～１８４２年）で報復した。中国は屈辱的な南京条約（１８４２年）を押し付けられた。香港の割譲、賠償金の支払いなど。中国の歴史に画期的な事件となり、茶の世界史における画期的な転換点となった。

イギリスを中心に産業革命が起こった。イギリス的秩序に従って世界経済の再編成、世界資本主義体制が形成。その形成過程で、もっとも大きな犠牲を強いられたのがアジア、インドと中国であった。

インド綿業の壊滅：インド綿布の輸入は伝統的国民産業であった羊毛工業や絹工業の利害と抵触し、イギリス国民経済を危機に陥れるものとして脅威となり、インドからキャラコ輸入が禁止された。初期マンチェスター綿業が依存した原綿生産・供給地は西インド諸島の奴隷制プランテーションで作られた綿花だった。イギリス綿製品はインドに進出した。イギリス政府は関税政策や軍事的・政治的圧力で、インド綿業に対し撲滅策を取り、こうしてインドの伝統的手織綿業は抹殺され、地上から消えた。

世紀の大発見、アッサム茶：1823年、野生チャがインド・アッサム地方で、ブルース兄弟により発見された。ブルースによってアッサム茶が成功した。1839年ロンドンとカルカッタで製茶事業会社が誕生した。

日本の開港と世界市場：日本の開港は他のアジア諸国と同じような、半植民地的・従属国型貿易構造であった。

輸出は第一に生糸、ついで茶、蚕卵紙。イギリスが日本に期待した最も重要な商品は、茶と生糸であった。日本茶（緑茶）はイギリスの嗜好に合わなかったので、アメリカに向けて再輸出された。

古くは、茶は高尚な文化であったが、いまや茶は資本主義的商品でしかなかった。角山栄氏は、『茶の世界史』のなかで、イギリスのオールコックの著書『大君の都』（1863年）から引用している。

「古代のインド民族とこれにつづくアラブ民族は……なみなみならぬ文明と精神の発達の記録を

残した。だが彼らは過去の伝統が残存しているだけで、現代の発達は明らかに非常に劣ったものである。しかし、中国人と日本人はそれらと異なっている。……中国人が古代に示した進歩は、ヨーロッパ人のすべてをはるかに凌ぐようなものであったし、今日においてもなおいくたの点でわれわれより優れてさえいる。しかし過去一世紀の間に、学芸と工芸にかけては、大体のところわれわれが彼らをはるかに追い抜いた。また、正しい意味での芸術においても、われわれはつねに優位にあった。」

彼の自信に満ちた優越感を支えているものは、イギリスの産業革命と大規模な資本主義的工業の発達、そしてインドの征服、アヘン戦争の勝利へと続くアジアの侵略であった。

茶をめぐる日本の情報活動‥紡績連合は海外情報活動を活発に展開するが、茶業組合ははるかに劣っていた。１８６０年代中頃から台頭しつつあったインド茶、さらに80年代から飛躍的な発展を開始した世界の茶生産の動向を明治初期の日本は正確に把握していたか？

日本の茶の直輸出‥日本は世界の茶の商況に疎《うと》かった。外国のどこへ、どういう商品を何商会へ送ればよいか分からず、直輸出も軌道に乗らなかった。茶の大部分は横浜や、神戸の外商を通じて売られていた。外商は売込商から日本各地の茶を買い集め、居留地に設けた加工場「お茶場」で再製加工していた。なぜなら日本茶は乾燥が充分でなく、長い航路や長期間の保存に耐えなかったからである。お茶場で働いたのは日本女工で、熱気で満たされた、焦熱地獄で、中国人がこん棒を握って工場内を歩きまわり、一瞬たりとも休むことは許されなかった。日本商人は商業学を知らない、無知無学、お客に対してただ頭をさげるのみ。商業上の経験不足、信用の貴さを知らない。などなど商品取引のイロハから教える必要があった。

日本茶の最大の市場はアメリカ：製茶輸出80％以上がアメリカに、10％前後がカナダに輸出されていた。アメリカがイギリスの植民地であったときはティーを飲んでいたが、アメリカ植民地の自主的な動きに弾圧的諸法令を発布。そのなかで東インド会社の茶の専売を認めたため、アメリカ市民は反発した。独立後アメリカ人は茶よりコーヒーを選択した。

緑茶文化と紅茶文化の対決：海外の博覧会で、喫茶店を開いて宣伝した。茶道文化・精神文化を強調する緑茶の宣伝は、栄養と健康をアピールする紅茶の物質文化に敵《かな》わなかった。日本茶に砂糖とミルクを入れて飲めば、日本茶の良さが分からない。

岡倉天心は『岡倉天心・茶の本』（大久保喬樹、NHK出版、2016年）で、日本茶をたんに商品としてではなく、その精神文化としての側面を強調してアメリカのみならず、世界の知識人に訴えた。

「元来『文化』であった茶が、『商品』になり、イギリスを中心に世界の日常の飲料となったとき、飲料から思想が脱け、美が消えた。思想や美に代わって、健康と含有ビタミン量が重視され、資本主義的商品として、生産費と流通・販売の激しい競争にさらされることになった。近代化は茶から思想や、芸術を奪い、茶を物質に置き換えた、そうすることによって、茶が国際性を持つことになった。こうして茶は「文化」から「商品」へ転嫁する過程をつうじて、もっとも日常的な世界の飲み物となった。しかし、近代主義・物質主義の行き詰まりから、人々は再び茶の『心』に関心を向け始めた。茶の世界史は新しい段階に入ったことは確かであろう」と著者は結論で述べた。

イギリスが、奴隷労働による富の蓄積を通じて産業革命を成し遂げたことにより、茶が商品になったということは大変興味ある指摘であった。茶に含まれるテアニンは覆下栽培で多く作ることができる。テアニンは健康にも良い。もし、もっと早くテアニンが発見されていれば、健康の観点からも紅茶に負けない宣伝ができたはずだ。

9　お茶党の意見

若いころ、私は、コーヒー党だった。朝は、自宅で挽いたコーヒーを飲んで出かけた。昼はレストランか、コーヒー店でコーヒーを飲んだ。夕方もレストランで飲んだ。各種飲料の年間一人当たり消費量（図４）によれば、緑茶は、１９７０年から２０００年過ぎまで、ほぼ一定量に対して、コーヒーは１９７０年、緑茶の約半分の消費量だったが、しだいに伸び、１９８０年過ぎに追い越し、ついには倍の量となっている。これは、当時の私がコーヒー党だったからによっても窺える。

最近の気になる習慣は、「お茶をどうぞ」といわれて、茶に代わって、コーヒーが出される。ちょっとした短時間の集会でも、ペットボトル入りの茶が出される。私の団地では、公園の掃除の後に、ご苦労様として、ペットボトルの茶が配られる。などなど。私が要らないと言うと、なぜ？　と言う。自分の家で作るほうじ茶のほうが、ずっと美味しい。山やハイキングに行ったときは、ペットボトルの飲み物は便利でよい。しかし、家に帰れば、お茶が飲めるのに、なぜおいしくもないペットボトルの飲み物を渡すのか？　変な習慣ができたものだ。

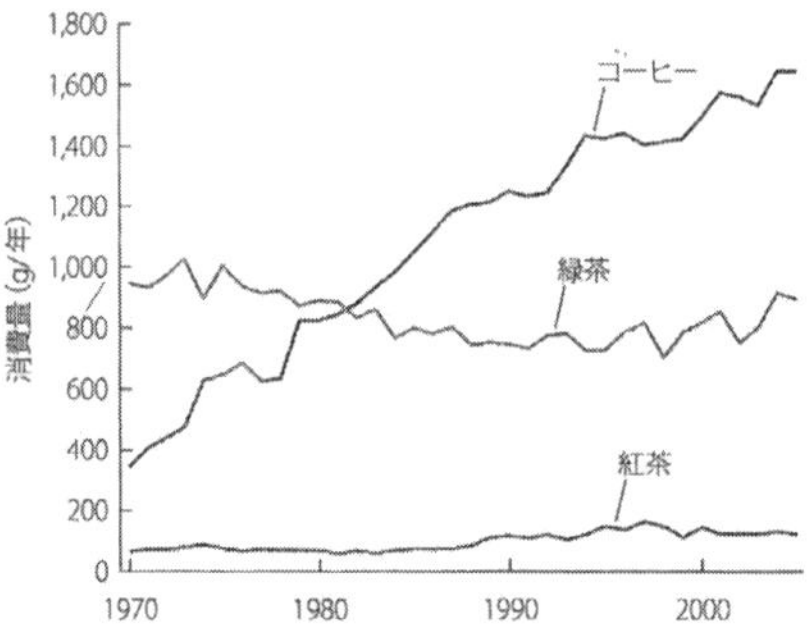

図４　各種飲料の年間一人当たりの消費量
茶大百科　農山漁村文化協会

私は堀井さんの高質の煎茶を愛用している。一杯目は、少し低温でゆっくりだす。テアニンの甘みと香りがあって最高だ。二杯目は、少し熱めの湯をそそぐ。カフェインが抽出されてくる。でもいい味だ。最後にもっと熱い湯をそそぐ。でもそれなりに美味しい。煎茶の出し方は、急須、茶葉の量、そそぐお湯の温度、時間によって抽出されてくる成分が異なり、微妙に難しい。

夏は、急須に茶葉を入れ、0℃の氷水をそそぎ、冷蔵庫に約30分間放置する。テアニンの甘いすっきりとした美味しい冷茶ができる。再び0℃の氷水をそそぎ、冷蔵庫に放置する。薄めだが美味しい。最後に熱い湯を注ぐとカフェインが抽出され、これもそれなりに美味しい。元は高い煎茶でも、何倍も味わえて、結局は安くなる。でもコーヒーだとそうはいかない。何回も抽出できないので結局高くつく。もちろんコーヒーも違った美味さがあるけれども。日本の緑茶の味は素晴らしい。ペットボトルの茶は、添加剤も加えてあるし、本来の緑茶の味ではない。

ほうじ茶もまた美味しい。食事の時はほうじ茶を飲んでいる。これもペットボトルに入れたものは、添加剤などで味が変質する。せっかく美味しい宇治茶があるのに、ペットボトル茶が普及しているのは残念だ。繰り返すが、いやな習慣ができてしまったものだ。いくら便利といっても。さらに、ペットボトルは廃棄も問題になっている。まったく憂えたものだ。

文献

1『宇治市史1　古代の歴史と景観』林屋辰三郎他編、宇治市役所、1973年
2『日本茶800年の歴史散歩』～京都・山城～、「日本遺産」、2015年
3『茶道教養講座14　日本茶の歴史』橋本素子、淡交社、2016年
4『茶の文化史―喫茶趣味の流れ』小川後楽、文一総合出版、1980年
5『宇治田原町茶史調査報告書』、宇治田原町教育委員会、2014年

6『茶の機能　生体機能の新たな可能性』村松敬一郎他編、学会出版センター、2002年
7『お茶の科学「色・香り・味」を生み出す茶葉のひみつ』大森正司、講談社、2017年
8『京都府立大学文化遺産叢書第9集　和束地域の歴史と文化遺産』京都府立大学文学部歴史学科、2015年
9『海住山寺の美術』海住山寺、2013年
10『利休にたずねよ』山本兼一、PHP文芸文庫、2010年
11『千利休の「わび」とはなにか』神津朝夫、角川選書、2005年
12『茶道教養講座5　千利休』八尾嘉男、淡交社、2016年
13『利休切腹　豊臣政権と茶の湯』中村修也、洋泉社、2015年
14 2016年修士論文「宇治興聖寺の庭園空間と管理指図に関する研究―『興聖寺作木并掃除覚帳』の分析から―」尾崎洋之、京都造形芸術大学大学院芸術研究科（通信教育）芸術環境選考（修士課程）環境デザイン領域・日本庭園分野、2017年
15『図説・茶庭のしくみ　歴史と構造の基礎知識』尼崎博正、淡交社、2002年
16『売茶翁の生涯』ノーマン・ワデル、樋口章信訳、思文閣出版、2016年
17『茶の湯の歴史　千利休まで』熊倉功夫、朝日選書、1990年
18『喫茶の文明史』守屋毅、淡交社、1992年
19『茶の世界史　緑茶の文化と紅茶の社会』角山栄、中公新書、1980年初版、2017年改版

第４章　昭和の時代と私（１）

1　平和の大切さを意識した
2　私の差別反対の考えはどこからきたか？
3　女性の身分の低さ
4　何になりたい？
5　地球、生命の誕生、進化、絶滅

１　平和の大切さを意識した

小学校での一番印象に残っていることを挙げれば、小学校1年生の時の教科書の墨消しだ。

１９４５年の春ごろには、空襲警報が頻繁に鳴るたびに、防空壕にかけこんだ。２、３軒で共有していた狭いものだった。警報が解除されて外に出たら、南の空が真っ赤だった。大阪がまた焼けていると誰かが言った。ほっとしたものの、恐ろしかった。

私の家は小学校に近かったが、遠方から通ってくる生徒たちは、緑の服を着せられた。もし飛行機が低空飛行して狙われたら、田圃の緑の雑草にしゃがむよう指導されていた。

８月15日の玉音放送はよく聞こえなかった。

９月１日、学校に登校して門に入ったら先生が立っておられた。いつもは左の奉安殿に最敬礼したが、今日はしなくてもよいと言われた。なぜ？　教室では、教科書を開いて、まず、文章を次から次へと墨で塗りつぶすように指導された。多くのページが真っ黒になった。これが教科書？　教科書は大切なものだと思っていただけに……。消されるとは！　これではガラクタ物だ。子供ながらに漠然と不信感が湧いてきた。小学1年生のこの事件は、私を神経質なニヒリズム的思考の持ち主にしたと思う。

田舎の小学校だったので、学年にたった1クラス、生徒は40人だった。中学校に行くと、1クラス、50人くらいで、1学年に10クラスもある大きな学校だった。全校生徒集会のとき、記憶に乏しいが、正月明けだったと思う。校長先生が挨拶された。「今、日本は戦争がなく、平和だが、世界のどこかでは、戦争をしている。平和な日本をありがたく思うべきだ」といった内容だった。その時の先生のお顔と言葉が脳裏に残っている。そうか、平和でよかった、と納得し、平和のありがたさを意識した。校長先生は皆から慕われ、尊敬されていた。高校生の時だったか、誰かが先生の不幸を知らせてきた。キリスト教の協会に行くと、驚くほど多くの生徒や関係者が参列し、先生の他界を惜しみ、悲しんだ。

高校では、日本史を選択した。奈良時代、平安時代、鎌倉時代、江戸時代など講義されたかどうか記憶にない。もっぱら昭和史を教えてくださったように思う。京大卒の先生は、京大での先生の教授が、有名な「昭和史」の専門家だったようだ。具体的な内容についてはまったく覚えていない。が、日本が突入した太平洋戦争は間違いだったとはっきり認識した。

大英博物館展「100のモノが語る世界の歴史」で展示された013の「ウルのスタンダード」は、メソポタミア古代都市ウルの王家の墓から見つかったものだ。表裏2面は、「戦争」と「平和」と呼ばれ、人々の暮らしぶりが描かれている。紀元前2500年ころに、すでに戦争が起こっていたことを知り驚嘆した。

戦争は、人間の生まれつきの性質であるのか？　あとで獲得したものか？

『暴力はどこからきたか――人間性の起源をさぐる』（山極寿一）によれば、ゴリラですら人間よりずっと平和な生活を送っていると言う。同種の動物同士の争いは、相手を抹殺することではなく、限りある資源（食物と交尾する相手）をめぐっていかに相手と共存するかを模索することにある。戦争にいたる人間の攻撃性は、狩猟という生業様式の発展にともない武器を急速に改良し、それを同種の仲間に向けたことが原因であるという主張もあるが、山極氏の意見は異なる。人類の攻撃性、武器を使った戦争の証拠は約1万年前に農耕が起こってからしかでてこない。５０００年前に文字を発明したシュメール人の記録からすでに地域集団の戦争が起こっていた（「ウルのスタンダード」にも示されたように）。人類が石器を発明したのは２５０万年前で、武器を狩猟に使い始めたのは40万年前であることを考えると、長い間人類は道具を武器として同種の仲間に向けてこなかったことが分かる。食物を得るための道具、獲物を捕らえるための狩猟具と、そして戦争するための武器は別物である。華奢な体をしていた初期人類が、地上生活に適した特徴を身につけるようになり、樹木のないサバンナに進出するようになった理由について、著者は、初期人類が開発した独特な移動様式、直立歩行と社会性、家族にあると考える。生態的な理由で発達したこれらの特徴が、後に言語を生み出し、人間に独特な暴力を作り出す基礎となった。大量殺戮は言語の出現と農業による土地の所有、そして死者につながる新しいアイデンティティの創出によって可能になったというのが山極氏の意見である。

日本がなぜ太平洋戦争に突入したのかは、江戸末期から明治維新にかけて明治政府の取った方針に遡る。欧米の船が押し寄せ開国を迫られる中、近代化思想（民主主義、人権思想でなく）を導入し、尊重し、急進的な改革をした。近代国家を成立させ、西欧列強の仲間入りを目指すためであった。一方、アジア諸国を軽視し、欧米諸国にならって中国、アジアに侵略した。鎌倉時代には武士により天皇の権限並びに土地財産もはく奪された。武士による封建時代から、明治時代の近代政治になってなぜ再び天皇をもちだしたのか？　さらに、敗戦後、民主主義憲法が採択されても天皇が象徴天皇として残った。平成の時代が終わる際、政治権限がないにも拘わらず、〝令和〟の時代と言って、いかにも権限があるかのように天皇をもちだす。なぜ日本人は天皇にこだわるのか？　ＮＨＫ英雄たちの選択の番組（２０２０年９月24日）、「日本のかたちを決めた女帝、持統天皇（飛鳥時代６４５～７０３年）」が放送された。今もその伝統を引き継いでいるようだ。

2　私の差別反対の考えはどこからきたか？

中学校時代の担任の先生は、エタと呼ばれ部落の人々が多い地方の出身だった。エタの部落民は、住民の皆から差別されているが、部落民に対する差別は間違いと先生ははっきり説明された。私の村にも部落と呼ばれる小集落が村から離れたところにあった。その人たちとつきあってはいけないと注意されていた。なぜか？　当時「同和問題」が、差別解消の社会的問題になっていた。あやふやな記憶だが、昔、朝鮮人などが連れてこられて、日本人がやりたくない仕事をさせられた。その部落住民はずっと低い身分に固定されたままで、明治になっても差別されてきたと説明された。

島崎藤村の小説『破戒』は明治39年（１９０６年）自費出版された。主人公の部落出身の教員は父親から身分を隠せと硬く戒められていたにもかかわらず、同じ宿命の解放運動家に心を動かされ、父の戒めを破ってしまう。差別を受けた者の内面の相克を描いた感動させられる小説である。この小説の後ろに北小路健が、『破戒』と差別問題について、部落の由来を詳しく解説している。

中学校の先生の話から、職業差別、民族差別をしてはいけないということを教えられ、私の中に深くきざみ込まれた。これが結婚の選択時にも影響したと思う。

明治時代には欧米の近代化に追いつくため、欧米思想が取り入れられた。音楽なども含め広く欧米の文化が導入された。それと共に欧米人を尊重しアジア人を軽視する思想も広まった。古き日本は中国の文化に大いに影響されてきた。政治、建築、宗教、漢字の文字、絵など。そして私の大好物である茶は中国から入って来たものだ。だが、明治になって、急に、欧米尊重思想が導入され、さらに敗戦後も欧米尊重思想に深く影響させられた。中国文化を学ぶ機会もなく、また江戸時代の優れた文化を知らない私は、完全に欧米尊重思想にはまり込んでしまった。

3　女性の身分の低さ

私の村や近隣の村では、嫁の役割は、子供を残すことと、労働力である。姑につかえ、自分の意見は言わない。自分の代になるまでまったく何も意見は言えない。叔母がそういう結婚だった。肺結核にかかったもう一人の叔母は、一生療養所で暮らさねばならなかった。

私の生家は母屋から独立していたので、母は父に対して自由に発言していた。家事を早々にこなして、父と対等に農業をする。夜は、父は晩酌をたしなみリラックスするが、母は後かたづけや家事などをこなさなければならない。休日はなし。時々近所の男性たちの集まりがある。その時は、父は宴会のごちそうのため、家で飼育していたニワトリを処分する。近所の男性群は、食べて、飲んで、夜遅くまで宴会を楽しむ。母は参加せず、終わった後のかたづけだ。いつも文句を言っていた。なぜ、女性も参加して共に楽しめないのか？　後で分かったことだが、農業をやっていくには、灌漑の整備など、近所の人々との共同作業が欠かせない。そのために定期的に集まり結束する場が必要だった。外に向かって意見を言う時は、母でなく、父だった。私は子供ながらいつも女性の身分の低さを疑問視していた。私には農家に嫁ぐことはできない。お金が稼げる職業に就くべきだと思った。母は私の考えに賛成だった。父の本家の兄は戦死したので、従兄弟は家業を継がなくてはならなかった。父方の祖父は農業に学問は不要という強い意見を持っていたので、従兄は祖父に従わざるを得なかった。大変賢明だったにも拘わらず高校進学さえもできなかった。だから、私が大学に行くのを父は反対した。それでも、母は父の反対を押し切り、私と弟妹を大学に行かせてくれた。

「男女格差　日本は過去最悪１２１位」と朝日新聞（２０１９年12月18日）は報じた。世界経済フォーラム（ＷＥＦ）が17日発表した「男女格差（ジェンダーギャップ報告書）」に基づく。なぜ、日本の女性の地位は低いのか？

ダニエル・Ｅ・リーバーマンによれば、女性の身体的特徴は、ホモ・エレクトスが生き延びるために、大きな脳と繁殖ペースを速めるという独特の繁殖戦略を進化させた結果だという（『人体　600万年史』上、ダニエル・E・リーバーマン）。さらにヒトの乳児の出生が早すぎるのは、頭蓋骨が大きく、女性の骨盤が比較的狭いから。ヒトの女性がすぐに受胎能を回復する主な理由は、ヒトの集団がどんどん大きくなるにつれて、育児が共同で行われるようになったから。『人体、なんでそうなった？』（ネイサン・レンツ）の4章でも、さらに詳しく解説している。

女性の生理的特徴を、科学的に教育することが一番遅れているのは日本であると指摘したのは『こんなに違う！　世界の性教育』（監修・橋本紀子）である。日本の男性は後継者を必要としながら、女性の人間としての、人権としての生理的特徴を正確に理解していない、いや、あえて理解しようとしないというのが私の意見である。女性登山禁止の山が最近まで残っていた。つい最近になっても女性を「産む機械」と発言した男性議員もいた。恥ずべきことだ。

4　何になりたい？

ノーベル化学賞受賞の吉野彰氏は、小学校4年生の時出会った『ロウソクの科学』が化学への興味を持ち、今日の研究成果にいたる原点になったという。私の実家には一冊の本もなく、小学校にも図書館はなかった。中学校でようやく多くの本に出合った。校長先生は図書館を充実させるための努力をされたのだ。私は文学に興味を持った。中学校の宿直アルバイトとして教育大学の学生が雇われていた。その先生は文芸クラブの指導者だった。私もそのクラブに所属し詩を作ったり、短文を書いたりしていた。中学生になると、まったく理解できないような本、哲学のような難しい本に興味を持つものだ。本について先生と討論した。先生は、皆に「教師」になることを勧められたが、私はなりたくなかった。「教師」には、熱心な指導者や、生徒の話をじっくり聞いてくださった中学の担任の先生や、校長先生のような立派な人格者が相応しい。わがままな私には教育者は向いていないと思った。

恒例の箱根駅伝で、かっこよく走ってきてテープを切ったのは、青山学院大学の2年生だった（２０２０年1月3日）。その学生さんは子供のころ、青山学院が優勝するのを見て青山学院に入学したという。テレビで素晴らしい選手を見てあこがれる例は数えきれない。でも私たちの子供時代はテレビが普及していなかった。

長距離走、マラソンは動物にはできない。人特有の性質だ。なぜ人は走れるのか？　走るため進化したという。ダニエル・E・リーバーマンは、『人体　６００万年史』の中で、チンパンジーから、ヒトがいかにして二足歩行が可能になったかを、両者の骨格を比較することにより詳細に記している。腰の形状、骨盤の上部を形成する大きな幅広の骨（腸骨）短く横向きである。

S字型の背骨は楔型、足裏の土踏まず。人類の系統とチンパンジーが分岐したころに大規模な気候変動が起きている。食料を効率的に手に入れるため、有利な二足歩行が選択された。二本の足で立って歩くことにより、移動時のエネルギーを節約できた。ナックル歩行していたと思われる。二足歩行により手が自由に使え、道具の製作と使用が可能になるので、そのためかと思っていたが、最古の石器の出現は二足歩行が進化してから何百万年も経てからだという。

「人間」と呼べる最初の種、ホモ属（ヒト属）の進化の土台には狩猟採取の進化がある。ホモ・エレクトスは約190万年前にアフリカで進化して、旧世界全体に広がった。人類は少なくとも260万年前に肉を食べ始めていた。肉の分断など加工に石器を使用していた。大英博物館の展示品001は最古の石器である。アフリカ、タンザニアのオルドヴァイ渓谷から出土した礫石器でオルドワン石器と一緒に見つかった動物の死骸が叩き潰されていることから、石器を使って骨髄を取り出していた。骨髄のような高カロリー食を食べていたので、脳が発達し、生き残るための新たな戦略を考え出せるようになった。消化が良くなり、相対的に腸は小さくなり、代わりに大きな脳を持つようになった。集団で協力体制を築きあげた。食物のありかを知るためにも記憶力は重要である。

ホモ・エレクトスは走るために進化した。ダニエル・E・リーバーマンは走るために進化した理由を、肉を得るための必死の努力が持久走の土台をなしていると主張した。のろくて非力で武器もない（弓矢が発明されたのは10万年前より後、最も単純な槍先でも50万年前ぐらい後に出現）初期の人間には、腐肉漁りのための有益な手段が持久走だった。それは、柔毛がなく、無数の汗腺があるので発汗により体温を下げることができるからである。さらに、足裏の土踏まず、アキレス腱は新たなばねになる。大殿筋、平衡感覚器官である内耳の三半規管が進化したなどによる。傳田光洋氏は体毛をなくしたことにより、五感と情報処理機能をもつ表皮を環境にさらすことが、生き残るのに役立ったと考えた。皮膚を通じてのコミュニケーションが社会の維持や他人との繋がりに大きな役割を果たしたと主張する（『皮膚はすごい――生き物たちの驚くべき進化』傳田光洋）。

脳の大きさが人類の進化に大変重要であった。ネアンデルタール人の脳は平均１５５０ccで、ホモ・サピエンス平均１３５０ccより大きかった。頑強で適応力も高かったにも拘わらず、なぜ絶滅したのかは大きな謎だった。２０１３年にはリーバーマンも謎としている。その後ネアンデルタール人の洞窟が発見され、解析され、研究者たちは謎にせまる多くの本を出版している。動物の骨格の進化について本を出している更科功氏は、人類の犬歯が小さくなった理由を挙げ、オス同士の戦いが穏やかになったと主張する。同氏は『絶滅の人類史――なぜ「私たち」が生き延びたか』を著し、その中で、25種類以上存在した人類種のなかで、ホモ・サピエンスだけが生き延びた理由を分かりやすく解説した。

ネアンデルタール人はホモ・サピエンスより早くヨーロッパに進出した。言葉もある程度は話せたらしいし、文化もあった（象徴化行動）。石器と枝を組み合わせて槍として使っていたらしい。だが、狩の方法が大きく違っていた。大型動物を狙って近寄り槍を手で持ち突き槍としていた。危険な狩だ。ホモ・サピエンスは、動きまわるのに特異な細い身体で、槍を遠くまで飛ばせる投槍器を使用した。大型動物だけでなく、鳥なども狩ることができる有利な方法だった。食も、ネアンデルタール人と違い、魚や甲殻類などなんでも食べていた。さらに動物の骨で針を作り、毛皮を加工し、寒冷な環境にも対応した。ネアンデルタール人の集団は小さかったが、ホモ・サピエンスの集団は大きかった。大きな群れを作ることにより、食べ物探しや闘いにも有利になる。寒さに対する工夫や優れた狩猟技術を進化させやすく、技術を他に伝えることもできた。

ネアンデルタール人はメラニン色素に関わる遺伝子（ＭＣＩＲ）に突然変異があり、この遺伝子の活性化が低下しており、メラニン色素をほとんど作れず、肌の色は白かった。最近の遺伝子解析により、アフリカに残ったヒト以外は、ネアンデルタール人の遺伝子を約２％持っていることが判明した。ネアンデルタール人との交雑があったらしい。ネアンデルタール人はイベリア半島の洞窟で絶えた。この話は大変意義の深い参考にすべき点だ。

『文化がヒトを進化させた――人類の繁栄と〈文化―遺伝子革命〉』（ジョセフ・ヘンリック）では、いつ、どのようにしてチンパンジーからヒトに進化したかをさらに詳しく述べている。２６０万年前、打製石器の製作（オルドワン石器発見、その分析により道具製作者の90％が右利きだと分かった）により、動物の屠殺、解体や草木の切り出しに道具が使われ食物の加工が進んだ。初期ヒト属の出現とした。脳容積が増し、道具や言語などを順序立て、階層的に組み立てる能力の獲得。１８０万年前、累積的文化進化の産物がヒト属の遺伝的進化を駆動して、現在の私たちのような足や脚、腸、歯、脳などを形成していった。ホモ・エレクトロスの出現である。長距離走、持久狩猟が可能になった。175万年前、大型のハンドアックス（握斧）などの高度な道具類製作、また骨盤が狭まり、臼歯が小さくなる。肉、骨髄、地中の根や根茎を獲得し加工。１４０万年前、指の骨が変化し、精密把握機能（つまみ動作）が向上する。75万年前、加熱調理、石切、植物、魚などの知識を獲得した。

進化プロセスでのなかで累積的文化進化を強力に駆動してきた動物はヒト以外にいない。作者は「始動時の問題」とした。遺伝的進化を促すほどには、文化が蓄積された状況がなかなか生まれない。脳サイズを変えずに、他者から学ぶべき適応的な事柄が豊富に存在する社会が生まれる。脳を拡大するコストを下げるため、生まれた子供に脳を発達させて一人前になるまで、母親の子育てを他個体が面倒をみる（アロマザリング）。母親の出産間隔が短くなり、母親の栄養獲得の苦労がはぶける。捕食者にさらされるようになると、大きな群れを作って、分散せず、密集して生活した。そのなかで、つがい形成という適応戦略がとられるようになり、ローカルな知識が社会的に継承される（ゴリラはつがい形成するが、集団の規模が小さすぎる）。イスラエル北部のゲシャー・ベノット・ヤーコブ遺跡によれば、この集団は多様な食材を利用していた。累積的文化進化が始まったことを示した。投てき武器。道具使用や食物選択のような有益な行動を集団内に広めていく社会的学習が多くの種の脳容積拡大に影響した。

気象と天文：農作業は日々の天気に左右される。両親の会話は、先ず今日の天気は？　だった。中学校では、理科の先生が「気象クラブ」を指導されていた。私はそのクラブに所属し、毎日、定時に、学校内の、天気、風、百葉箱の気温と湿度を、仲間のクラブ員と観測をした。正月も夏休みもなしに、雨でもどんな日でも欠かさず、自転車で20分以上はかかる学校に行き、測定を行った。先生は、私たちの観察記録と、当時の気象協会の記録を比較して、伏見の天気は少し違うと結論づけられた。そのデータをどこかに発表され、賞をもらわれた。今なら、写真に撮っておくのに、残念ながらその記録はない。このようなこつこつとしたデータ作りに私は向いていたのかもしれない。

高校に入学して気象を追及したかったが、クラブは無かった。代わりに天文クラブがあったが、休業中だった。天文学は、人類の文明のなかでも極めて重要な位置を占めていた。農耕の発展には、天体観測が欠かせず、太陽や月、星々の位置から暦を作り、いつ、何の種を蒔けば収穫を最大にできるかを調べた。

２０１８年、火星大接近で、花山《かざん》天文台ツアー（山科の花山山、標高２２１ｍ）が企画され参加した。かねて行きたいと思っていた花山天文台に、ようやく行くことができた。花山天文台長柴田一成先生（京大教授）の話を聴く。「世界で初めて」を見ることは、科学にとって最も重要なことだ。新しい星を発見したアマチュア天文家はいくらでもいる。天文学は、自然科学のなかでもプロとアマチュアの垣根がとりわけ低い分野で、日本のアマチュア天文学は世界でもトップレベルの実力を誇っているという。初代台長の山本一清先生は、研究者とアマチュア天文家との架け橋の役割を果たしたと話された。

柴田先生は『とんでもなくおもしろい宇宙』の著者でもある。宇宙は、あっちもこっちも大爆発だらけと書かれている。夜空は静かで、星を見ればロマンチックな思いになる。しかし20世紀になって、宇宙が膨張していることが分かり、かつ宇宙には始まり（ビッグバンという大爆発）があることが分かったという。

しかし、遠い昔にも、星が爆発したことが『明月記』の記録にある。「天喜二年（１０５４

年）の４月中旬の東の方角、おうし座の角のあたりに木星と同じくらい明るい星が現れた」（実は５月らしい）。『明月記』は、藤原定家（１１６２～１２４１年、平安末期から鎌倉時代の公家で歌人）の日記である。これは、定家出生以前の出来事であり、「普段見慣れない星」（客星）に刺激された定家は、陰陽師の安倍泰俊に、過去の客星の出現を問い合わせ、客星出現の際にどのような凶事が起きたかを知ろうとした。当時、見慣れぬ天体現象（天変）は不吉の前兆であると考えられ、陰陽師が星を観察し、朝廷に報告していた（『明月記』の原本では、客星出現リストは、定家の筆によるものではなく、陰陽寮の官人によるもので、定家は自身の日記を書いた紙の間に、泰俊から提出された報告を挟み込んでいた）。日本の『明月記』にあるこの１０５４年の超新星爆発記録（かに星雲を生んだ超新星爆発の記述である）は、他に中国の記録もあるというが、世界で初めての記録として、外国人に注目されている。

宇宙そのものに始まりがあることは、あらゆる天体にも始まりと終わりがあるということになる。天体も生物と同じように進化する。誕生があって死もある。天体は爆発を起こしながら生まれ、生きている間も爆発を起こし、進化の最後も爆発を起こしながら死んで行くという。この事実は単に天文学の話にとどまらず、人々の自然観、哲学観にも大きな影響を与えた。柴田先生の本にはやさしく書かれているが、内容は最先端のことなので難しい。ほとんど無知だった私は、理解できない箇所もあったが、大変興味ある知見を得ることができた。私の宇宙観、人生観も少し変わった。以来、京大の先生方による天文講話「宇宙の散歩道」を聴き、少しずつではあるが、宇宙を理解しつつある。

５　地球、生命の誕生、進化、絶滅

何年か前ではあるが、読書書評欄で、ショッキングな本の題名が目にとまった。『人類は絶滅する――化石が明かす「残された時間」』（マイケル・ボウルター）、イースト・ロンドン大学古生物学教授の著書（２００２年）。古生物学者、専門は化石の研究だった。「この惑星で繰り返された大絶滅の歴史と生物進化のありようについて語ったものだ。この物語は６５００万年前の大絶滅以降の歴史はもとより、人類の未来についても触れている。そのプロットの裏づけには化石からの手がかりはもちろん、現生の動植物、岩石、化学物質、原子、その他もろもろの事象から証拠を得た。自然科学、物理化学の範疇に含まれる学問の大半、さらにそれ以外のジャンルからも情報を収集し、アイデアを生むヒントをもらった。環境における自然の多様なプロセスを生物学に結びつけたばかりでなく、これまでは別々だった多くの分野の証拠とも結びつけた」。インターネットを通じて膨大な量のデータベースを用いて達成できた。人類初期の狩人たちが大型哺乳動物に対して行った所業は恐るべきもので、その結果多くの種が絶滅した。最終氷期末期の一万年前から今日まで、こうした事態は恒常的に繰り返されている。私にとっては、まったく初めての知見でよく理解できなかったが、地球の始まり、生命の誕生、進化、絶滅に興味を持った。

『生命40億年全史』(リチャード・フォーティ、LIFE、1997):地球上の生命は、今からおおよそ40億年ほど前に誕生した。生命の歴史は化石の保存というプロセスによってふるい分けられたものだ。著者のリチャード・フォーティは、大英自然史博物館の古生物学者で、若いころ三葉虫の新種を発見した。自身の発掘調査の興奮を織り交ぜながら、化石史料を縦横無尽に駆使し広大無辺な40億年を一つの物語にまとめ上げた生命史を書いた。始原の海に生まれたバクテリアが次第に進化し、多様化する。相次ぐ地殻変動、劇的な気候の激変、絶滅するものもあれば、画期的な進化と適応を遂げるものもあった。いかなる進化劇が展開されたのかを語るユニークで面白い本だ。

『生命40億年全史』が書かれた1990年代半ばに存在しなかった研究分野である宇宙生物学と地球生物学に基づき、ピーター・ウォード/ジョセフ・カーシェヴィンクによって新しく書き直されたのが、『生物はなぜ誕生したのか――生命の起源と進化の最新科学』である。この著者らが選んだ歴史を三つのテーマに基づいて示している。1　生命の歴史が最も強い影響を受けてきたのは環境の激変。2　生命の歴史に最も大きな影響を与えたものは単純な3種類の気体分子である。酸素、二酸化炭素、硫化水素だ。さらに踏み込むなら、地球上の生命の性質と歴史を方向づけてきた何よりも重要な元素は硫黄だ。３　現存する生物が今のような顔ぶれになったのは、生物自体ではなく、生態系の進化が最も大きな要因として働いていると考えた。

絶滅と繁栄の生命進化の全史を、丁寧に読み、勉強しなおす。地質年代は、生命を語る時代区分は、年数で表すのでなく、地殻中に散在する岩石の相対的な位置に基づく。１８０５年、イギリスの地質学者ウイリアム・スミスが見出した。

・生命は代謝し、複製し、進化するもの

・地球の生命は海底の熱水噴出孔で生まれた（ジョン・バロス）、「ロストシティ」熱水域で生命組み立て

・生命誕生に至る流れ――地球の形成（45億年前）、水圏の安定（44億年前）、前生物学的な化学反応（42～40億年前、前ＲＮＡワールド（～40億年前）、ＲＮＡワールド（～38億年前）、最初のＤＮＡ／タンパク質生命（～36億年前）、全生物の最後の祖先（36億年前～現在）

火星説もある。隕石が火星の表面から地球へ移動、生命も火星で生まれ、隕石に乗ってやって来たという。

・酸素登場――35億年前～20億年前

1　時を読む――地殻中に散在する岩石の相対的な位置に基づくもの、地質年代地質時代区分、ウイリアム・スミス：年代を決めるのは岩石の種類ではなく、岩石に含まれる化石
2　地球の誕生――46億年前～45億年前
3　生と死、そしてその中間に位置するもの――生命の定義、地球生命の系統樹、非生命の材料が生命をつくる（水、炭水化物、核酸、タンパク質）生物の系統樹（真正細菌、古細菌、真核生物）
4　生命はどこでどのように生まれたか――42億（？）年前～35億年前
5　酸素の登場――35億年前～20億年前
6　動物出現までの退屈な10億年前――20億年前～10億年前　大気中の高濃度の酸素、硫黄を利用する単細胞生物が多すぎた
7　凍りついた地球と動物の進化――8億5000万年前～6億3500万年前、生命とスノーボールアース（雪玉）現象　エディアカラ紀、エディアカラ生物群
8　カンブリア爆発と真の極移動――6億年前～5億年前　三葉虫（地球最古の動物化石）進化発生学（エボデボ）研究者、ショーン・キャロルは、新奇性はどのようにして生まれるかについて、新品でなく「すでにあるものを利用するという。多機能性、反復性、モジュール性を使う。『シマウマの縞、蝶の模様』」
カンブリア紀の終焉――顕生代初の大量絶滅「ＳＰＩＣＥ」（後期カンブリア紀の正の炭素同位体変動）

９　オルドビズ紀とデボン紀における動物の発展――５億年前～３億６０００万年前、多種多様な動物登場：酸素濃度と関連　オルドビス紀の大量絶滅

10　生物の陸上進出――４億７５００万年前～３億年前　植物の上陸：ある緑藻類陸地に移動、３億７０００万年前～３億６０００万年前、樹木に葉と根が登場（葉は最初なかった。３億６０００万年前よりあと。大気中の二酸化炭素濃度の低下を待つ）、気孔の発達（二酸化炭素の取り込み、植物の水分を逃す）　デボン紀後半には森林が陸地を覆う。酸素濃度の上昇、最初の陸上動物：節足動物、サソリ、ヤスデ、次に昆虫

11　節足動物の時代――３億５０００万年前～３億年前　石炭紀からペルム紀にかけての高酸素状態：石炭紀に史上最大の森林火災（樹木を分解する細菌なし）

12　大絶滅―酸素欠乏と硫化水素――２億５２００万年前～２億５０００万年前　ペルム紀―三畳紀（ｐ―Ｔ）境界絶滅（the Permian-Triassic mass extinction）の原因：（大型隕石の衝突）？（温室効果）？　２億５２００万年前の南アフリカでは異常な乾燥と急激な気温上昇―大半の脊椎動物絶滅の理由

13　三畳紀爆発――２億５２００万年前～２億年前　高温で低酸素の厳しい環境が新機軸を促出した。ペルム紀絶滅：「白亜紀―第三紀（Ｋ―Ｔ）」(the Cretaceous -Tertiary event) 温室効果絶滅、長引く酸素危機への対応力の為、横隔膜を使って空気を出し入れする新しい呼吸器系を進化させた。哺乳類と恐竜が出現した。海に戻った爬虫類の多様化。クジラ、アザラシ、ペンギンなど。

14 低酸素世界における恐竜の覇権——2億3000万年前〜1億8000万年前　三畳紀—ジュラ紀（T—J）境界大絶滅（Triassic-Jurassic boundary）恐竜は精巧で効率の良い肺を進化させた。ジュラ紀後半に酸素濃度が15〜20％に高まり、恐竜のサイズが大きくなった。被子植物の出現、台頭、植物の種類増加、昆虫が多様化した。最初の恐竜は二足歩行（前肢より後肢が長い、首が伸びて緩いS字）から翼竜（空を飛ぶ）、小型二足歩行恐竜から鳥類への進化、気嚢式肺を持つ。ジュラ紀に登場

15 温室化した海——2億年前〜6500万年前　二枚貝、多種多様なアンモナイト、イカ、カニ

16 恐竜の死——6500万年前　K—T境界絶滅は隕石衝突により全生物種の75％が死滅したというのが一般論。デカタントラップ（火山活動による膨大な洪水玄武岩が地球の奥深くから噴き出していた。この洪水玄武岩で作られた高原をデカタントラップという）により海洋の温暖化が起き、隕石衝突がとどめをさしたというのが、著者の意見。

17 ようやく訪れた第3の哺乳類時代——6500万年前〜5000万年前（第一の哺乳類時代：獣弓類、第二の哺乳類時代：三畳紀後半から白亜紀、恐竜出現、第3の哺乳類時代：白亜紀—第三紀境界の大絶滅の後）暁新世の陸の世界：森林の密林化、草なし。ゆっくりと温暖化暁新世—始新世境界温暖化極大化イベント、PETM（the Palaeocene-Eocene Thermal Maximum）メタン、急速な地球温暖化、　深海は暖かく浅海が冷たかった。海底酸素濃度低下。寒冷化する新世代の草原と哺乳類（2350万年前〜530万年前）二酸化炭素の減少による「C4型

光合成」植物増加（イネ科植物）森林火災の影響？

18　鳥類の時代——5000万年前〜250万年前　羽毛恐竜（中国で発見）から鳥類誕生、白亜紀後半に分岐、　恐鳥は頭部が大きく知的

19　人類と10度目の絶滅——250万年前〜現在　1大酸化事変による絶滅、2クライオジュニアン紀の絶滅、3エディアカラ紀の絶滅、　4カンブリア紀後期のSPICEイベントによる絶滅、5オルビドス紀の大絶滅、6デボン紀の大絶滅、7ペルム紀の大絶滅、8三畳紀の大絶滅、9白亜紀—古第三紀境界の絶滅、10更新世末期〜完新世にかけての大絶滅、　250万年前から現在まで。気候変動と人間の活動による絶滅（通説のビッグファイブ絶滅に線を引いた）

著者のひとり、ジョゼフ・カーシェヴィクが「スノーボールアース」を発見した。また動物がナビゲーションに使用する微小な磁性物を発見し、生物の進化を促した地球の自転軸の大規模な移動についても指摘した。

ヒト科出現　600万年前〜500万年前　ピーター・ウォードらの著書『生物はなぜ誕生したのか』p383〜の抜粋を追加：〝私たちが属する科はヒト科と呼ばれ、その歴史は600万年前〜500万年前に始まったと見られる。このとき、ルーシーらアウストラロピテクス・アファレンシス（アファール猿人）が出現した。以来ヒト科動物は9種を数えている。この数は今なお議論が続いている。……私たちと同じホモ属としての最古の種はホモ・ハビルス（器用なヒト）で約250万年

前に登場した。およそ150万年前にはホモ・ハビルスからホモ・エレクトスが生まれ、ホモ・エレクトスから最終的には私たちホモ・サピエンスが生じるわけだが、それは約20万年前にエレクトスの直系の子孫として誕生したのか、中間の段階を経てから進化したのかどちらかだと考えられている。ホモ・サピエンスはさらにいくつもの変種へと細かく分かれていった。現生人類と現在の私たちのDNAが現れる前に、人類とネアンデルタール人の系統はすでに分かれていたと思われる。

250万年前からの気候変動　人類は1万年前には南極を除く各大陸に定住した。オーストラリア、北米、南米の動物相に絶滅の波が押し寄せたのは、それぞれの地域で人類が最初に現れた時期と、大幅な気変動が起きた時期の両方と一致する。大型哺乳動物の大量絶滅の引き金を引いたのは人類だったと考える研究者は多い。

20　地球生命の把握可能な未来

進化の歴史は生物同士の相互作用（競争や捕食など）だけではなく、地球自体や、その大気や海の物理的進化によっても影響されてきたということだ。偶然に左右される出来事（地球にどれくらい小惑星が衝突するかなど）が起こるであろう。地球の気温や、大気と海洋の化学的性質の変化、地球の寿命が尽きるまでに必然的に起こる大規模な地球物理学的イベントは、かなり予測できる。

誕生以来、太陽からの距離が「ちょうどいい」おかげで液体の海が存在し、動物が凍ることも焦げることもなく暮らすことができている。過去45億６７００万年の間、太陽から地球に届くエネルギーは着実に増加してきた。「惑星サーモスタット」が地球の生命を支えてきた。地球の平均気温を調節し、それを水の氷点から沸点の間に保ってきた。生命が非常に狭い温度の範囲内で進化してきたために、ほぼ同じ体内の生理機能や化学反応を維持してこられた。太陽の膨張のせいで気温が上昇し、大気中の二酸化炭素濃度が減少すれば、未来の生物の進化にこのうえなく大きな影響が及ぶであろう。

二酸化炭素濃度の減少が長期にわたれば、過熱化が起こる。植物の変化が起こる。生物多様性はどうなるか？　植物が消えれば、川は変化し、土は消失し、地球の気温のバランスは崩れる。低酸素、無酸素で動物は死ぬ。歴史の終焉。

文献

１　『暴力はどこからきたか　人間性の起源を探る』山極寿一、ＮＨＫブックス、２００７年

２　ＮＨＫ英雄たちの選択の番組（２０２０年９月24日）「日本のかたちを決めた女帝、持統天皇（飛鳥時代、６４５～７０３）」

３　『破戒』島崎藤村、明治39年（１９０６年）自費出版、新潮文庫、１９５４年

4 『人体　600万年史　科学が明かす進化・健康・疾病』上、ダニエル・E・リーバーマン、塩原通緒訳、早川書房、2015年
5 『人体、なんでそうなった？　余分な骨、使えない遺伝子、あえて危険を冒す脳』ネイサン・レンツ、久保美代子訳、化学同人、2019年
6 『こんなに違う！　世界の性教育』橋本紀子監修、メディアファクトリー新書、2011年
7 『皮膚はすごい　生き物たちの驚くべき進化』傳田光洋、岩波科学ライブラリー、2019年
8 『絶滅の人類史　なぜ「私たち」が生き延びたのか』更科功、NHK出版新書、2018年
9 『文化がヒトを進化させた　人類の繁栄と〈文化―遺伝子革命〉』ジョセフ・ヘンリック、今西康子訳、白揚社、2019年
10 『とんでもなくおもしろい宇宙』柴田一成、角川書店、2016年
11 『人類は絶滅する　化石が明かす「残された時間」』マイケル・ボウルター、佐々木信雄訳、朝日新聞社、2005年
12 『生命40億年全史』リチャード・フォーティ、渡辺政隆訳、草思社、2003年
13 『生物はなぜ誕生したのか　生命の起源と進化の最新科学』ピーター・ウォード／ジョゼフ・カーシュヴィンク、梶山あゆみ訳、河出書房新社、2016年
14 『シマウマの縞　蝶の模様　エボデボ革命が解き明かす生物デザインの起源』ショーン・B・キャロル、渡辺政隆／経塚淳子訳、光文社、2007年

第5章　昭和の時代と私（2）

1　科学技術の発展　広島、長崎、そして福島
2　化学の時代――ナイロン靴下登場
3　病気の診断（生化学、臨床化学、ＤＮＡ診断へ）
4　臨床化学分析――手動分析から自動分析へ
5　新しい検査法

１　科学技術の発展　広島、長崎、そして福島

広島の町が復興する前に訪れた。いつ、誰に誘われて行ったのか（中学？　高校？）まったく覚えがない。舗装なしの広い運動場のような場所の土の上に座って、多くの人たちと共に、原爆の恐ろしい話を聞いた。相当あとになって再度訪れた時、その場所は原爆ドームの前の広場で、今は集会が行われるところだと分かった。壊れたドームも初めてよく眺めた。

長崎も訪れているが、浦上天主堂の原爆投下地に行く機会がなかった。ＮＨＫ　ＢＳスペシャル「幻の原爆ドーム、ナガサキ戦後13年目の選択」が放送された。田川務市長は、天主堂廃墟の保存に積極的だった。山口愛次郎司教と共に、なぜ取り壊しに一転したのか？　放送は、その疑問符を残して終わった。高瀬毅は、『ナガサキ　消えたもう一つの「原爆ドーム」』を書きその疑問を解いた。

高瀬は、２０００年に放送された長崎放送制作の「神と原爆」のビデオを見て浦上天主堂に強い関心を持った。長崎市原爆資料保存委員会は、原爆によって廃墟となった浦上天主堂を後

世に残すべきと結論し、市長も同意していた。しかし、市長の考えが「保存」から「撤去」に180度転換した。

長崎とセントポール市との間に姉妹都市提携が結ばれ、市長が渡米し、帰国後方針が変わったという。天主堂廃墟の取り壊しが始まり、その後、市役所が原因不明で消失した。池松経興氏は天主堂の廃墟を写真に撮り出版していたが、それも消失した。その写真集を所有していた人は、「遺跡の取り壊しに関して、ある所から巨額の寄付金がきた。遺跡を残していたらアメリカが困る。遺跡を抹殺する力が働いた」と池松氏が話していたと語った。田川市長が1ヶ月間のアメリカ旅行の後、なぜ「撤去」に考えを変えたのかについては公の記録からは不明であった。当時の一市長が莫大な外貨を使って、約1ヶ月の渡米旅行とは驚く。

セントポールの地元の著名な財界人であり、アイゼンハワーと友人関係のルイス・ヒル・ジュニアが、姉妹都市提携に働いた。姉妹都市の橋渡しをしたのはウイリアム・ヒューズ氏で、「国連友の会」であり、その背後に米国外交の大きな戦略があった。

アイゼンハワーは、アメリカの国際文化戦略を立ち上げていた。日本の教育者や労働者、メディア関係者に接触し、フルブライトに参加させたり、渡米させたりしていた。市長と行動を共にしたシノハラモリゾウ氏はフルブライト留学経験者だった。労働組合の穏健派の指導者を渡米させ、左翼主導の組合を大きく転換させた（総評岩井章も訪米）。アイゼンハワーの政策の元は、原爆投下命令を下したトルーマンの政策に行きつく。１９５３年の対日心理戦略計画の目標は「日本の中にあった中立主義、共産主義、反米主義を無力化すること」だった。アイゼンハワーが原爆を正当化した理由に、ソ連の水爆実験成功があった。彼は同年、核の平和利用策「アトムズ・フォー・ピース」の演説を行った。１９５４年、ビキニ環礁での水爆実験でマグロ漁船員は被爆した。原爆で破壊された浦上天主堂の残骸は、米国からみれば、反核、反米感情を刺激するものだった。

ナガサキでは、広島にない宗教によって分断された「文化の断層」があり、キリシタンと反キリシタンの二重構造があった。『長崎の鐘』の出版で有名になった永井隆は、長崎医科大学物理的療法科部長、医学博士でもあったが自身も被爆した。

長崎への原爆投下はトラブルが重なり、不幸な偶発性、偶然性にある。第一目標の小倉は、煙と霧に包まれていたので、第二目標の長崎へ向かったが、長崎も雲に覆われていた。雲が晴れたので投下した場所は、浦上だった。

永井隆は、浦上に落ちた「原爆投下は神のご摂理」と言った。これに対し、井上ひさしは、長崎市以外で命を落とした人々は犬死にということになる。そして「永井説に拠るならばアメリカは原爆投下を正義の行いであったと強弁できる」と指摘している。自身も被爆者である山田かん氏は、「『長崎の鐘』など「原爆モノ」は、「これらの著作の持つ原爆投下への独善的なカトリックエゴイズムともいえる解釈が、ひとつの規制力をもって民衆の意識の底にふりかかる」と書いた。

原爆ドームのある広島と、見るべき遺構のない長崎。「怒り」の広島に対し、「祈り」の長崎。「劣等被爆都市長崎」と提唱している教授もいる。被爆者が語る体験を重ね合わせるとき、廃墟の向こうに、人類の存在そのものを脅かす核時代の危うい世界が浮かび上がる。

アメリカの核戦略で生まれた「平和利用」は、アイゼンハワー大統領の「平和のための原子力＝アトムズ・フォー・ピース」（1953年）政策から始まる。核の平和利用推進によって、原子力発電という新しいエネルギーシステムが導入された。第五福竜丸事件をきっかけに、日本国民の反核感情が嫌米感情に転化することを怖れ、アメリカは日本への原子力協力を本格化、日本の原発推進政策が始まった。メディアもこぞって原子力の明るい未来を語った。東京を始め10の主要都市で、2年間「明るい原子力の未来」原子力平和利用博覧会が開催された。『原爆の子』の編者で、教育学者の長田新は、愛する両親を原爆で奪われた中学2年生の文を紹介した。

「こんなものすごい力を持ったものがあったであろうか。あった。たしかにあった。それは原子・

原子力だ。原子力はおそろしい。悪いことに使えば、人間はほろびてしまう。でも、良いことに使えば使うほど、人類が幸福になり、平和がおとずれてくるだろう」

高瀬は言う「思えば、原子力の『平和利用』とはなんと悪魔的な、なんと魔術的な言葉であることか」。ジャーナリストの上丸は、「その危険性を何も知らされないからこそ、『平和利用』へ、『平和利用』へとなだれ込んでいった」と分析した。

『市民科学者として生きる』の著者、高木仁三郎は、原子核化学を専攻し、約40年間「核」と付き合ってきた。その始めの３分の１は原子力利用を進める体制側の研究者として、残り３分の２は独立の批判者、市民活動家として。彼は「１９７９年のアメリカ・ペンシルベニア州のスリーマイル島原発２号炉事故、１９８６年の旧ソ連ウクライナのチェルノブイリ原発４号炉事故という二つの事故によって、この『安全神話』は完全にふっとんでしまった」「科学技術庁や厚生省は『日本の原発は安全』『日本の食品は安全、輸入食品も厳格にコントロールしている』と繰り返すばかりで、具体的なデータを公開する努力にも説得力にも著しく欠けていた。むしろ、わが原子力資料情報室の方が、公共的な役割を果たしていた」と言う。

チェルノブイリ原発事故発生後、『原発はなぜ危険か』を元設計技師、田中三彦氏は、自ら体験した製造中の重大事故を紹介しながら書いた。

そして、２０１１年３月11日、福島原発事故が発生した。

２　化学の時代――ナイロン靴下登場

若いころ、ナイロン・ストキングが発売された。若い女性にとって、大変魅力な出来事だった。デュポン社が開発し、１９３８年特許を取得し、まず社内の女性従業員に販売した。１９４０年には本格的に販売された。１９４１年、１組１・２５～２・５ドルで販売され、シルク製は１・３５～１ドルまで暴落した。１９５２年、日本に上陸した。私の中学時代であった。

便利な使い捨て容器やペットボトルなどの消費が著しく増加し、プラスチック廃棄物であふれている。プラスチックは極めて安定で分解されないと考えられていた。

ＰＥＴ（ポリエチレンテレフタレート）分解酵素（Ideonella sakaiensis　２０１―Ｆ６株）が、京都工芸繊維大学らの研究者たちによって、大阪堺市のリサイクル施設のごみの山から発見された。

「イデオネラ・サカイエンシス２０１－Ｆ６株」と命名された。吉田昭介ら共同研究者たちは二種類の酵素、PETase と MHETase を発見した。（Science、３５１（２０１６）、Science、３５２（３５３）、ＰＥＴはこの2段階の酵素反応を経て、エチレングリコールとテレフタール酸になり、最終的に 既知代謝経路でCO_2と水になる（『プラスチックを食べる細菌』吉田昭介、日本食品包装協会）。画期的な成果である。ＰＥＴを数日で分解するという。バクテリアの進化の速さに驚いた。

メアリー・ハルトン教授（より効率よく分解する酵素を作成した）は「ＰＥＴが圧倒的な量になったのはここ50年、バクテリアが人工物をたべるよう進化するにはそう長くない」と語った。

プラスチックごみ問題は解決されるかもしれない。ただ、日本人は、物を包装しすぎだ。野菜や果物、大根やサツマイモまで包んで売る。包装する人手が要る。包装された野菜や果物は冷蔵庫に保存してから使う。それらは新鮮さを失う。私の訪れた外国では包装しないまま売られている。政府も、業者も、なにより消費者も考え直すべきだ。

3　病気の診断（生化学、臨床化学、ＤＮＡ診断へ）

大学では、私にとって魅力をそそる講義がなかったので真面目に学ばなかった。生化学の先生だけが熱っぽく話された。あとで知ったことだが、ワトソンとクリックがＤＮＡの二重らせん構造を発見した（１９５３年４月25日、『Nature』）。この発見は生物学を変える歴史上の大発見だった。多分若い生化学の先生は興奮して最先端の科学を私たちに話されたと思うが、残念ながら私には理解できなかった。ワトソンとクリックはその功績で1962年にノーベル賞を受賞している。ワトソンは1965年に『遺伝子の分子生物学』を出版し、さらに1968年には『二重らせん』を出版した。それによれば、ワトソンとクリックが二重らせん構造を発表する以前から、塩基組成に規則性があることがアメリカの学会で話題になっていた（シャルガフの法則）。ワトソンとクリックはシャルガフの法則をDNAのモデルを組み立てる時に活用したらしい。さらに、ロザリンド・フランクリン（女性研究者）が独自に撮った写真、DNA結晶X線解析が決定的な情報になったのである。フランクリンの上司のウィルキンス（男性）は、彼女に無断でこの写真を、ワトソンとクリックに見せたとされる。その模型がワトソンとクリックの公表を可能にした。フランクリンとその上司のウィルキンスは犬猿の仲だったらしい。フランクリンは37歳で死去していたので、ノーベル賞の選考からはずされ、ウィルキンスがもらった。女性であるフランクリンは、一段と低い地位に置かれて研究していたという。外国でも女性研究者の地位が低く大変な苦労をしたとは驚く。

4　臨床化学分析、手動分析から自動分析へ

臨床化学分析の方法が画期的な改善を遂げた時代だった。例えば、血清コレステロール値の分析を例に取れば、水に不溶性のコレステロールを危険な硫酸で抽出していた。酵素法が編み

出され、更には免疫法も現れた。次々と新法が現れた。用手法（機械を使わない手作業による分析方法。１９４０年までは、臨床検査は目視と手作業で行われてきたが、１９５０年代、アメリカのメーカーによる自動分析装置が登場し検査の自動化が始まった。１９６０年代から盛んになる。日本では１９７０年代から）で分析していた技術者は、新法が出てくる度に、前法と比較した。学会はそれらの比較が報告され、興味ある場だった。

その後、企業により自動分析機が次々と開発され、ほとんどの項目が自動化された。我が職場には機械の検討をする技術者がいたので、私は蚊帳の外に置かれた。

検査技師は今や機械のメンテナンスと検体を機械に乗せる作業のみとなった。

５　新しい検査法

一番上の長が、アメリカ帰りの研究者に変わったので、私にもチャンスが回ってきた。どんな人生にも一度はチャンスに恵まれると思った。しかしグッドチャンスは長続きしなかったが。糖尿病の新しいコントロールの指標となっているHbAlcの検討の依頼が糖尿病の先生からきた。ヘモグロビンのβ鎖の末端にグルコースが結合した糖化タンパク質で、糖化ヘモグロビンと呼ばれている。アメリカの学会で話題になっていたという。学会から持ち帰り、手渡されたキットをそのまま使って糖尿病患者の検体を測定して、糖尿病患者と正常者との差の違いを調べるのが普通のやり方だ。私はアメリカから持ち帰られたキットの樹脂を集めてミニカラムに詰め、ミニHPLCを自作した。どれくらいヘモグロビンとHbAIcが分離できるものかを確認して、臨床病理学会で報告した。HbAIc自体が新しい検査であり、HPLCで分離する方法も臨床病理では新しかった。京大の故村地先生は（有名な生化学者）、私の報告を注目してくださった。残念ながら、高野哲夫のアイデアだった。

HbAIcの発見者であるDr. Samuel Rahbar（イラン人）は、イラン人の血液にヘモグロビン変異体のオリジンがあるかもしれないと期待して研究した。ヘモグロビンは、ライナース・ポーリング（ノーベル賞受賞者）が鎌状赤血球貧血の原因となるヘモグロビンSを発見したことにより、多くの生化学者がヘモグロビン研究に参加した。Rahbarはクロマトグラフィー分析で、糖尿病患者のヘモグロビンAの分画に見慣れないバンドを見つけ、１９６８年医学誌に発表した。このバンドは、他の研究者により小さな分画、（HbAIa, HbAIb, HbAIc,HbAId, HbAIe ）のHbAIcはグルコースの結合物であることが分かった。他の米国の研究者は、マウスの赤血球を用いて実験してHbAIcが日数と共に増加することを発見した。糖尿病マウスでは、正常のマウスよりHbAIcが2・8倍の速さで増加した。発見者のRahbarはグルコースの付加は酵素反応と思い込んでいたのだ。大規模な治験DCCT（米国で行われたI型糖尿病試験）やUKPDC（英国の2型糖尿病試験）により、HbAIcが糖尿病のコントロールとしての有用性が立証された。

文献

１『ナガサキ　消えたもう一つの「原爆ドーム」』高瀬毅、文藝春秋、２０１３年
２『市民科学者として生きる』高木仁三郎、岩波新書、１９９９年
３『原発はなぜ危険か―元設計技師の証言―』田中三彦、岩波新書、１９９０年
４『ノーベル賞の光と影』科学朝日編、朝日選書、１９８７年

第6章　土とは?

1　農業の重要さ

2　土の文明史

読書会の仲間の一人が土について報告した。今まで考えなかった土について興味を覚えた。「土は私たちのもっとも正当に評価されていない、もっとも軽んじられた、それでいて不可欠の天然資源である」と『土の文明史――ローマ帝国、マヤ文明を滅ぼし、米国、中国を衰退させる土の話』の著者、デイビッド・モントゴメリーは言う。

農家出身であるにも拘わらず、農業から離れた。すごく敏感な舌の持ち主だった主人は、病気になったこともあって、自分の口に合う美味しいものしか食べなかった。我が家は食の美味を大切にしてきた。私は食糧問題に関心がある。食糧生産は土をぬきにしては語れない。

1　農業の重要さ

日本の食糧自給率は37％(18年度、カロリーベースによる試算)で、過去最低。重要な食糧を自給できないとは危機的な状況である。農業人口の減少、農業者の高齢化、稼ぎが少ない、耕作放棄地の増加など。このような状況のなか、注目すべき本『農業新時代――ネックストファーマーズの挑戦』が川内イオにより出版された。農業分野で多くの収入を得ることができたさまざまな成功例が挙げられている。その中の一例で、昔ながらの野菜市場構造に疑問を抱いてこの問題を解決したうえ、さらに世界が注目するレタス工場を京都に作った例を取り上げる。

農家で作られた野菜が消費者に渡るまでは長い時間を要する。見た目の価値で分類されるだけでなく、プラスチックで包まれてスーパーで売られている野菜はしなびているか、たまには茶色に変色したものもある。まずい。昔、親が生存していた時に、時たまもらってくる野菜はまったく違う。新鮮で美味しい。数日おいても、スーパーで買ったのとは雲泥の差だ。イキイキしている。青果流通会社を立ち上げてこの問題を解決した人は、さらに天候に左右される野菜の生産を、天候に関係ない植物工場でレタスを作っている。そのうえ、世界的に農地の劣化、塩害や砂漠化が問題になっている中、気候変動も無関係な自動化プラントに未来の農業を託そうとしている。植物工場で農業問題は解決するだろうか？

藤井一至氏は『土　地球最後のナゾ——100億人を養う土壌を求めて』の中で、土壌とは岩の分解したものと死んだ動植物が混ざったものであると指摘する。この意味では動植物の存在を確認できない月や火星に土壌はないことになるという。地球には12種類の土壌がある（アメリカ農務省の土壌分類に基づく。黒ぼく土、若手土壌、永久凍土、粘土集積土壌、チェルノーゼム（黒土）、ポドソル、泥炭土、砂漠土、未熟土、オキシソル、ひび割れ粘土質土壌、強風化赤黄色土）。世界に存在する12種類の土壌について、著者は、実際その現場に行き調査した。どのようにしてそれらの土壌は作られるか、そこには、どのような作物が育っているかを記した。

大陸プレートそのものが花崗岩でできている。地球の岩石は、水と酸素、そして生物の働きによって分解される（風化）。そして粘土が生まれる。地球の土壌には多くの微生物が住んでいる。５ｇの土壌には50億個体の細菌が住み、カビやキノコも同居し、10㎞もの長さの菌糸をはりめぐらせている。細菌と菌類は落ち葉を分解し、腐食へと変換している。月には粘土がなく、火星には腐食がない。粘土と腐食のあるのが、地球の土だ。１００億人を養う土壌はどこか？

水耕栽培の方が土壌より圧倒的に早く大きく植物が育つが、肥料もエネルギーも沢山消費する。植物工場で仮にコメを作ったらさぞ高価になるであろう。とても植物工場で１００億人を養えるとは思わないと著者は言う。作物の生産能力を最大限に発揮できる土壌の発見は１００億人の生存に向けた近道になる。

数千年前の日本の稲作は、里山の養分供給力に支えられてきた。山からもたらされる河川水はケイ素を多く含み、イネを病気に強くする。田んぼに張った水にはオタマジャクシ、アメンボ、ラン藻も浮かび、ラン藻は窒素ガスを肥料に変える力を持つ。日本の土壌は黒ぼく土で、水とリンが揃っている。化学肥料に依存し始めたのは、戦後からという。黒ぼく土に眠るリンを取り出すより、リン鉱石から作ったリン酸肥料を撒いたほうが安い。棚田でコメを作るより輸入したほうが手っ取り早い。しかし、世界人口が100億へと突入し、水やリン酸資源の供給が不安定になる時代がやってくる。水の豊かさは土を酸性にしてしまうという問題をはらんでいるが、石灰肥料を撒けば改良できる。水もリンも石灰もある黒ぼく土の未来は、暗くない。日本は農業大国になれるだけの肥沃な土を持っていると著者は書いた。

2　土の文明史

農業を作りかえねばならないと提唱するデイビッド・モントゴメリーは、文明の衰退と土の関係を詳細に記した。現代社会は、過去の文明の消滅を早めた過ちを繰り返している。肥沃な土壌を維持することこそが重要である。そのためには農業を作りかえねばならないと提唱する。

今、コロナウイルス禍で、世界中が苦慮している中、コロナ後の世界はどうあるべきか議論されている。その一つ、食料自給率が低い日本は、自給率を高める必要があると山極寿一氏や他者は主張している。日本は農業大国になれるだけの肥沃な土を持っていると藤井氏は言う。『土の文明史』は、農業を考える上で参考にすべき重要な本である。

文明の歴史が取るパターンについて、「最初、肥沃な谷床での農業によって人口が増え、それがある点に達すると傾斜地の耕作に頼るようになる。植物が切り払われ、継続的に耕起することでむき出しの土壌が雨と流水にさらされるようになると、……急速な土壌侵食が起きる。その後の数世紀で農業はますます集約化し、そのために養分不足や土壌の喪失が発生すると、収量が低下したり、新しい土地がなくなれば、地域の住民を圧迫する。土壌劣化によって、農業生産力が、急増する人口をささえるには不十分となり、文明全体が破綻に向かう。同様の筋書きが孤立した小島の社会にも、広大で超地域的な帝国にも当てはまるらしいということは、本質的に重要な現象を示唆する。土壌侵食が土壌形成を上回る速度で進むと、その繁栄の基礎――すなわち土壌を保全できなかった文明は寿命を縮めるのだ」。人口増加のなかで、今、土壌管理は最も重要な課題である。

ダーウィンは、ミミズが土壌を作るだけでなく、土壌の移動も助けていることを発見した。いくつかのプロセスによって土壌は作られる。土壌生成は、母材（岩）、気候、有機体、地形、時間が反映する。土壌侵食も、母材（岩）、気候、有機体、地形の特性によって決まる。

土層はO層（地表に見られる落ち葉、小枝などが分解された有機物）、その下にA層（分解された有機物と無機質土壌の混ざったもの、泥と呼ぶ）表土はOとA。その下にB層（下層土、有機物が少ない）があり、その下に風化した岩石C層がある。長い時間をかけて、土壌は風化した岩石の上に表土と下層土に明確に区別できる層位を発達させる。アメリカで確認されているもので約2万の固有の土壌型があるが、土壌断面の厚さは、約30センチから1メートルだという。

農耕の始まりは、氷河時代の乾いた状態が数千年の気候の回復を経て、急に元に戻った時期と同じ。穀類の耕作が行われた最初期の証拠は、現在のシリアにあるユーフラテス川源流のアブ・フレイラから見つかっている。ライムギとコムギの変種を栽培し始めた。近年の研究からは、南米、メキシコにも、村の最古の痕跡より以前に植物栽培があったかもしれないとされている。中国の長江沿岸にある洞窟には、イネが栽培品種化されていた証拠が残されている。コムギとマメ類の食糧生産が拡大し、人口が急激に増えた。人々の定住化が進み、大きな町が出現した。農業と畜産の融合が始まり、食糧生産はさらに増加した。コムギとオオムギを栽培し、ヒツジを飼う新しい生活様式は、中央アジアとナイル川流域に、さらにはヨーロッパにも普及した。

ザグロス山脈の台地の侵食と人口増加は農民を雨の降らない低地に追いやった。そこで、灌漑農業が始まり、収穫は増えた。メソポタミアの良好な土地は、耕作されつくされた。シュメールの平野に鋤が出現し、耕作された土地からより多くの食糧生産を可能にした。ウルクの町は、紀元前3000年には人口5万人の都市に成長した。食糧余剰が階級社会を作り出した。都市間が対立し、市民軍が編成され、シュメール都市間の戦争が起きた。私有財産の概念が生まれた。「大英博物館展――100のモノが語る世界の歴史」展示品の中の、ウルのスタンダード、「戦争」と「平和」は、当時の状況を大変よく表現している。

コムギは土壌の塩分濃度にきわめて敏感だった。時と共に、コムギの収穫割合が減り、さらに500年がたつとコムギはもうメソポタミア南部では育たなかった。新に耕作する土地がなくなると、シュメールの農業生産は急落し、シュメール文明は衰退した。メソポタミア北部の新興国アッカド帝国に吸収され、次々とやってくる征服者の手に落ち、メソポタミア南部はバビロニア帝国の貧しい片田舎に落ちぶれた。

エジプトは衰退しなかった。ナイル川の氾濫は、持続的な農業に理想的であった。ナイル川の洪水が毎年川沿いの農地に新しいシルトを運び、そこには塩類がほとんど含まれていなかった。余剰農産物は官僚と政治的エリートの肥大を促し、エジプトは紀元前3000年ころには統一国家となり、メソポタミアに匹敵する古代超大国に成長した。エジプトの農業は数千年に亘って驚くほど生産力が高かった。1964年、ナセル大統領はアスワン・ハイ・ダムの建設を行った。ダムのおかげで農民は人工的な灌漑を利用して年に2～3回作物を栽培できるようになったが、その水は今ではシルトの代わりに塩類を運んでくる。10年前にはすでに塩類化によりナイル川デルタの農地10分の1で収穫が減少した。地球上でもっとも安定した農業環境が破壊された。

中国の農業：黄河の名前は、はげ山になった源流から川が削り取った土砂の色から付けられた。黄河は数千年来の洪水問題がある。この川は幅広い氾濫原いっぱいに蛇行していた。紀元前2世紀、農民が非常に侵食されやすいシルトの土壌（レス）を川の源流部に向かって耕し始め、土砂の流量が10倍増加すると、ただの「河」と呼ばれていた川が黄河という名になった。

黄河沿岸の最初の集落は、支流沿いの段丘にあった。人口密度が高まると人々は氾濫原へ押し寄せた。長い堤防が川沿いの農地と町を守るために築かれ、洪水と運ばれてきた土砂は堤防の間に閉じ込められた。川が平野に達すると、流れが弱まり土砂が沈殿し始めるが、それは氾濫原一帯でなく堤防の間だった。1920年代になると、豊水期の間、川は氾濫原より10メートルも高くなった。洪水で堤防が決壊し、都市や村を冠水させ、数百万人の命を奪った。1887～1889年の洪水では、200万人を超える人が溺死や、洪水の結果起きた飢餓で死亡した。1920～1921年の厳しい旱魃では50万人の死者が出た。

川を埋めた泥の源は、中国北西部では、深いガリーがあった。急こう配で非常に侵食を起こしやすい斜面の森を切り開いて行われた集約的な耕作により、土壌が下流へと流された。人口が増えるに従い、農地は斜面の上に広がり、鋤の入った斜面から肥沃な土壌は夏の雨でわずか10〜20年ではぎとられ、農地は放棄された。

ギリシャでは紀元前４５００〜３５００年ころ、厚い森林土壌の上に初期の農民が広く住み着いた。鋤の導入と急斜面への農業の拡大が紀元前２３００〜１６００年ころ、広範囲に亘って侵食をもたらした。青銅器時代以前の農業はきわめて多様性に富んでいた。ヒツジ、ヤギ、ウシ、ブタが集約的に耕作される小規模農家からプランテーションへの移行を伝える。土壌侵食が起こりやすい限界耕作地へ拡大するにつれ、薄い岩がちの土壌でよく育つオリーブとブドウに変わった。

初期のローマでは、多種多様な作物を植えた畑は人力で耕され、肥料が施されていた。オリーブ、ブドウ、穀物、飼料作物を階層をなすように植えた（混合耕作）。地面が通年保護されるので侵食も防止できている。共和制時代初期にはローマ人一世帯は食べてゆけた。ウシと鋤の使用は労力を省いたが、土地の需要は人口より早く増えた。広範囲に亘る森林伐採と耕作により侵食が増大した。ローマ人は輪作の重要性や肥料の有効性を認識していた。ローマの農学者は耕すことの大切さを強調した。耕すたびに土壌を下方へ押しやり侵食を進行させた。ローマ人は農場管理、輪作、堆肥を知っていたのに、なぜイタリアの土壌は劣化したのか？　ローマが土地の獲得を避けられなかったのは、ある程度、増加する住民の食料を確保する必要に迫られたためである。ローマの衰亡の原因は土壌侵食だけに求めるのは短絡的すぎるだろうが、土地を劣化させて、増大する人口を養うことのストレスは帝国解体に一役買ったと著者は考えている。

アメリカ大陸において崩壊したマヤ文明：トウモロコシが紀元前２０００年ころに蒔かれていたが、紀元前３５０年～２５０年の間に大きな町が出現し、マヤの人口は紀元前６００年の20万人から紀元３００年ころには１００万人以上に増加した。紀元前６００～９００年ころ多くの地域で土壌侵食が最大となった。マヤの農耕は焼き畑式農業だった。２～３年は豊作だが、その後養分の乏しい土壌になる。人口密度が低く保たれ、農民が2～3年ごとに移動するだけの土地があるうちは、焼き畑農業はうまくいった。その上、ここには家畜がいなくて、土壌に養分を補う肥料がなかった。紀元前３００年以降、人口増加に伴い住民は斜面の耕作を始め、土壌侵食が加速した。

ヨーロッパ人は、土壌の肥沃度が低下し、新しい土地が手に入らなくなると、今ある泥を改良する努力を始めた。農業実験、土壌改良の理論の拡がり：16世紀には植物灰が良い肥料になると、クローバが奨励された。イギリスの農業は１５５０〜１７００年にかけて「ヨーマンの農業革命」と呼ばれるもので、面積あたりの収穫量を増加させた。イギリスの農地の３分の１から半分はヨーマン（小規模な自由土地保有民と長期契約の小作農）が保有し、石灰、家畜の糞、その他あらゆる有機廃棄物を耕地にすき込み始めた。また農民は、３〜４年間は畑に作物を植えて、３〜４年間は牧草地とし、それから耕作するという農法で、高い収穫をもたらした「穀草式農法」。『農業技術全書』が１７０８年に出版された。農書作家たちは、農業生産力を高める鍵は、畜産と穀物栽培を接近させ、堆肥を畑に戻すことと考えた。

しかし農業生産が増加したにもかかわらず、人口が増大するにつれ、ヨーロッパ人の食事は貧弱になった。耕作地を求めて植民地強化が推し進められた（ジャガイモ疫病が発生し、アイルランド人は飢餓に苦しめられ、多くはアメリカに移動した）。

18世紀初頭、ヨーロッパ列強は、世界中に ある農業ポテンシャルを利用して、安価な輸入食糧を供給するようになった。輸入が砂糖、コーヒー、茶などのぜいたく品から穀物、肉乳製品のような基本食糧品に移ると、ヨーロッパ農業の自立は終わった。ヨーロッパは繰り返される飢餓問題を、食糧輸入し、人間を輸出することで解決した。

北アメリカには先住民４００万〜１０００万人が住んでいたが、定住農業ではなかった。新参者による定住性の強い土地利用法のもとで、ニューイングランドでは土壌の劣化と侵食が北米東部を変貌させ始めた。トウモロコシの集約的栽培は、養分に乏しい氷河性の土壌を急速に枯渇させた。数十年のうちに、入植者は灰を畑の肥料にするために森を焼くようになった。小さなスペースに多くの人間がひしめいていたため、ニューイングランドでは南部より早く新しい農地がなくなった。

南部では、タバコがバージニアとメリーランドの奴隷制度に基づく経済を左右していた。タバコが圧倒的な利益を生むときに、多様な作物を栽培しようとしなかった。タバコは、代表的な食用作物の10倍以上の窒素と30倍以上のリンを土壌から奪う。5年間タバコを栽培すると、土地は養分が枯渇し何も育たなくなる。西には新しい土地がいくらでもあるので、タバコ農家は、古い土地を捨て、ひたすら新しい土地を開墾し続けた。放棄された農地に残ったなけなしの土壌は、夏の激しい雨でガリー（降水による集約した水の流れによって地表面が削られた地形）へと押し流された。

新しい土地をふんだんに手に入れる必要性は大農園の成立を促した。タバコ市場で価格が低下すると、小規模農家は廃業し、放棄された自営農場は大農園の手に渡った。

短期間で最大の利益をあげようとする欲求がプランテーション農業を動かしている。大プランテーション所有者が自分の土地を耕していなかったことも、土壌管理を怠った原因の一つになっているという。

植民地時代の土壌侵食は、ヨーロッパ式土地利用の少なくとも10倍加速した。ビーモンド高原における土壌侵食は植民地時代に森林が伐採されて以来、平均して深さ8～30センチにわたると推定されている。さらに、半世紀にわたり上流の農民が、多くの優良な港を干潟に変えてしまった。

北米大陸ではカナダからメキシコまで大平原（プレーリー）が広がっている。鉄鋼製の鋤、自動刈り取り機が大平原を農地にした。１９００年ころにトラクターが出現した。それまで農業に向かなかった土地を投機家の天国に変えた。インデイアンは開けたプレーリーをそのままにしておいたが、入植者の白人はそれを無駄と思った。政府は移民を許す計画を発表した。数千人がインディアンの土地オクラホマに押し寄せ、土地を略奪した。翌年、移住者の作物は枯れた。一面に枯れた作物の緩い土壌の表面を強風と雷雨が洗い流した。

19世紀末、銀行からの貸付が普及したためオクラホマの新興農民は盛大に借りて、貸付金の利子を払うために、作物を精力的に栽培し、土壌を搾取するように仕向けられた。土壌侵食が国家的な問題となった。

１９３３年の最初の大きな暴風は、サウスダコダを一掃した。１９３４年には、モンタナとワイオミングの農地が強風に引き裂かれた。常に植生に覆われ、数百万のバッファローが草を育んで（そして肥料を与えて）いたときには回復力を持っていたプレーリーも、鋤起こされ長引く旱魃に乾ききると粉々に崩れてしまった。移民の開始から20～30年で、短茎草本のプレーリーは不毛の砂漠に変わった。ルーズベルト大統領は同年、残った公有地の入植を停止し、アメリカの農地拡大は正式に終了した。黄塵地帯《ダストボウル》（＝砂嵐）の農民は他人の農地の仕事を見つけねばならなくなった。

１９３５年、農務省は、荒廃し放棄された農地は２０００万ヘクタールと推定した。土壌保全が国家存続に関わる問題だと意識し始めた。綿花栽培を行うと天然の草地よりも1万倍速く侵食されることが分かった。

開けた平原には理想的なトラクターは、１９５０年には数百万台が農場で稼働していた。新機械のコストは高く、多くの農家は手に余る負債を負った。アメリカ政府は農業補助金制度を始めていた。農家の負債は増えたが、所得は増えなかった。１９３３年から１９６８年の間に貧しい小農家の4割が消えた。上がり続ける農業機械と農薬の費用をまかなうことができる企業経営の工場式農場がアメリカの農業を支配し始めた。大企業農場の経済は土壌侵食の懸念を度外視しており、機械化された工業的農業は急速な土壌喪失を促進した。

小規模農家と違い、大規模工業的農家はモノカルチャーを行っている。モノカルチャーは一般的に単一の作物について面積当たりの最大の収量を生む。

１９３０年代にアメリカには７００万人の農民がいた。１９９０年代初めに、1年に２５０００の自営農場が消えた。現在、20％に満たない農家が、アメリカで栽培される食糧の約90％を作っている。

土壌侵食は、資本主義経済社会だけでなく、社会主義経済でも起こっている。ロシアの肥沃な黒土は、自然の植生を取り払われると急速に侵食された。カザフスタン、ウズベキスタン、トルクメニスタンの乾燥地の3分の2が砂漠化の影響を受けた。カルムイク共和国でも砂漠化した。

20世紀後半には世界的な土壌侵食が、ヨーロッパでも、オーストラリアでも、フィリッピンとジャマイカでも、アフリカのサハラ砂漠以南でも起こっている。

土壌化学のおおいなる発展には窒素とリンの発見が大きく寄与した。イギリスでローズが、窒素とカリウムを添加した過リン酸肥料の製造特許を取得し製造した。ローズは、窒素を主成分とする肥料をふんだんに与えると収穫が大幅に増すことを見出した。定期的にマメ科の植物を栽培することが、土壌の窒素を回復させるが、コムギ、オートムギにはそれができない。マメ科植物は空気中の窒素を有機物に取り込む微生物と共生していることが明らかにされた。ペルー、チンチャ諸島にあるグアノ採掘場で採れる鳥の糞が土壌を蘇らせることをペルー人は、すでに知っていた。グアノ肥料の普及が化学肥料への扉を開いた。

フリッツ・ハーバー（ドイツ）がアンモニアの合成に成功し（1909年）、カール・ボッシュがハーバーの方法を商業化した。この方法でアンモニア生産は増大した。窒素肥料の使用が増大し、農家は輪作、休耕をやめた。畜産と耕作を切り離した。大規模なモノカルチャーへの移行が始まった。

多産種のコメを先駆けて開発し「緑の革命」を起こしたノーマン・ボーローグは化学肥料生産が、作物生産を劇的に増やしたと言った。1960年代に、新しい多産種のコムギとコメの収量を飛躍的に高めた。より集中的な化学肥料と農薬の使用が必要となった。緑の革命は1970年代半ばには第三世界の農業生産を3分の1以上増加させた。しかし、緑の革命も世界的な飢餓を終わらせなかった。人口が増加した。最貧層農民には化学肥料を買うゆとりがなかった。さらに緑の革命の新しい種子が化学肥料と石油への依存度を高めた。

世界の飢餓が無くならないのは、食糧事情の不平等や分配の社会的問題、経済が原因である。工業化された農業が地方の農民を追い出し、十分な食物を買う余裕のない都市の貧困層に加わらざるを得なくしている。多くの国で、旧来の農業の多くが自給農場から付加価値の高い輸出作物を栽培するプランテーションへと転換された。

ハワードとフォークナーは土壌有機物を保つことが集約度の高い農業を維持する鍵であると言った。ハワードは（1930年代）多くの植物や動物の病気は化学肥料依存から起きていると考えた。フォークナーは耕すことなしに収穫を大幅に増やせる方法を発見した（１９３７年）。落ち葉を土壌の表面に混ぜた。耕さず、肥料をやらず、農薬を使わない方法でニンジン、レタス、マメなどがよく収穫できた。土地に肥料を施すことの究極的な効果は、見込収穫高を高めることではなく、耕起の悪影響を減らすことにある。

バイオテクノロジー企業は自社に特許権のある種子を買い続けねばならないように作物を設計している。農民がもっと良い種子をとっておいたものを使うと訴えられる。全米科学アカデミー農業委員の元委員長による研究によれば、８００を超える試験で、遺伝子組み換えによるダイズ種子は、天然の種子に比べ収穫高が少ないことが判明した。

ウェス・ジャクソン（遺伝学教授を辞めてカンザス州ライナーにある土地研究所の所長）は、多様性は弾力性をもたらすと主張した。数種の作物を組み合わせて栽培すると、年間を通じて地面を侵食力をもつ雨の衝撃から保護することができる。年間を通じたポリカルチャーは害虫を抑え、自ら窒素を供給し、モノカルチャーに比べ単位面積当たり、より多くの収穫を生み出すことを明らかにした。多くの農家がフォークナーとハワードが提唱した農法を採用している。

有機農場の表土が慣行農場に比べて約15センチ厚かった。有機農法はエネルギー消費が少なく、土壌の質を高く保ち、甘いリンゴができ、慣行農法より収益が大きいことも分かった。不耕農法を採用すると、初めのうち、除草剤と殺虫剤を使用することになるが、土壌生成相が復活するに従い必要は減る。不耕農法と被覆作物、緑肥、生物農薬の使用を組み合わせた栽培の経験が積み上げられるにつれ、これらいわゆる代替農法が不耕起農法を補完するものとして実用的であることが分かってきた。土壌を耕して空気にさらすと、有機物が酸化して二酸化炭素が放出される。産業革命以降、大気中に蓄積した全二酸化炭素の3分の1は、化石燃料でなく土壌の有機物の分解に由来する。耕土を改善することで、地球温暖化を遅らせる可能性が生まれる。不耕起農法の魅力は計りしれないが、耕さなければ圧密を受ける水はけが悪い重埴土ではうまく機能しない。などなどの問題はあるが、取り組む価値はある。

成功した島、失敗した島

イースター島はモアイ（巨石像）の建つ島として有名である。数十人のポリネシア人が5世紀に到着し、定住し始めたころ、島は広大な森林に覆われていた。その後1000年で農業、燃料、カヌーのために森林を切りつくしてしまったとされる。人口は15世紀には約1万人まで増加した。島の元々の土壌は紀元前1200〜1650年ころ、侵食で失われていた。ポリネシア人が農業のため植生を皆伐したことが引き金となってA層位の土壌に広範囲な侵食が起きた。島の社会は衰退した。

アイスランドの砂漠化はヒツジの過放牧が主原因であると広く認められている。

ハイチではスペイン人が島の先住民を全滅させた。スペインは島の西側３分の１をフランスに割譲した。フランスはヨーロッパ市場向けの植林地とサトウキビプランテーションで働かせるため、アフリカ人の奴隷を輸入した。植民地の50万人の奴隷は反乱を起こし、１８０４年に、世界で最初の解放奴隷が独立を宣言した共和国になった。植民地時代に広い侵食が報告されていた。20世紀半ばに自給自足農家が再び高地に散らばると、急斜面での耕作は拡大した。１９９０年に熱帯林の98％は消えていた。自給農家は消滅し、小農は都市に集まって巨大なスラムを形成した。

キューバでは革命後、新政府がサトウを中心にした大規模モノカルチャーを支援した。農業機械、石油、肥料、農薬、キューバの食糧の半分以上は社会主義国から輸入していた。ソ連からの支援が終わり、アメリカの経済制裁が続く中、食糧危機に陥った。

キューバは工業化された国営農場を民営化した。砂糖の輸出をやめ、国内向けの食糧栽培を始めた。政府は有機農業と都市の空き地での小規模農業を奨励した。農業改革は農業生態学の応用に基づいていた。キューバ人の食生活は食糧を輸入せず農業用化学製品を使用せず、元の水準に戻った。キューバの経験は、工業的な手法やバイオテクノロジーを使わずとも、実行可能な農業の基礎を農業生態学によって作り上げることができることを示した。――今のところ、現代農業を動かしている安価な石油を使い果たしてしまったとき、もっと大きな規模で起きるであろうことの予告編と筆者は見ている。

食糧生産の増加は可能だろうか。20世紀後半、主に窒素肥料の使用が7倍、リン肥料の使用が3・5倍になった結果、食糧生産は倍増した。単純にこれを繰り返すことはできない。農家が与える肥料の窒素を、作物は半分しか吸収しないので、さらに増やしてもさほど効果はないだろう。水耕法による栽培は、自然の土壌で作物を育てるよりも、単位面積当たりはるかに多くを生産できる。しかしこのプロセスは養分やエネルギーの外部投入を必要とする。小規模で労働集約的な農場では有効かもしれないが、化石燃料と栄養分を継続的に大量投入しない限り、大規模経営で、世界を養うことはできない。品種改良による容易で大幅な収量増は達成されてしまっている。遺伝子工学はまだ収量を相当に増加させるかもしれない。ただしきわめて競争力の強い種を農業環境や自然環境に放った場合、その結果がどうなるか分からないリスクを伴う。

イースター島（ラパ・ヌイ島）の謎（最近のインターネットより）

何のためにモアイ像は作られたか？　イースター島の文明は何故滅んだか？

「森林破壊」の結果、島内「部族間闘争」により自ら自滅させたという従来説に対し、考古学者や研究者たちは、調査を通じて疑問を投げかけている。

・モアイ像は墓碑や信仰の象徴などの説があったが、テイルバーグのグループは、2体のモアイ像周辺の土壌分析の結果、「バナナやタロイモ、サツマイモの痕跡を見つけた。」石像群が同地域の土壌の肥沃さの象徴であり、ラパ・ヌイの信仰では、この像の存在が作物の生産を活気づける可能性があったと推測できるとテイルバーグ氏はコメントした。

（考古学誌、Journal of Archaeological Science 2019年11月）

・石像の製作に使われた火山岩の玄武石器を調べた結果、ほとんどの石器が1カ所の採石場から採取した石で作られていた。誰もが1種類のみの石を使うには協力しなければならない。住民たちは高度かつ協調的な社会を形成していたとデール・シンプソンは指摘している。

・モアイ像の移動は、背後のグループが直立姿勢を維持し、左右のグループがロープで揺らして動かした可能性が実験でも示された。住人の言葉では「モアイは歩いて移動した」。

・森林の消滅は、人間がすべて切り倒したという説と人間が島に持ち込んだネズミがヤシの種子を食べたという説がある。

・資源が少なくなると、部族同志の争いが起こった。倒した部族のモアイ像を倒した。島の支配者を決める方法を考え出した。島の離れた小島にしかタマゴを生まない鳥のタマゴを持ち帰った部族が優勝し、その部族が、1年間支配者となる。

・1722年、オランダ、ヤコブ・ロッフェーンはイースターの日に島に上陸したので、通称「イースター島」と呼ばれる。
・1774年、イギリス人探検家ジェームス・クック上陸。19世紀初頭、ヨーロッパやアメリカ人が来島し、島民（約7000人いたとされる）1000人以上が拉致された。数年後15人が帰島したが伝染病に感染していた。伝染病が免疫を持たない島民を滅ぼした。
イースター島社会の崩壊の歴史は、現代に生きるわれわれに、重要な問題点を投げかける。ヒトは賢く進化した。生きるために工夫をする。独自の文化を創造する。しかし、ヒトは地球のあらゆる所に進出し、自然を破壊してきた。その結果、自らも滅びることを示した象徴例である。

もう一つ、文化の進展は、狭い範囲では、限られる。

私たちに必要なのは新しい農業モデル、新しい農業哲学であるという。土壌を化学システムとしてでなく、地域に適応した生物システムとして扱う。土壌、水、植物、動物微生物の複雑な相互作用に立脚した農業生態学は、画一化された製品や技術を使用するよりも、地域の条件と背景を理解することに依存する。それは、地域に根差した知識に指導された農業を意味する。農業の非グローバル化はますます魅力的で効果的になるであろう。
都市農業の可能性を追求する。都市の廃棄物を利用する。
農場は耕作する者――自分たちの土地を知り、改善することに関心のある者――が所有すべきである。

飢餓問題への対処法は、開発途上国の小規模農場の繁栄を促すことだ。物質的豊かさの生きた基礎として尊重するように農業を作り変えねばならない。文明の生存は、土壌を投資として、商品ではなく限りある相続財産として、単なる泥ではない何かとして扱うことにかかっている。

両親は農業を営んでいた。季節の条件、日々の天候に左右されながら作物を育てることは、苦労であっただろうが、今はやりがいがあり、生き甲斐であったと思う。特に父は農業を心から愛していた。毎朝早く、まず、農作物の状況を見るために、田圃に行っていた。上手く育っていれば、安心感と喜びがある。自然の中で、生物を育て、生産すること、農業の醍醐味だ。収穫の喜びは、労働のきつさ、儲けが少ないことを超えた魅力があったはずだ。父は農業に対する父なりの意見を持っていた。『土の文明史』の著者が示した農業の在り方について、父の意見を聞き、討論をしてみたかった。

キャベツの花

コロナ禍にある中で、農業の非グローバル化は、大変重要なことである。

文献

1『土の文明史　ローマ帝国、マヤ文明を滅ぼし、米国、中国を衰退させる土の話』デイビッド・モントゴメリー、片岡夏実訳、築地書館、２０１０年
2『農業新時代　ネクストファーマーズの挑戦』川内イオ、文藝春秋、２０１９年
3『土　地球最後のナゾ　１００億人を養う土壌を求めて』藤井一至、光文社、２０１８年

第7章　植物のすごさ

「大半の人は、『（植物を）口がきけず、動きもしない、私たちの世界の調度品』にすぎない、役にたち、総じて魅力的ではあるが、しょせん地球上の生物の国の二級市民にすぎないとみなしている。私たちは、人間の驕りという高い垣根を想像力で飛び越える必要がある。さもないと、自分たちが植物に完全に依存していることも、植物は見た目ほど〝受け身〟ではなく、むしろ彼らの世界、さらには私たちの世界のドラマにおける〝したたかな主人公〟なのだということも理解できないだろう」。マイケル・ポーランは『植物は〈知性〉をもっている』の序文で述べた。

私は植物の重要性を多少は知っているつもりだ。葛西奈津子氏の『植物が地球を変えた』を読んでいる。ペーター・ヴォールレーベンの『樹木たちの知られざる生活』も読んだ。しかし、「植物人間」という言葉をわれわれは簡単に使う。マイケル・ポーランが述べるほどには、植物自体を理解していない。『植物は〈知性〉をもっている』はユニークな表現で分かりやすく、植物の機能を再認識するためにも説得力ある本だ。

人間は、いわゆる「生物ピラミッド」を何世紀にもわたって信じ続けてきた。最下段は石（存在する）。次は植物（存在し、生きている）。次は動物（感覚を持つ）。最後は人間で、人間だけが知性を持つ。現在もこの考えが蔓延している（原住民や、日本人は多少異なると高野は考える）。こうした植物観が的外れであることをはっきりと証明したのがダーウィンで、『種の起源』で、植物なりの「脳に対応するもの」があるという仮説を立てた。

動物と違う生活スタイルをとった植物：5億年前、植物と動物は分化し始め、植物は「定住民」として進化した。動物は遊牧民のスタイルを選んだ。植物は「独立栄養生物」、自給自足する生き物。動物は、「従属栄養生物」と定義できる。動物は動くことを前提として防衛、栄養摂取、繁殖を行う道を選んだ。

動くことがなく、常に捕食者に狙われている植物は、外敵からの攻撃に対し、モジュール構造になっている。動物は、脳、肺、胃などの少数の器官にもっとも重要な生命機能のすべてを集中させた。植物は、各機能の専用の器官はない。この独特な生理のおかげで、植物の大部分が切り離されても、死なない。二つに切り分けても、それぞれは独立して生き続ける。植物は、「個（＝分割不可能）」ではない。コロニーのようなものだ。きわめて現代的な「創発特性」、これは「グループを形成することによって生み出される、元の構成要素（個人）を超える特性」を意味する。多くの個体が集まり、一つにまとまることによってのみ発揮される。

植物なしでは私たちは生きられない。地球上の多細胞生物の総重量を１００とすると、植物の総重量は99・5～99・9にあたる。人間が植物に依存している基本的な要素は食べ物、空気、エネルギー、そして薬も。酸素を作り出し、二酸化炭素を吸収し、気候を穏やかにしてくれる。そして、リラックス効果、植物はただ見ているだけで心が落ち着く。植物が無ければ人類は滅びてしまうと無意識に理解しているからかも知れない。

20の感覚：五感（視覚、嗅覚、味覚、触覚、聴覚）さらに15の感覚を持つ。

植物は視覚能力を備えている。植物は光を取り込み、利用し、光の質と量を識別できる。植物は光を目指して動く「屈光性」がある。植物の内部の化学物質が光受容体として機能する。暗闇と光との区別だけでなく、光の各波長が持つ性質を認識できる。光受容体は大部分が葉の中にあるが、根にもある。落葉性の植物は「休眠」する。

植物には嗅覚がある。植物は「におい」、生物由来揮発性物質（ＢＶＯＣ）の微粒子（主にイソプレンら不飽和炭化水素で１９６０年代に発見された）によって、周辺の環境から情報を得たり、植物どうしや昆虫とのコミュニケーションをはかったりしている。植物はにおいをつくりだす。ローズマリー、バジル、レモン、カンゾウなど。においは植物の「言葉」である。植物がストレスを感じるとメッセージを出す。BVOCにはSOS用信号も含まれる。トマトは、草食の昆虫に襲われると、数百メートル離れた場所に生えているほかの植物にも届くほどのBVOCを出す。ではなぜ殺虫剤が必要か？　自然界に生命が存在するのは、捕食するものと、されるものとの競争から作り出されるバランスのおかげだから。

ハエトリグサの味覚：植物が土のなかの微量な化学物質を知覚できる根は、どんな動物よりはるかに優れた「舌」をもっている。根は絶えず土を味見して、硝酸塩、リン酸塩、カリウムといった栄養素を探している。

「肉食動物」ハエトリグサについて、リンネ（生物分類の体系化、学名の体系化、分類学の父）は、肉食植物（食虫植物）の発見者であるアーサー・ドブスのハエトリグサを、皮肉にも「オジギソウ」の仲間に加えた。植物が捕食することを認めることができなかった。1世紀後、ダーウィンは『食虫植物』を書いた。窒素が乏しいかまったく利用できない植物は、動物を捕らえ、酵素を分泌して栄養素を葉に吸収させるように分解する。肉食植物は600種以上知られている。

オジギソウは極端に発達した触覚をもつ。刺激の種類を区別する能力まで持つ。学習能力も備わっている。

植物は音を伝えるため、土を利用する。土は振動が伝わりやすい。あらゆる植物細胞には機械受容チャンネルが備わっている。音楽が流される中で育ったブドウは音楽なしに比べ、生育が良く、成熟が早く、味、色、ポリフェノール含有量の点ですぐれたブドウを実らせた。植物の成長に影響を及ぼしているのは、ある一定の周波数で、とくに低周波数（１００〜５００ヘルツの音）が種子の発芽、植物の成長、根の伸長に良い影響を与える。音楽はまた害虫を遠ざける効果もあった。

ゴボウの花

植物にはさらに、人間の持っていない感覚が15もある。地面の湿度を測定できる。重力、磁場を感知する能力や、空気中や地中に含まれる化学物質を感知する能力もある。植物の根は栄養素を感知すると、その方向に向きを変える。反対に危険な汚染物や化合物（鉛、カドミウム、クロムなど）から遠ざかろうとする。植物は数万種の分子を合成し、それは製薬に利用される。酸素を作り出す。大昔に植物が作ったエネルギー資源（化石燃料）の恩恵をもたらした。

植物はコミュニケーションのしかたを知っている。植物は心臓がないのに、循環器形（維管束系）をもっている。動物の動脈と静脈に似たシステムで、低いところから高いところへ液体が流れるときは「木質部（導管部）」、高いところから低いところへ流れるときは「師官部」が使われる。植物はこれらの管に、電気信号、水、化学物質を通して情報を伝達している。気孔が植物の内部と外部をつないでいる小さな開口部で、水分や光の状況に応じて適切に開閉する。

植物どうしのコミュニケーション、植物の言語、ある種の樹木は互いの接触を避ける。親族を見分けることができる。「根圏」根による植物同士のコミュニケーションは親族とよそものを区別。

マメ科植物と窒素固定細菌が行っている共生も一例として挙げられる。

植物と動物のコミュニケーションの例として、植物は頻繁に動物（昆虫）に頼る。害虫駆除のため、敵は敵の味方方式を使う。ライマメは大食いのダニ（ナミハダニ）から攻撃を受けると、揮発性物質を放つ。それに惹かれて別の肉食ダニ（チリカブリダニ）がやってきて、ナミハダニを食い尽くす。

ダーウィンは、根端が優れた感覚器官であり、環境のさまざまな変数を記録し、それに対応する能力を持っていることに最初に気づいた研究者だ。根端は根の先端部分のことで、優れた感覚能力をもつ。重力、湿度、温度、磁場、光、圧力、化学物質、有毒物質、音の振動、酸素や二酸化炭素の有無など、数多くの変数を絶えず計測している。あらゆる根端は正真正銘の「データ処理センター」。しかも単独で動いているのではなく、植物一個体の根系を構成する他の無数の根端とネットワークを築いており、根系は物理的なネットワークである。群れとしての生命体。創発行動は植物の場合、一個体でも起こり得る。植物の個体一つひとつが、一つの群れ（コロニー）なのだ。

ステファノ・マンクーゾ氏は、著書『植物は〈未来〉を知っている』で、植物の能力を人間はもっと活用すべきだと主張する。知性と感覚を持ち、動かずに生きる道を選んだ植物は、動物よりはるかに強い耐久性をもつ現代的なモデルであり、堅固さと柔軟さとが結びついた生けるシンボルだ。感覚系によって、環境を効率よく調査し、被害をもたらしかねない出来事に対して迅速に反応できる。たえず成長し続ける根の先端の優れたネットワークを活用し、環境資源を利用するために土壌を精力的に調査する。現代のシンボルであるインターネットが、植物の根に似た構造をしているという。頑丈でしかも革新的だという点で植物に勝る生き物はいない。本書で、知らなかった多くの興味深い例が示された。例えば、オオガタホウケン（ウチワサボテンの一種）は乾燥地帯で生き抜くため空気中の水蒸気から水を吸収する。この原理を生かした建築物が設計された。さらに、人間の政治システムや組織構造についても植物が手本になるとマンクーゾ氏は説く。ぜひ読むべき書物である。

文献

1『植物が地球を変えた！』葛西奈津子、日本植物生理学会監修、化学同人、２００７年
2『樹木たちの知られざる生活　森林管理官が聴いた森の声』ペーター・ヴォールレーベン、長谷川圭訳、早川書房、２０１７年
3『植物は〈知性〉をもっている　20の感覚で思考する生命システム』ステファノ・マンクーゾ、アレッサンドラ・ヴィオラ、久保耕司訳、ＮＨＫ出版、２０１５年
4『植物は〈未来〉を知っている　９つの能力から芽生えるテクノロジー革命』ステファノ・マンクーゾ、久保耕司訳、ＮＨＫ出版、２０１８年

第8章　科学技術の発展と負の問題

1　科学技術の発展

2　『インフォメーション　情報技術の人類史』

3　AI（Artificial Intelligence）人工知能

4　『人新世とは何か――〈地球と人類の時代〉の思想史』

5　細菌叢（マイクロバイオーム）最近の知見

6　科学技術の考えさせられる問題――ゲノム編集の衝撃

1　科学技術の発展

電球はトーマス・エジソンひとりの発明だと思っていたが、大きな間違いであることを知った。『世界をつくった6つの革命の物語——新・人類進化史』（スティーブン・ジョンソン）によれば、エジソンが関心を向ける80年も前から、白熱電球は発明されていた。電球には三つの基本要素が必要だ。電流が流れたときに光を放つなんらかのフィラメント、それがすぐ燃え尽きないようにするためのメカニズム、反応を開始させるための電力供給手段だ。ある歴史学者は1870年代末にエジソンが決定的勝利を収めるまでに、電球の一部を発明した人のリストをまとめている。電球は数十年かけて少しずつ形を成してゆくようなイノベーションだった。なぜエジソンの手柄になったか？　エジソンはマーケティングと宣伝の達人だった。エジソンの唯一の貢献は炭化竹フィラメントである。エジソンは、発明のためのシステム（学際的な研究開発ラボの先駆け）を作った。

『世界をつくった6つの革命の物語——新・人類進化史』は大変興味を引く本である。取り上げられたイノベーションは日常生活に属するもので、電球、録音、エアコン、コップ一杯のきれいな水道水、腕時計、ガラスレンズ。そしてイノベーションされたものが、イノベーションされたものとは一見関係なさそうな変化をどうして引き起こしたかが書かれている。ユニークな物語だ。

第3章は音である。1990年代初頭、アルシー＝シュル＝キュール洞窟群の壁画が発見された。イゴール・レズニコフ（パリ大学音楽民族学者）は、壁画が一貫して洞窟の音響学的に興味深い部分に配置されていることをつきとめた。レズニコフ説によれば、ネアンデルタール人コミュニティは自分たちの描いた絵のそばに集まり、シャーマンによる何かの儀式で呪文を唱えたり歌を歌ったりして、その声を洞窟の反響を利用し魔術をかけたように広げていたという。大変貴重な発見である。他の洞窟、ラスコー洞窟でも同様に使用していたのかもしれない。人間の声を拡大したい、そして究極的には再現したいという衝動はやがて、一連の社会とテクノロジーの飛躍的発展、すなわち通信とコンピューター、政治、そして芸術における革新への道を開く。

第6章の光では、フラッシュ撮影法がスミスにより発明された。オランダからの移民だったジェイコブ・リースは1887年、マンハッタンのスラム街の劣悪な環境にフラッシュを当てた。リースの写真が公表されて10年とたたないうちに1901年のニューヨーク州共同住宅法の支持を確立した。アメリカの進歩主義時代における最初の大改革の一つであり、リースが記録した劣悪な生活環境を撲滅した。

レーザーも単独の発明ではなく、１９６０年代に起こった発明の嵐の結果だったという。レーザーが初めて本格的に利用された場所はレジカウンターだった。１９７０年代半ばにはバーコードスキャナーが出現し、バーコードとスキャナーが大量在庫の管理費用を大幅に削減した。

人工の〝太陽〟　南カリフォルニアにあるローレンス・リバモア国立研究所の国立点火施設（ＮＩＦ）では、レーザーを利用して、核融合に基づく新しいエネルギー源を作っている。自然光のおおもとである太陽の高密度核で自然に起こっているプロセスを再現している。クリーンエネルギーの持続可能な供給源を創ることを目標にしている。

２『インフォメーション　情報技術の人類史』

『インフォメーション　情報技術の人類史』の著者ジェイムズ・グリックは言う。今や、情報は社会にとって不可欠なものだ。情報は血液であり、ガソリンであり、生命力でもある。情報は科学の隅々まで行き渡りつつ、学問の諸分野を変容させている。情報理論はもともと、数学と電気工学の架け橋として始まり、さらにはコンピューター開発へと道をつないだ。今や生物学までもが、メッセージ、命令、暗号を題材にする情報科学になっている。経済学も自らを情報科学として認識しつつあり、物理学と情報理論は一体化しつつある。

サミュエル・F・B・モールスが電信に関する初の特許権を取った1841年、アレン大尉がトーキング・ドラムを発見した。この送信システムは、文字を持たないアフリカ人の長距離通信の技術である。その速さは馬に乗った使者より早い。

英国人宣教師ジョン・F・キャリントン（1914年生まれ、アフリカに渡り、そこで生涯を過ごした）はヤクスのバプテスト伝道協会本部からコンゴ川上流をたどって、バンボレの森の村々を歩いていた時、急に思い立ってヤオンガマの町に赴いた。その時、街の人々が太鼓の音を聴いて待ち受けていた。トーキング・ドラムがお触れや警告だけでなく、祈りや詩や、ジョークまで伝達していることを知った。鼓手たちは、合図を送っていたのではなく、語っていたのだった。この太鼓についての発見を『アフリカのトーキング・ドラム』と題して本を出版した。アフリカ系諸語の話し言葉において調性の重要度が増したことで、トーキング・ドラム言語は難路を一歩前進した。声調を取り入れ、声調のみの言語が出来上がった。太鼓の音は文脈をもたらすもの。聞き手の耳に届くのは、鼓手が叩きだす断続的な高低の声調だけが、実際には失われた子音と母音も〝聞き取って〟いる。聞き手は個々の単語ではなく、句をまるごと聞き取っていたのだ（私には理解できない理論だが事実は面白い）。

アラン・チューリング（１９１２〜１９５４年、イギリスの数学者）は１９３６年、計算可能な数に関する論文を提出した。〝アルゴリズム〟（演算の手順）を実行するチューリングマシンを提唱した。機械の必要最小限志向を保持するために、記号二つという究極の最小のありかたを好んだ。すなわち〝０〟と〝１〟の二進法だ。現代計算機科学の父と呼ばれている。

クロード・シャノン（１９１６〜２００１年）は情報理論の考案者であり、情報理論の父と呼ばれた。訳者によれば、グリックの『情報科学の人類史』は、クロード・シャノンが１９４８年に書いた『通信の数学的な一理論』という小論を起点に、時間軸、地理軸の極点から極点まで、さらには学術領域や次元の境界をも楽々と超えて、縦横無尽に展開する。シャロンの小論の何が画期的かといえば、まず、〝情報〟を数学的な量として明確に定義し、〝ビット〟という単位で演算できることにした。その過程で、言葉（メッセージ）から意味が切り離され、ビットはやがて、音楽、美術、演劇その他、人間の営みすべて、無機と有機にまたがる事象すべてに偏在するものとなる。当初は通信事業のためのあくまで技術的、基礎的な提言（通信システムの分析、構造、効率化、雑音の処理など）だった小論が、森羅万象を統べる〝究極の理論〟へと進化していく道が拓かれた。

アラン・チューリング、クロード・シャノン両者は、第二次世界大戦中、暗号解読の研究に携わっていた。

技術の進歩は、技術者にとっては、最大の関心事である。

私は計算が苦手だった。検査法の新法を検討した時、新法を評価するためには、従来法との相関図を描き、相関係数ｒを示すことが必要だ。学会発表前はｒの計算に時間がかかり、徹夜になったりした。コンピューターを購入した時は、ｒが一瞬で計算されるのに大変感心した。そして本当に楽になった。

3　ＡＩ（Artificial Intelligence）人工知能

松尾豊は、ＡＩ技術とその進歩を分かりやすく解説した著書『人工知能は人間を超えるか――ディープラーニングの先にあるもの』を２０１５年に出版した。遅まきながらようやく、初めてＡＩ技術と進化について知ることができた。その中では、ＡＩの社会への影響、私達の生活への影響について未来予想図を羅列している。産業への波及効果、近い将来なくなる職業と残る職業、ＡＩと軍事（自動操作無人機の兵器としての使用を禁止すべきか、国際条約で議論されている）など。大変衝撃的な話題である。

ＡＩの世界的権威で発明家であり思想家でもあるレイ・カーツワイルは『The Singularity Is Near : When Humans Transcend Biology』を２００５年に刊行した。『ポスト・ヒューマン誕生

――コンピューターが人類の知性を超えるとき』という邦題で、２００７年に訳本が刊行されている。近い将来に、コンピューター（機械）の知性が人間のそれを上回る「シンギュラリティ（技術的特異点）」に達すると予測した。ＡＩが近い将来人間の能力である知能を本当に超えるのか？　人間の仕事は機械に奪われてしまうのか？　私は疑った。この理論に対しては、多くの人々が反論した。

ジャン＝ガブリエル・ガナシア（フランスの哲学者）の『そろそろ、人工知能の真実を話そう』（早川書房、２０１７年）、新井紀子（数理論理学）の『ＡＩ ｖｓ．教科書が読めない子どもたち』（東洋経済新報社、２０１８年）などなど。

松田雄馬は『人工知能の哲学――生命から紐解く知能の謎』（２０１７年）で人間の「生命」の根源から「知能」を探った。そして今開発されている人工知能と「生命」としての知能との違いについて上手く説明した。

松田氏の本から抜粋：「コンピュータ（計算機）にはじまる三度の「人工知能ブーム」：ゴットフリート・ライプニッツ（ドイツ、数学者）が「四則演算計算機」を発明。これにより計算が自動的に行えるようになった。１９３６年アラン・チューリングが、アルゴリズム（計算方法）さえ与えれば、どんな論理演算も実現できる「チューリングマシン」を考案した。ジョン・

フォン・ノイマン（アメリカ、数学者）らが「ノイマン型の計算機」を実現した。

1956年、アメリカの「ダートマス会議」で、人工知能という用語が初めて用いられた。「第一次人工知能ブーム」では、数学の定理を自動的に証明したり、チェスを打つコンピューターが開発されることにより、人工知能に人間が置き換えられてしまうかもしれない不安と期待が渦まいた。1980年代の「第二次人工知能ブーム」では「エキスパートシステム」が登場した。コンピューターが人間の顔を認識する「顔認識技術」などが開発された。「第三次人工知能ブーム」では、「ニューラルネットワーク」を用いた「ディープラーニング（深層学習）」というシステムが開発され、膨大なデータをすべて「学習」することが可能になった。「画像の中から物体を認識する」などといった作業を、これまでにない高い精度で実現でき、囲碁や将棋においても人間を打ち負かすことができるようになった。「人工知能」が大きく「成長」したと言われている。機械が自立的に成長するようになった（今後なっていくだろう）といった論調の解説も登場している。しかし、「ニューラルネットワーク」は、あくまで人間の脳の神経細胞のネットワークの構造を模しているにすぎない。人間の脳の仕組みそのものを模しているわけではない。人間の「知能」を実現するものではない。

松田氏は言う。「ニューラルネットワーク」とは、「自分で様々なものを学習する人工知能」というよりは、「目的や用途を人間が適切に与えてやってはじめて優れた性能を発揮する（ある意味で）手のかかる（とはいえ適切に使えばきわめて便利な）道具」と考えたほうがよい。

「強化学習」という「学習」の仕組み：「ニューラルネットワーク」による「学習」は、人間が与えたデータをもとにして、「分類」する法則を見つけ出す仕組みである。データを人間が与えることから「教師あり学習」と呼ばれる。人間が分類方法を与えず分類（クラスタリング）を行う学習方法が「教師なし学習」と呼ばれる。この「教師あり学習」でも「教師なし学習」でもない学習方法に「強化学習」というものがあり、「コンピュータゲーム」の分野を中心にさまざまな局面で用いられている。「強化学習」が機能するためには、「決まった環境下」において動作させることが重要である。囲碁や将棋などのゲームもルールが前もって決まっており、そのルールが変化しないということが、「強化学習」による「学習」を可能にしている。

「脳」から紐解く「知能」の仕組みでは、脳の発達は「社会性」の発達でもあるという。脳の構造を、古い部位である「生存脳」と新しい部位である「社会脳」とが関わりあう中で豊かな社会を作り出す。「ミラーニューロン」の発見は、他者の「行為の意味」に共鳴する神経回路の存在を示唆し、「他者理解」が可能になるとともに、これが、「コミュニケーション」成立のための「共通理解」となっている。社会との関係を能動的（主体）に作り出す「自己」について、世界を認識する「主体」の理解にあたっては、「自己」というものの持つ「自己言及」に関する理解が必要である。清水博はその著『生命に情報を読む――バイオホロニクスがえがく新しい情報像』（三田出版会、１９８９年）のなかで、「人工知能」が土台とする「情報理論」

を構築した「情報理論の父」と呼ばれるクロード・シャノン（先述）の「コミュニケーション」に関する理論を不十分と指摘している。

レイ・カーツワイルの「シンギュラリティ」理論について、松田氏は、そこには、「生命」としての「知能」に関する考察が十分に反映されていないのではないかと考えている。私たちの「知」は、「身体」の律速を受けるようである。

井上智洋（マクロ経済学者、ＡＩと経済学の関係を研究）の『人工知能と経済の未来――２０３０年雇用大崩壊』は、汎用ＡＩ・ロボットの普及により賃金労働者（エリートの一部は除く）の仕事はＡＩ・ロボットに置き換えられ、収入はゼロに近づく。経営者や株主である資本家のみの取り分が増え収入が増大するという。そして、労働者の所得を保障するために最もふさわしい制度が「ベーシックインカム」（ＢＩ）であると主張する。ＢＩは「普遍主義的社会保障制度」で、生活保護が選別主義的であるのとは対照的である。ＢＩは欧米でも議論されているという。（ＢＩの初期の提案者は、『コモン・センス』のトマス・ペイン（18世紀、アメリカ政治学者）や、『子供の権利』などのトマス・スペンス（イギリスの政治思想家）であり、ＢＩの現代的な起源は、カナダの思想家クリフォード・ヒュー・ダグラスの言う「国民配当」（公的な収益の分配）や、アメリカの経済学者ミルトン・フリードマンが提唱した「負の所得」である）。

アビジット・Ｖ・バナジー（インド生まれの開発経済学者、マサチューセッツ工科大学教授）とエステル・デュフロ（フランス生まれの経済学者）は『絶望を希望に変える経済学――社会の重大問題をどう解決するか』を出版した。移民や不平等などの問題は世界のどの国でも政治論議の最前線に位置づけられている。現代の危機において、経済学と経済政策は重要な役割を演じている。成長を回復するために何ができるのか。移民問題にどう取り組むか。新技術、ＡＩにどう対応するのか（これが一番急を要するかもしれない）、市場から見捨てられた人々を社会はどうやって救うのか、などなど。最良の経済学者たちの取り組みや考えなどを述べた。著者らは人間が望む幸福とは何か、幸せな暮らしを構成する要素はどんなものか。人間としての尊厳をもって生きられるようにすることが大切という意見を持つ。

移民がヨーロッパの多くの国とアメリカの政治を揺るがすほどの重大問題になっている。移民の数や構成については大きな誤解が存在する。お金を稼ぎたいから賃金の高い国に移動するというが、彼らは普通の暮らしが破壊されたために生まれ故郷を去るのだ。移民受け入れ国の住民の賃金水準は、移民により下がるというのも完全な間違いだ。

不平等はなぜ拡大したか?

最初のIT革命では、定型的な反復作業(タイピストや組み立て工員)は消えた。だが人工知能が出現した。今回は違うと大勢が考えている。人工知能とは、機械が作業を重ねるうちに自分で学び、定型的な仕事でなくてもこなせると人々は懸念をつのらせている。過去にも自動化の大波が襲った。産業革命初期の繊維産業に従事していた熟練職人は、ラッダイト運動を引き起こした。技術が失業を生むと考えられていたが、実際は仕事はなくならず、賃金も生活水準も大幅に改善され、多くの雇用が創出された。イギリスにターニングポイントが訪れた。

今回のAIと自動化は1990年に始まったばかりなのでどうなるかわからない。今回の自動化の大波はある種のスキルを要する仕事(会計士など)を駆逐する一方、高度なスキルを要する仕事(プログラミングなど)や、まったくスキルを要しない仕事(犬の散歩など)の需要を増やすなど偏りがある。賃金格差がどんどん拡大することは確実だ。一握りの人間が高い報酬をもらい、残り全員はスキルを必要としない仕事に追いやられ、大学を出ていない労働者は、次第に中程度のスキルの仕事(事務など)から低スキルの仕事(清掃、警備など)に格下げされてきた。1980年代から続いている。

企業は自動化を推し進める。アメリカの税制では、資本より労働に高い税金をかけている。人間を雇用した場合、給与税を払わねばならないが、ロボットには払う必要がない。シンギュラリティが話題を賑わせているが、実際には今日の研究開発の大半は機械学習を始めとするビッグデータ関連分野に投じられている。すでに存在する仕事の自動化をめざす。労働者をロボットに置き換えることは、経済的利益の観点から企業にとっては意味があるかもしれない。だが本来革命的イノベーションを創出すべき有能な研究者や、エンジニアの仕事を横取りしているのではないか。無節操な自動化が労働者を深刻に脅かしていることは、左派、右派を問わず大方の人が感じ取っている。ロボット税の導入。自動化に投資する企業に対し、税制優遇措置の適用を制限し、アウトソーシングに課税する。自動運転車の場合、ロボットたちは機械のなかに埋め込まれており、その機械には人間のオペレーターがまだ必要だったりする。どこまでが機械で、どこからがロボットか決めにくい。人間をロボットで置き換える流れがすでにどんどん進み、「よい仕事」が減少している。エリート層も不安がつのる。ユニバーサル・ベーシックインカムというアイデアがシリコンバレーでも多くの支持を得ている。

1980年代までにはアメリカもイギリスも以前より成長が鈍化した。イギリスのマーガレット・サッチャーとアメリカのロナルド・レーガンにとって1970年代後半の景気低迷の原因は、共に労働組合は強すぎ、最低賃金は高すぎ、税金は重すぎ、規制は厳重すぎたことであり、成長を取り戻すには、減税、規制緩和、組合の弱体化、小さな政府にすることが必要だとした。労働組合法関連法を改正し弱体化を図った。レーガンは航空管制官のストライキで、ストに参加した管制官全員を解雇し、空軍の管制官を投入した。当時席巻したレーガノミクスは成長が恩恵をもたらす際に不平等が伴うことを気にしなかった。トリクルダウン理論（富めるものが富めば、貧しい者にも自然に富が滴り落ちる）だ。実際には１９８０年以降の経済成長は、富裕層に吸い上げられた。不平等の拡大はレーガノミクスやその英国版の責任で自ら招いた結末と著者は言う。

トマ・ピケティとエマニュエル・サエズの労作のおかげで、１９８０年に、最富裕層１％の所得が国民総所得に占める割合は、50年にわたる減少から増加に転じたことが分かった。所得格差の拡大は富の格差の拡大を伴う。最富裕層１％が所得する富は、１９８０年にはアメリカ全体の富の22％だったのが、２０１４年には39％に達した。

技術が経済のあるしくみを変えた。ハイテク革命からは大成功した発明が数多く生まれたが、その大半が「勝者総取り」の製品だった。利用者が増えるほどそのサービスやインフラの価値が高まるネットワーク効果は、グーグル、フェイスブック、アップル、アマゾン、ウーバー、エアビーなどの巨大テクノロジー企業が圧倒的優位に立つ要因となっている。この様な勝者総取り（大半取り）経済では、一握りの企業が市場の大半のシェアを握る。多くの産業で集中が進んでおり、いわゆる「スーパースター企業」の市場支配力が高まっている。そして、産業集中度の高い部門ほど、労働分配率は下がっている。独占や寡占に近づいた企業の場合、増えた利益を株主に分配する傾向が強いからだ。賃金がＧＤＰと同じペースで増えない理由は産業の集中である程度説明がつく。スーパースター企業の台頭は賃金格差が拡大した一因でもある。世界経済の変化、中国の市場改革、インドの自由化。コンピューターの本格的な登場も影響した。

社会政策の設計として現在これ以上のものはないというのが、ユニバーサル・ベーシックインカム（ＵＢＩ）である。なぜＵＢＩを導入しないのか。財源がないから。貧困国に導入可能なＵＢＩは「ユニバーサル・ウルトラ・ベーシックインカム」（ＵＵＢＩ）だ。最貧層以外の全員が生き延びる額の支給が可能というインドの一例を挙げた。

アメリカでのＵＢＩ批判論者の多くは、ＵＢＩを与えれば、仕事探しを止めてしまうだろうというが、さまざまなデータからその可能性は低い。ほとんどの人はお金が必要だからというだけではなく、仕事はやり甲斐や帰属意識や尊敬をもたらすという理由から働きたいと望むことを調査結果が示している。

富裕国の経済モデルとしてデンマークの「フレキシキュリティ」がある。不要になった労働者を容易に解雇できる柔軟性を実現しつつ、手厚い失業保険によって労働者の経済的損失を補う政策で、政府は充実した職業訓練などを実施して労働者の再就職を後押しする。だが中年以上の労働者にとって新しい道を選ぶのは容易ではない。そこで、ある産業が貿易または技術革新によって、あるいは自動化により壊滅的な打撃を受けた場合には、中高年労働者に補助金を出す。

また、取り残された町の問題もある。出ていける人はすでに町を後にしており、残された最後の人を助けるために、ヨーロッパでの共通農業政策が役割を果たす。ヨーロッパの田舎は活気があり、緑が豊かである。美しい田舎の風景は観光客を惹きつけ、若者を土地につなぎとめ、幸せな老後を実現する。人々には帰属意識が生まれる。環境を守るために資金を投じても良いのではないか。

子供の早期教育に関連して、低所得の女性にとって保育支援の不備が就労の足枷になっている。

高齢者の介護ももっと拡大の余地がある。アメリカでは介護施設が少ないうえ、公的な補助金を受け取っている施設はもっと少ない。デンマークとスウェーデンはGDPの2%相当が介護に充てられる。高齢者の介護は困難だがやり甲斐のある仕事にもかかわらず、アメリカでは非常に賃金が低い。介護スタッフに適切な訓練を施し、誇りを持って働けるよう賃金水準を設定しなければならない。

職業など再就職支援プログラムは大切だ。ヨーロッパの多くの国は再就職支援にアメリカよりはるかに多くの予算を投じている。デンマークは積極的労働市場政策にＧＤＰの２％を充てる。

フランスの小さな組織では、社会政策のあり方について、適切な条件さえ整えば、誰でも働いて何かを生産でき、また、働くこと自体が回復プロセスの一部だと考えるべきだ。窮乏した世帯を生産的な労働に導くには、お金を渡すだけでは足りない。彼らを人間として扱い、極貧によって受けた数々のダメージを理解することが必要だ。

本書アビジット・Ｖ・バナジー他著『絶望を希望に変える経済学――社会の重大問題をどう解決するか』により、事実の間違いを知ることができた。情勢、政策の分析について多くの知識を得ることができた。しかし、著者らの結論、よい経済学と悪い経済学を提示した中で、よい経済学（無知とイデオロギーに打ち勝ち、防虫剤処理した蚊帳をアフリカに売るのでなく、無償で配布に成功し、マラリアで死亡する子供の数を半分に減少させた例）だけで、幸せな暮らし、人間としての尊厳をもって生きられるようにすることができるのかを疑問に思う。

私たちのまわりでも、すでにさまざまな分野でＡＩ技術の応用がすすんでいる。便利になってゆく反面、最大の危険性は兵器に使用されることだ。人間を介さずＡＩ自らの判断で人の命を奪う「完全自立型のＡＩ兵器」、小型ドローンの大群を軍事利用への開発である（『世界』

特集ＡＩ兵器と人類、２０１９年10月号）。

さらに最近の話題は、ＡＩに関する誤った認識が、社会を誤った方向に導くという。その最たるものが「フィルターバブル問題」である。自分自身の「過去の行動」や「好み」に支配され、気がつくと、自分にとって不都合な情報が入ってこなくなる。私たちの「創造力」は完全に失われ、「人工知能」なしに生きられなくなる。「生き物」とは言えない生活が待っているかも知れない。

4『人新世とは何か――〈地球と人類の時代〉の思想史』

今、話題の地球温暖化や生物多様性の崩壊が、グローバル資本主義システムによってもたらされてきたことを、豊富なデータを提示して主張した。大変有意義な本である。

「人新世」の名前の由来について、２００２年2月、地球圏・生物圏国際共同研究計画の会議で、新たな地質時代のための用語として誕生した。地球に対する人間の影響の歴史とその衝撃についての激しい議論の中、我々は完新世を生きているというのが一般的な認識の中で、パウル・クルッツェン（オゾン層研究でノーベル賞を受賞した大気科学者）は「多くの面で人間活動が支配的となった現在に至る地質時代に『人新世』という用法を与えることが適当である」と提案した。

１７８４年を新たな時代の開始とする。ジェームズ・ワットが蒸気機関の発明特許を取得した年であり、産業革命の始まりと岩石圏から採取された石炭の燃焼による大気の「炭素化」の両者を象徴しているから。人新世の概念は既に地質学者、生態学者、気候と地球システムの専門家、歴史学者、哲学者、社会科学者、市民そしてエコロジスト運動家の間で論点となり、人類が主要な地質学的な力となったということを確信させるひとつの共通概念となった。

人新世は、地質学的な出来事であると同時に、政治的な出来事でもある。

「蒸気機関の発明により、この世界という機構を人間の手が狂わせていること」、人間によって発せられる温室効果ガスも人間の痕跡を測る指標となっている。人新世への移行を証明する要素は、地球上の生態系（生物圏）が全般的に破壊されており、過去数十年間に消滅した生物種の割合は地質学的に通常な値の１００〜１０００倍にも上回る。生物学者たちは、「６回目の大絶滅期」という。水、窒素、リン酸塩の生物地球化学循環の変動も挙げられる。窒素循環は、大気中の窒素を肥料として利用できるよう変換するハーバー・ボッシュ法（１９１３年）の出現により、空中窒素固定細菌による生物学的固定に依拠してきた「自然的」流動に比べ、２倍量の窒素流動を引き起こした。リンの循環も、８倍増加。元の自然流動に比べ20％増加しただけで、海洋中の酸素含有量が激減し、海洋生物の大規模な絶滅を招いた。一種の人間が、地上のほぼ３分の１のバイオマス生産を占有し、「維持可能」な形で供給できるものの１・５倍の量を年間に消費している。人間による飛躍的なエネルギー利用の増大によっても特徴づけられる。石炭、石油、天然ガス、ウラニウムといった新たな資源が1800〜2000年の間にエネルギー消費を40倍増加させた。アール・エリス（地理学者）は「自身の懐に自然の生態系を取り込んだ人間系」という世界観であると結論づけている。過去150年間に、生態系の中にばらまかれた完全に新たな物質（さまざまな種類の有機合成化合物、炭化水素、プラスチックとそれらの新種の岩石を形成するもの、内分泌攪乱物質、殺虫剤、原子力実験によりまき散らされた放射性同位体やガス状のフッ素化合物）であり、形成中の堆積物や化石の中に人新世特有の刻印を作り出している最中である。

人新世のための歴史とはいかなるものか。熱新世、死新世、貧食新世、賢慮新世、無知新世、資本新世、論争新世。

熱新世：二酸化炭素の政治史では、西洋社会の都市の郊外化とモータリゼーションは技術的・文明的選択が非効率的で害悪なものとなった最大の一例といえる。1902年、アメリカでは路面電車が50億人を3万5000㎞の電化ケーブルで輸送しており、比較的快適で確実な交通手段と考えられていた。20世紀初頭、T型フォードが道路を埋め尽くし（1915〜1927年の間にニューヨークの自動車数は4万台から61万2000台に急増した）、路面電車とトロリーバスの運行を遅延させ路面電車の路線を消滅させた。

人新世はイギリス新世である：イギリスの石炭はグローバリゼーションの中核をなしていた。１８１５〜１８８０年の間、海外に投資されたイギリス資本の６分の５は帝国の公定領域の外側で、主に二酸化炭素を排出する活動へ投じられた。19世紀末、アメリカ、そしてヨーロッパにおいては石油化が政治的意味を持ち、政治的目的に結びつけられた。

１９６０年代の「緑の革命」も冷戦と共産主義に対抗するためのアメリカの政策と歴史学者は分析した。緑の革命は、機械、殺虫剤、化学肥料の使用を組み合わせたコメやトウモロコシのハイブリッド品種を利用する農業に立脚しており、化学肥料の世界消費量は１９６０〜１９８０年の間に３０００万トンから1億1千万トンに増加した。多量のエネルギーを必要とする緑の革命もまた、世界の石油化に加担していた。

死新世：力と環境破壊：20世紀は戦争が頻度を増し、その殺傷力が高まった世紀だった。第一次世界大戦は19世紀に起きたすべての戦争の犠牲者よりも多くの人間を殺したが、第二次世界大戦は、それだけで過去２０００年間における戦死者数の半分と同数の死者を出した。軍隊は巨大な産業・技術・兵站システムによって維持され、著しく強力な機械によって援助され置き換えられた。軍事産業複合体は戦争のない平時にすら破壊活動を行っている。冷戦は飛びぬけて深刻な痕跡を残した。軍事訓練基地は、そのほとんどが放射性廃棄物や弾薬により汚染されている。現在の軍備システムの発展は、軍事活動につき1ガロンの石油を消費した。ベトナム戦争中には9ガロン、第二次湾岸戦争中には15ガロン、アメリカ軍の戦車エイブラムスは1台につき100㎞あたり400ℓの石油を消費する。爆撃機B52は1時間あたり12000ℓの燃料を燃焼し、戦闘機F15は7000ℓ消費する。これは1台の自動車が数年かけて消費する量をはるかに上回る。人新世とは死新世でもあるという仮説だ。

破壊の自然史：ベトナム戦争は自然の環境破壊：ベトナム戦争で森林、畑、家畜、貯水池、車道、堤防などの破壊の為、焼夷弾とナパーム弾が使用されたが、これらは熱帯雨林破壊に適さないので、枯れ葉剤が散布された。ベトナムは気象工学の重要な実験場でもあった。アメリカ軍は2600発以上の気象種まきにより雲を発生させ、人工的に雨を降らせた。この件に対し、ソ連は国連に質問状を出した。1977年、国連総会は「環境改変技術の敵対的使用」を禁止する条約を採択した。

自然に対する暴力：戦争は例外状態を作り出すことで社会と環境の交わり方が「粗暴化」することを正当化し、それを推進してきた。原子爆弾が最も明白な例である。重要なのは軍事技術だけではない。漁業技術は軍事技術により間接的に改革された。数キロメートルに及ぶ漁業網の製造を可能にしたナイロンは、第二次世界大戦の産物である。音声探知機、レーダー、音波探知機の使用が開始され、(冷戦時代の産物である)GPSが利用され始めたことにより、漁獲能力は指数関数的に上昇し、トロール船は深海や海峡でも漁が可能になった。

核兵器の「平和利用」：１９４９年、国連のソ連大使が「山の採掘、河川筋の変更、砂漠の灌漑、人類未踏地域への生命の定着」など民事利用目的を示し、ソ連初の原爆実験を正当化した。この出来事は、１９５３年のアイゼンハワーの「アトムズ・フォー・ピース」談話の下地となった（これにより、日本は多くの原子力発電所を作った。高野が追加）。

戦争と農業：有機塩素化合物の殺虫剤に利用できることを明らかにした。アメリカの化学財団は毒ガス産業の殺虫剤製造業へ。農薬の散布、除草剤散布。ＤＤＴの発見。

世界を動かす：ナチスが高速道路建設を推し進めた背景は、ドイツの戦略的ジレンマ、東西の国境線における攻撃に対する脆弱性を解決するという目的があった。イギリスは、戦前、世界第一のエネルギー輸出国であったが、第二次世界大戦とアメリカ石油への大規模な依存が石油輸入国へと仕立て上げた。石油輸送のため、製油所とパイプラインの建設が不可欠だった。大部分が公費によってまかなわれる石油を使用した兵站計画が、戦後の自動車の大衆化を可能にした。

第二次世界大戦後、アメリカの都市の郊外化（その結果としてのモータリゼーション）は核の脅威によって推進されてきた。１９４２〜１９４４年のドイツの工業地帯分散政策の成功を鑑み、戦略家たちは、核の攻撃に対する工業システムの抵抗力を高めるには、工業システムを脱中心化するのが不可欠であると評価した。

海運業界に物流の巨大な変革をもたらしたのも戦争のグローバル性である。コンテナ船の利用。マルコム・マクリーン社は、1973年、アメリカからベトナムに軍事物質を送った後、コンテナ輸送船を空のままでなく、日本の電化製品や自動車などを積み込み日本からアメリカへの輸出品を運んだ。

燃焼と殺傷：イギリス海軍は石油のグローバリゼーションにおいて歴史的に重要な役割を果たした。アメリカは第一次〜第二次世界大戦でエネルギーに関する飛躍的な発展があった。連合軍の戦略における最大の強みは、アメリカからほぼ無制限に供給される石油にあった。戦争終了時、アメリカは年間2000万トンの航空燃料を生産する能力を持っていた。第2位のイギリスは年間200万トンであった。現代の民間航空機も第二次大戦の産物である。第二次世界大戦は大量消費社会の技術的・法的枠組みを整えた。

貧食新世：地球を消費する我々を人新世に導いたのは欲望か：1980年以降、「消費社会」を支える原理は一般的に18世紀のイングランド、オランダに見いだせると多くの歴史学者が指摘している。18世紀イギリス社会には磁器、織物、腕時計、砂糖、茶、コーヒー、高級家具など植民地からの商品を消費する強い欲望があり、商業分野の成長を支えた。

消費社会の下部構造：歴史学者は、19世紀から20世紀の転換期に、とりわけアメリカで初の大衆消費社会を形成した物質的、制度的装置の重要性を示す。テイラーシステム(科学的管理法)

と電気が工場へ導入されたことにより生産性が著しく向上した。そして、ついに経済的グローバリゼーションがこの時代に完成した。電信、ラジオ、冷凍船、鉄道ネットワークにより世界市場が統一された。この事象は、熱帯地域の国々の環境に有害な結果をもたらした。１８７０年から１９２０年の間、コーヒー、砂糖、バナナ、ゴムといった熱帯商品のアメリカでの消費は爆発的に増加した。中米諸国では、広大な私有地とユナイテッド・フルーツ・カンパニーが食糧生産のための農業を山へ追いやったため悲惨な土壌侵食を引き起こし、社会対立を生み出した。

グローバリゼーションは商品を生産者と土地から断ち切り、はるかに抽象的なものに変えていった。例えば１８６０年代のシカゴに登場した巨大サイロによって、小麦はもはや生産地と関連づけることはできなくなった。すべての穀粒は混ぜ合わされ、品質というカテゴリーによって分類された。この抽象化は、自然を世界資本のネットワークで流通しやすいものへと変貌させた。シカゴで保管された穀物がロンドンで買い取られることが可能になった。

大量消費はアメリカ資本主義を戦略的に適応させる役割を担った。商標の普及。商品流通ネットワークの革命。通信販売やチェーン式スパーマーケット。広告。アメリカにおける大量消費の発展はローンによって牽引された。１９２６年、アメリカの全世帯の半分はすでに自動車を１台所持していたが、そのうちの３分の２はローンにより購入された。イギリスとフランスは１９３０年代末にはまだ、20人当たり１台の所有であった。

リサイクルから計画的陳腐化へ：19世紀末まで、リサイクルが流通機構のなかに組み込まれていたが、大量消費がリサイクルを凌駕した。都市の拡張、導水の一般化、水洗トイレにより、排泄物の農業的活用が複雑になり、人工硝酸塩の普及により、都市の汚泥の農業的役割が失われた。

消費主義の勝利：アメリカ国民の消費は、第二次世界大戦開始によって増大した。電化製品で溢れた郊外個人住宅という「アメリカン・ウェイ・オブ・ライフ」の夢が戦時中に作られた。人新世の身体：消費社会への突入は、環境を破壊するだけでなく、消費者の身体や機能も変化させた。アメリカでは日常的に摂取される脂肪分の量が2世紀の間に5倍に、砂糖は15倍に増加した。農業物加工食品の台頭と、ファストフードの発展があった。肉類と糖分を著しく多く含み、満腹感が遅れて感じられるほどにカロリーが凝縮された加工食品に支配された新たな食事モデルの普及運動につながった。新たな食事はガンや肥満、心血管疾患といった慢性病の急激な増加も招いた。

人新世の身体とは数千もの有害物質により変質させられた身体である。

賢慮新世：環境学的再帰性の文法：1780年以降、森林伐採の気候に対する影響について、自然のエコノミーの思想をもとに、生物種の絶滅に興味を示した。18世紀後半には、漁業資源の枯渇に対する危惧が広く共有されていた。19世紀には物質の循環を生み出そうとする計画がすでに存在していた。排泄物の活用は農村の痩せた土地が飢餓や貧困、革命をもたらすというような社会問題に結びついているだけでなく、文明の未来、強大なイギリスによるペルーのグアノ独占のような地政学、国民の衛生や健康状態の悪化に関わる問題でもあった。

資源と有限性：有限性の問題は19世紀初頭の政治的経済学においても主要な問題だった。人間は、人間が「周囲のもの」により作り上げられると考え続けてきたと同時に、この「周囲のもの」を変質させ破壊させてきた。このような近代というものの精神分裂病のような性質を理解することが重要である。

無知新世：自然の外部化と世界の経済化：近年、科学史や科学社会学の分野で発達したのが、無知論（アグノロジー）と呼ばれる研究分野である。自然は「自然資本」となり、金融資本に代替可能なものとなった。自然は今や、あらゆる人間労働や生産関係から独立したすでにそこにある経済的価値の生産者に成り果てた。地球の限界を不可視化する行為はもはやその外部化（人間による採取や廃棄を問題なく受け止める巨大な外部として）のみならず、その過度なまでの内部化によって完遂されるものとなった。内部化は生態系の機能を金融の流れと共約可能なものにしようとする働きに伴って生じ、自然をそのプロセスの隅々まで資本化できる流動的なものとして再解釈する。自然の市場への内部化は、構築主義の哲学者たちが、自然の人間に対する他者を否定し、存在論的に解体したこと、また近年の工学的な研究が、ゲノムから生態圏に至る地球システムのすべての面に関わってきたことも関係している。

資本新世：地球システムと世界システムが結節した歴史：過去3世紀を特徴付けるのは圧倒的な資本の蓄積である。資本は1700年から2008年の間に134倍に増大した。このような資本蓄積のダイナミックスこそが、「二次的自然」を生み出してきた。道路、プランテーション、鉄道、炭鉱、パイプライン、掘削、発電所、先物取引所、コンテナ船、そして、物質、エネルギー、商品、資本の地球規模での流動を可能にする金融と銀行の空間から成り立っている。利益を出すことに特化した技術構造が地球システムを人新世の中へ放り込んだ。人新世は「資本の時代の産物」である。すでに資本主義化されグローバル化した世界において産業革命が生じた。融資、公債の管理、そして国際貿易といった活動が炭鉱業や織物業よりも多大な資産を生み出した。

イギリス世界システムの世界――エコロジー：19世紀後半、経済的グローバル化の下部構造の形成と、ヨーロッパ・北アメリカとアジアの間の経済格差が広まった。イギリスを中核にした世界システムは不平等な世界――エコロジーに依拠している。19世紀最後の3分の1の期間にはすでに工業化された国々が新たな資本蓄積のサイクル、すなわち有機化学、電気、自動車に代表される第二の産業革命に足を踏み入れた。その繁栄の基礎となる技術は周辺国からもたらされる生産物、マレーシアのスズ、アンデスとコンゴの銅、鯨の油や熱帯の植物、油、天然ゴムなどに依拠していた。

不平等な世界――エコロジーは極めて外向的な資本主義と結びついている。経済は、スターリング・ポンド（USドルが世界の決済経済として使われる以前は、国際的な決済通貨としてつかわれた）に基づいた国際貨幣システムの枠内で、金融化、グローバル化した。１９１３年、イギリスの対外直接投資先の40％は国外の鉄道建設だった。そして、炭鉱、ガス灯会社、水道会社、熱帯プランテーションがあとに続いた。こうした金融資本主義は二酸化炭素を大量に排出し、物質、エネルギー、商品の流れを世界規模で組織する技術を形成した。海上交通機関の価格低下。

世界規模の電気通信網の設置も主にイングランドの会社だった。このように構築された下部構造が第三の世界の国々を、工業国に対し生産部門に特化した経済的依存の状態に落とし入れた。

世界の鉄道網の総延長は１８６０年から１９２０年の間に10万から１００万㎞に達した。資金は多くはイギリスの私有資本で、ロシアや南アメリカ、カナダ、アルジェリアに鉄道が敷設された。ペルーやチリの銅、グアノ（島のサンゴ礁に海鳥の死骸・糞・エサの魚・卵の殻などが長期間堆積して化石化した肥料の資源）、インドの綿、ブラジルのコーヒー、アルゼンチンの肉などが集められた。周辺国は廉価な労働力、奴隷とほぼ変わらない隷従状態で働く労働者、中国の苦力などが搾取された。

第二次産業革命が周縁国内にもたらした生態環境の影響も深刻だった。樹脂採取に用いられた樹木は、シンガポールで、マレーシアで、絶滅し始めていた。プランテーション施設のための森林伐採は土壌の疲弊、ひいてはマラリアの発生を招いた。1920年代にはコンゴで天然ゴムのプランテーション建設、炭鉱開発、鉄道敷設が進められたことで、HIVウィルスがもたらされた。19世紀の最後の30年余の間に「低開発」が生まれた。1800年から1913年の間にヨーロッパ人一人当たりの所得は222%増加したが、アフリカ人の所得は9%、アジア人の所得は1%増加したにすぎない。

大加速時代の不平等な世界――エコロジー：第二次大戦の直後、ヨーロッパ経済が完全に疲弊していたにもかかわらず、アメリカのGNPは1939年の4倍以上に増加し、莫大な外貨のストックを所持していた。1944年にブレトン・ウッズ協定がドルを世界通貨と定め、関税及び貿易に関する一般協定が1947年に貿易を自由化し、開発支援に関するトルーマン・ドクトリンのマーシャルプランが始動した。

フォーディズム（ヘンリー・フォードに由来する大量生産・大量消費の高度成長体制）と消費主義が社会的に協調することが共産主義に対する最良の城壁と考えられた。ヨーロッパと日本にモノを満ち溢れさせ、パクス・アメリカーナ（アメリカによる平和）を築いた仕組みは石油によってもたらされた。

西側の工業国は他の非共産国から膨大な量の鉱物資源、再生可能資源を吸い取ったことで成長を築き上げた。搾取された国々には質の良い物質とエネルギーが存在しなくなった。アメリカが植民地解放運動を支持したのは、それがヨーロッパ植民国の仲介なしに資源を直接アクセスすることを可能にし、アメリカの備蓄を確保する手段となるからだった。アメリカと国連に加盟する西洋諸国の専門家たちは、いまや世界の資源の持ち主であり、その「適切な利用法」の管理人として君臨したのだ。大加速は西洋の工業国が第三世界の生態環境の余剰を取り込む時代に相応する。最後の氷河期以来、イギリス領土の43倍に値する１０００万㎢に及ぶ森林被覆部が世界中で失われたが、その半分は20世紀の間に姿を消した。二酸化炭素を吸収するキャパシティを減少させ、気候変動のリスクを高め、森林が失われた地域の土壌と降水量に変化をもたらした。20世紀の間に失われた５００万ヘクタールの森林は経済的に貧窮する国にあり、これがヨーロッパやアメリカで消費される森林・農業製品を作り出すと同時に、そうした土地の生態学的な質も向上させた。

論争新世：人新世的な活動に対する１７５０年以来の抗議運動：機械と大量生産を問う。技術革新に反対する。汚染と公害に反対する。工業主義を問う：知識人のみでなく、労働者、農民も反対した。日本の足尾銅山が下流の農耕地を大規模に汚染したので抗議運動が起きた。

人新世の大加速に抗議する：制御不能となった技術的な文明への哲学的、文化的批判は、当時科学者たちが表明していた環境についての警告と共鳴するようになった。科学者たちは人間の再生的、技術的、産業的な活動をもって人間が「地質学的な力」になったと形容していた。原子力エネルギーと核実験の反対運動は1950年に起こっていた。マレーシアでは森林破壊に反対する運動が、中央インドでは巨大ダム建設計画に反対。アメリカのレイチェル・カールソンなどの科学的警告は、アメリカでのベトナム戦争反対の戦いにむすびついた強力なエコロジスト運動の形成に貢献した。

環境についてのグローバルな規模での警告、社会——生態学的な抗議、そして、「進歩の被害」に対する批判は、学者によって人新世が確認され、2002年以降には科学雑誌で皮肉られるようになるのを待つまでもなかった。

結論　人新世を生き延び、生きること：「人類」が「地球システム」に負担をかけている歴史についての見方を提唱した。第一に、我々の新たな地質年代が技術的に偶発的なものであり、多分に政治的側面を持つ。人新世の突入は資本主義や国家的に結びついており、イギリス帝国の成因に結びついている。大加速もまた、第二次世界大戦や冷戦、アメリカ帝国主義を考慮すべきである。第二に軍備、戦争、そしてパワーポリティクスが戦後の市民生活に重きをなし続け、維持不可能な技術選択を余儀なくさせた。第三に、人新世の歴史とは資本主義的な世界経済が拡大し、世界中が商品化されていった歴史、グローバル化した需要と消費主義的な主体性が新たなシステムを生成していた歴史でもある。最後に環境への被害を無視した工業的発展のモデルの登場から、私たちがついに自らの方向性を変える知識を持つにいたった時代、あるいは環境運動が初期の萌芽状態から斬新的に成熟へと向かっていった時代として過去２５０年間を想像することは、歴史それ自体を根本的に欺かずには不可能である。

人新世で、我々の生活、考えも個人の意思でなく資本主義に大きく影響されていることを知った。ＡＩ技術も恵まれた人に資本の蓄積を増大化させ、一層貧富の格差を拡大する。

５　細菌叢（マイクロバイオーム）最近の知見

生命の祖先は細菌から進化した。「第4章５地球、生命の誕生、深化、絶滅」の所でも述べているが、生物は、三つの原始系統のいずれかからなることが、カール・ウーズとジョージ・フォックスにより１９７７年に発見された（リボゾームＲＮＡ配列特性に基づく系統発生的分析から）。（ｉ）ふつうの細菌すべてから成る真正細菌類、（ii）メタン細菌などの古細菌類、（iii）真核生物。この発見から、動物と植物は生命の樹の小さな枝であるばかりでなく動物は菌類と近い関係にあることがわかる。地球の生命の圧倒的多数は微生物だ。『微生物が地球をつくった　生命40億年史の主人公』の著者、ポール・Ｇ・フォーコウスキーは、微生物は見えないので、長い間、とくに進化の歴史の筋書きでは、見過ごされていたという。微生物発見の歴史は、新しい技術の発明、顕微鏡とＤＮＡ配列決定装置に基づいている。そして、人間の健康との関連がついて、始めて重要になった。

１９９０年代後半に分子生物学の手法が使えるようになってから、ヒトとマイクロバイオームの興味深い関係が次々と見いだされ、最も注目すべき話題の一つである。

アランナ・コリン著『あなたの体は９割が細菌　微生物の生態系が崩れ始めた』（『10%HUMAN』２０１５年、翻訳版２０１６年）は、肥満もアレルギーも、うつ病も微生物の問題だったと主張した。アランナ・コリンは、２００５年、22歳の時、コウモリ学者の助手として、マレーシアの野生生物保護地区で3ヵ月過ごし、ダニ媒介型感染症に襲われた。その治療の為、全身を抗生物質薬漬けにした。感染症は治癒したが、皮膚に赤い発疹ができ、胃腸が弱くなり感染症の病原体を何であれ拾うようになった。身体の微生物の作用が抗生物質でどのように変わったか、元の微生物のバランスを取り戻すのにどうすれば良いか、腸内の菌株や菌種を調べるアメリカン・ガット・プロジェクト（ＡＧＰ）に参加した。糞便のサンプルを送ると腸内生態系の「スナップ写真」が送られてくる。

食べ物と一緒に入ってきた微生物は胃の強酸性により殺される。胃では唯一ヘリコバクターピロリ菌が住む。胃から小腸に移動した食べ物は酵素によって分解され血液中に吸収される。

小腸では微生物は数を増やす。1万個／mℓ、大腸の出発点では、1000万個／mℓになる。無酸素状態の結腸では1兆個／mℓの微生物が潜んでいる。ヒトが食べたものを微生物に分け与える場だ。腸内微生物の情報は糞便のDNA解析から集めることができる。糞便の重量の75％が細菌で、植物繊維のカスは17％。腸は肝臓と同じ重量に相当する1・5kgの細菌を抱えている。腸内の微生物はビタミン合成や、それ以外にもっと多くの働きをしている。

「無菌マウス」を使って、健康状態が良いヒトと良くないヒトのマイクロバイオームは異なるのかが調べられた。健康体を維持するのにマイクロバイオーム解析が欠かせないという。

Ⅰ型糖尿病は19世紀にはほとんどなかったが、欧米ではおよそ250人に1人と増加している。他の自己免疫疾患も増加している。小麦を含む食品を摂取すると免疫系が小腸細胞を攻撃するセリアック病は1950年と比較すると30～40倍に増加した。肥満病の震源地はアメリカで、1950年代に突如体重増加が目立ち、1999年には成人のアメリカ人の肥満は30％増加、過体重または肥満を合わせると64％である。現代病としてすでに指摘されているアレルギーと、自己免疫疾患に関係している免疫系と消化器障害だ。過敏性腸症候群や、炎症性腸疾患、心の病気自閉症、うつ病など、マイクロバイオームが深く関わっていることが分かってきた。

小澤祥司（環境ジャーナリスト／科学ライター）は『うつも肥満も腸内細菌に訊け！』を2017年に、『メタボも老化も腸内細菌に訊け』を2019年に出版した。最近話題の現代病が腸内細菌とどのように関わっているのか、科学雑誌に掲載された最新データから解説した。腸管神経系は数億個、脳にははるか及ばないが、脊髄の神経系に匹敵するか、それをしのぎ、中枢神経系から独立して働く。コロンビア大学のガーション博士は、腸管神経系を「第2の脳」と呼んだ。『うつも肥満も腸内細菌に訊け！』では、脳―腸軸について解説した。生物の進化上では、消化管が先にあって脳は後からできた。脳神経系は腸管神経系をまねて作られた。

セロトニンは、摂食行動の抑制、性行動の促進、覚醒などの作用があり、心身の安定を保ち幸福感や満足感をもたらすので、「幸せホルモン」と呼ばれている。脳内セロトニンが不足すると心身バランスが崩れ、不眠症やうつ病を引き起こす。セロトニンは腸神経系において腸の蠕動運動を支配しており、腸内セロトニンの過剰分泌は下痢を、不足は便秘をもたらす。体内のセロトニンの95％は腸管にあり、脳内にはわずか1％の存在という。脳内では前駆物質であるトリプトファンから作られる。パーキンソン病の発症には、脳内物質のひとつ、ドーパミンの減少が関わっているとされる。パーキンソン病には高頻度で便秘症状が見られる。自閉症患者にも炎症性大腸炎や慢性の下痢症状が高い比率で見られる。このように脳に発していると考えられる疾患に、腸が関わっている可能性があることがさまざまな研究で示された。

『メタボも老化も腸内細菌に訊け』の肥満については、肥満者の便を移植した無菌マウスは、適正体重のヒトの便を移植した無菌マウスより太りやすいことをロンドン大学のボーモンド博士が示した。基本的には腸内細菌の多様性の高いほうが太りにくい。腸内細菌の乱れ＝ディスバイオシスが関与しているようだ。オーストラリアのブランジェ博士は短鎖脂肪酸、酢酸、酪酸、乳酸、プロピオン酸などの関わりを指摘する。短鎖脂肪酸は、乳酸菌、ビフィズス菌などの腸内細菌により、食物繊維やオリゴ糖の分解（嫌気発酵）によって作られる。無菌マウスでは血液中に短鎖脂肪酸が検出されないことから、腸内細菌由来だと考えられている。オランダのカンフォラ博士らの研究グループによると、血液内に取り込まれた腸内細菌由来の酢酸、プロピオン酸、酪酸が脂肪組織や筋肉、中枢神経などに働いて、体重とインスリン感受性をコントロールしているという。これらの短鎖脂肪酸は、受容体に作用して脂肪組織における遊離脂肪酸の吸収と脂肪生成・貯蔵を促進し、アディポカイン（脂肪細胞から分泌される生理活性物質の総称）の分泌を抑制する。その結果Ｍ１マクロファージが脂肪組織に入り込むのを防ぐと考えられている。また、骨格筋ではインスリン感受性を高めグルコースの吸収を促進し、肝臓においては、グリコーゲンの貯留を増進させ、脂肪の貯蔵を減らす作用を持つと考えられる。これらは動物実験の結果であるが、人間の体内でも同様の作用が働いていると推測されている。偏った食事や、過食――とくに動物性脂肪や糖分の過剰摂取がディスバイオシスの原因の一つであり、過食や運動不足は内臓脂肪の蓄積につながり、メタボリックシンドロームを発症するという仮説が成り立つ。短鎖脂肪酸が血圧調節の関与するメカニズムも示されている。

ファーストフードを食べ続けると腸内細菌叢のバランスが崩れ、ディスバイオシスをもたらすことがさまざまな疾患の原因の一つではないかと言われている。健康食として、地中海食が良き健康食であることはよく知られている。内容は、野菜や果物、全粒穀物、豆類などで、バターの代わりにオリーブ油を使用、ハーブやスパイスで味付けをし、食塩の使用も少ない、オメガ3脂肪酸のエイコサペンタエン酸（EPA）やドコサヘキサエン酸（DHA）が豊富に含まれる魚や鶏肉を食べる。地中海食摂取者にはビフィズス菌が多く、短鎖脂肪酸濃度が高い。地中海食は日本の伝統的な食事と食品構成が似ている。東京大学の服部名誉教授は、日本人の腸内細菌叢には他国に比較してビフィズス菌が豊富だと報告した。75年食は日本食の到達した理想の姿だったと言えるかもしれない。70年代以後アメリカ風の外食チェーン店が増加し、日本人の摂取エネルギーのうち脂肪からの割合は、平均20％未満だったが、最近では26〜27％、若い世代では30％を超える。

狩猟採取民族の腸内細菌叢について調べられた。マックス・プランク進化人類学研究所のシュテファニー・シュノーア博士らは、アフリカタンザニアの狩猟採取民族ハッザ族（初期ホモ・サピエンスの系統を受け継ぐとも言われている人々）の便を、クレイグ・ヴェンター研究所（アメリカ）のアンドレス・ゴメス博士は、中央アフリカ共和国の熱帯雨林に住む狩猟採取民バアカ族の便細菌叢を調べた。２００８年発見された文明未接触先住民ヤノマミ族（ブラジルからベネズエラのアマゾン川流域密林地帯に住む）から便、口腔、皮膚の細菌サンプルをニューヨーク市立大のベロ博士は調べた。特筆すべきは、ハッザ族、バアカ族、ヤノマミ族の皮膚、口腔、腸の細菌叢とも、それまで報告されていたいずれの国や民族のものと比べて多様性に溢れていた。地理的にも人種的にも大きく離れている狩猟採取民族の間で腸内細菌叢の構成に共通性が見られた。さらに興味深いことに、ヤノマミ族の腸内細菌に含まれる大腸菌のＤＮＡには、28種類の抗菌耐性遺伝子が見つかった。その中には合成抗菌剤、それも１９９０年代に登場した第4世代セファロスポリンに抵抗性を持つものもあった。ワシントン大学のダンタス博士は、代表的な生物由来抗菌剤ペニシリンなど抗菌作用のある化学物質は自然界には数多く存在する。多種多様な天然の抗菌物質に繰り返しさらされてきた結果、ヤノマミ族の腸内細菌はそれらに対応するように進化（耐性を獲得）してきたのではないかという。ヤノマミ族には多くの寄生虫がおり、自己免疫疾患や高血圧、心疾患は見られない。

新生児の腸内細菌の由来：子宮内で羊膜に包まれて育つ胎児は基本的には無菌状態にある。最初の細菌を母親の産道を通過するときに受け取る。取り上げられた新生児は母親の手、口腔内、母親の母乳からも取り込む。出産直後、１か月後、６か月後の母乳が調べられた。初乳からは７００種類以上の細菌（腸内常在細菌）が見つかった。帝王切開で出産した母親の初乳は、自然分娩の初乳に比べ細菌の種類が少なかった。出産後数日～1週間の間に分泌される初乳には母親由来の抗体＝免疫グロブリンが高濃度に含まれている。出生後から私たちの免疫システムは腸内細菌の相互作用によって発達していく。

抗生物質と食物アレルギー・肥満の関係も紹介している。食物アレルギーの増加に感染症治療のために投与される抗生物質の影響を指摘する研究者もいる。抗菌剤は病原菌だけでなく腸内細菌にも毒性を示し、ディスバイオシスをもたらすことが知られている。シカゴ大学のナグラー博士の研究グループは、成長初期に抗菌剤を投与されたマウスは投与されなかったマウスに比べ、ピーナッツ抗原への感受性が高まったと報告している。人間でも、乳幼児期に抗菌剤を使用すると、のちに糖尿病や喘息などの代謝疾患・アレルギー疾患を発症しやすいことが、疫学調査で示されている。ミネソタ大のナイツ博士は、腸内細菌叢のバランスの乱れと考えている。危険なことは、抗菌剤が病原菌感染治療に用いるだけではない。私たちは食べ物を通じても抗菌剤にさらされている。抗菌剤には家畜の成長促進作用があり、家畜の飼料に混ぜて抗菌剤が与えられているのだ。意図的に家畜の腸内細菌にディスバイオシスを引き起こすことで肥満させる。これが薬剤耐性菌の出現をもたらすだけでなく、肉に微量に含まれる抗菌剤が人の腸内細菌叢に影響するおそれがあると指摘する研究者もいる。

「悪玉菌」は「腐敗菌」とも呼ばれ癌を引き起こしたり、老化を促進したりするものもある。「善玉菌」は漬物や味噌などの発酵食品に欠かせない細菌で、ビフィズス菌、乳酸菌である。これらはよく知られた事実だが、「善玉菌」「悪玉菌」は腸内細菌を構成する一部にすぎず、大半を占めるのは日和見菌と呼ばれる種々雑多な細菌群だ。「善玉」「悪玉」は人間側の都合な評価だと小澤祥司は言う。全身の免疫細胞・抗体の６～７割が腸に存在し、腸は免疫システムの最前線であり、まさに腸から始まり、腸と共に進化してきた。

デイビッド・モントゴメリーとアン・ビクレーは『土と内臓　微生物がつくる世界』を２０１６年に出版した。デイビッド・モントゴメリーは地質学者で、先に引用した『土の文明史』の著者である。生物学者の妻アン・ビクレーはシアトル北部の荒れ果てた敷地、氷河の流動によって削りとられた岩くずが堆積した、泥、砂、礫が混じった不毛の土地）に、木材チップや落ち葉、スターバックスのコーヒーかす、動物園から得た糞尿ごみなどの有機物を大量投入した。死んだ土には1年後ミミズが現れ、約５年少しで理想的な庭を造り上げることができた。デイビッドは『土の文明史』で、化学肥料でなく有機物を使って土壌を再生する農業を主張した。アンが理想の庭を造ることができたのは、デイビッドの主張した土壌の再生の正しさを証明した例である。

アンは子宮頸がんになった。ＨＰＶ（パピローマウイルス）が原因だった。彼らの食生活は、完全な欧米型であったので、免疫系を維持しがん予防に役立つ食事、精白していない全粒穀物、野菜と果実を増やす食事に変えた。庭に、食べる薬を栽培する菜園を作った。

さまざまな殺傷物剤を農地にまき散らせば、一時的に農業害虫を抑えられるかもしれないが、長期的には害虫が逆襲してくる。ここ数十年の抗生物質の多様化と完全に傾向が同じだ。抗生物質耐性菌を生み、今や防御手段のない菌の数が増えている。庭や農地に広範囲に効く殺生物剤を浴びせかけることは、園芸家、農家、医師にとってはもはや慣習的な解決策ではあってはならない。このことの意味は何か？　土壌肥沃度と人間の免疫系——すべての人にとって決定的に重要な二つ——の働きは、私たちが思っていたのと違う。根圏の有益な微生物群が乏しい植物は、自分を守り私たちの栄養となる植物由来化学物質の製造を手控える。私たち自身の健康に関係するのは、懸命に殺そうとしてきたほとんどの微生物が、実は人間にとっては必要なものだった。土壌や体内の共生関係の要となるものは、有益な微生物相だ。土壌有機物を焼きつくして有益な土壌を植えさせる行為は、不毛の地を遺産として残してきた。植物性食品が不足し抗菌物質を多く含む食事は、私達の内なる土壌を脅かす。

私たちは長いあいだ、微生物の生態系に抱かれ、体内環境の管理を手伝わせるように微生物との関係を調整して生きてきた。これを認識することが、人間、植物、動物の健康を実現する新しい計画の根本だ。人類は、地球上に誕生してからの数十万年のうち95％以上を自然の中で過ごしてきた。野生の食べ物を狩猟採取し、新しい環境の中を移動することで、私たち体内外を覆う微生物と接触を持った。微生物に絶えずさらされて免疫系は鍛えられ、調整された。地球の歴史から見ればほんの一瞬で、私たちは森を伐採し、野原を汚染し、地面を舗装し、マイクロバイオームがもたらした自然の蓄えを枯渇させた。

現代の農業および医療技術はたしかにすごい。遺伝子を植物に挿入して、即座に進化を起こせるし、ロボット化されたトラクターを広大な農場では働かせることもできる。人から人へ臓器を移植することもできる。しかし私たちは、微生物生態系の住民同士の関係を、やっと解き明かしはじめたばかりだ。微生物は自然のソフトウェアの役割を果たす。微生物生態系の言葉と、長い進化の道のりで作られた生物学的プログラミングを、私たちはまだ理解しはじめたばかりだ。現代の農業と医療の中心にある慣行は多くが完全に道を誤っている。私たちは、植物と人間の健康を下支えする微生物群と、どう戦うかではなくどう協力するかを知る必要があると著者は述べた。

微生物の生態学の応用例：１９５８年、デンバー退役軍人管理病院の医師たちが、初の糞便微生物移植を実施した。抗生物質が腸内細菌叢を激減させてしまうクロストリジウム(Ｃ)・ディフィシル関連腸炎患者４人に健康な提供者の便を肛門から注入した。患者は急速に回復したが、糞便微生物移植法は、抗生物質に反応しない最後の手段とされ、半世紀放置されてきた。ところが、アメリカではＣ・ディフィシル患者が激増している。２０１３年この糞便微生物移植手法に効果があるという証拠がもたらされた。フリーズドライした便を他の病気の治療に応用する新しい取り組みが始まった。

アメリカのウッズ博士のグループは、運動がもたらす腸内細菌叢の多様性増加を指摘した。ハーバード大学のシャイマン博士は、ボストンマラソンランナーの便を一般のものと比較した。マラソンランナーの腸内には、激しい運動をすると、筋グリコーゲン分解されて出来る乳酸を分解する細菌が多く、より運動に適した構成になっていることがわかった。より効果的にエネルギーを得ることが、長い距離を走るのに必要な持久力につながっていると見る。プロバイオティクス（生きたまま腸に到達してその有益な作用をホストの体に及ぼすことを目的に善玉細菌を経口投与する）の応用に向け研究を進めているという。

せっかく科学者が明らかにした微生物の有効性を無益にし、更に、殺傷物剤や抗生物質の多様使用の例に示されたように、逆に悪用につながることを私は心配する。

6　科学技術の考えさせられる問題——ゲノム編集の衝撃

2018年、秋、HIV感染防止のために遺伝子操作した受精卵から、ヒトの双子が生まれたと中国の研究者が公表した。『ゲノム編集の衝撃——「神の領域」に迫るテクノロジー』は

ＮＨＫクローズアップ現代でゲノム編集を取り上げた「〝いのち〟を変える新技術〜ゲノム編集最前戦〜」の取材チームによる執筆である。

「クリスパー・キャス９」は、今までの組み換え遺伝子技術とは異なり、遺伝子を自由に操作できる画期的な技術である。人間の設計図が書き換えられる。この技術を用いた「デザイナーベビー」に近い研究例が登場した。中国を含め世界中の科学者が、生殖を目的としたヒト胚へのゲノム編集技術の応用は倫理に反すると非難の声をあげた。

この技術を用いることにより、今までのどの方法より速く、安く、より正確に、能率的に遺伝子編集が可能になる。今やゲノム編集品は多く作られている。筋肉の成長を抑制するミオスタチンを組み込んだ「肉付きの良い牛」「毒のないジャガイモ」「コメの品種改良」「高品質なトマト」などの食品、難病の治療、ガン治療薬の実用などなど。さらに個人で遺伝子分析ができるクリスパー遺伝子キットＤＩＹ（Do It Yourself）Biology が２０１６年発売された。これを用いればアマチュア生物学者でも簡単に、安価に、自宅で遺伝子解析でき、遺伝子改変物を作ることが可能という。

そして２０２０年ノーベル化学賞に、このゲノム編集技術開発者が選ばれた。ゲノム編集食品や、いろいろな生物種が簡単に作られてよいものか？　環境への影響は？　考えさせられる問題だ。ゲノム編集技術は、研究者だけでなく、広く一般の人々をも含めた議論の必要性を促すものと思う。

文献

1『世界をつくった6つの革命の物語　新・人類進化史』スティーブン・ジョンソン、太田直子訳、朝日新聞出版、2016年

2『インフォメーション　情報技術の人類史』ジェイムズ・グリック、楡井浩一訳、新潮社、2013年

3『人工知能は人間を超えるか　ディープラーニングの先にあるもの』松尾豊、角川EPUB選書、2015年

4『シンギュラリティは近い　人類が生命を超越するとき』[エッセンス版]レイ・カーツワイル、NHK出版編、2016年

5『そろそろ、人工知能の真実を話そう』ジャン＝ガブリエル・ガナシア、伊藤直子監訳、小林重裕他訳、早川書房、2017年

6『AI vs. 教科書が読めない子どもたち』新井紀子、東洋経済新報社、2018年

7『人工知能の哲学　生命から紐解く知能の謎』松田雄馬、東海大学出版部、2017年

8『人工知能と経済の未来　２０３０年雇用大崩壊』井上智洋、文春新書、２０１６年
9『絶望を希望に変える経済学　社会の重大問題をどう解決するか』アビジット・Ｖ・バナジー／エステル・デュフロ、村井章子訳、日本経済新聞出版、２０２０年
10『世界』特集1、ＡＩ兵器と人類、岩波書店、２０１９年10月号
11『人新世とは何か〈地球と人類の時代〉の思想史』クリストフ・ボヌイユ／ジャン＝バティスト・フレソズ、野坂しおり訳、青土社、２０１８年
12『微生物が地球をつくった　生命40億年史の主人公』ポール・Ｇ・フォーコウスキー、松浦俊輔訳、青土社、２０１５年
13『あなたの体は9割が細菌　微生物の生態系が崩れはじめた』アランナ・コリン、矢野真千子訳、河出書房新社、２０１６年
14『うつも肥満も腸内細菌に訊け！』小澤祥司、岩波科学ライブラリー、岩波書店、２０１７年
15『メタボも老化も腸内細菌に訊け！』小澤祥司、岩波科学ライブラリー、岩波書店、２０１９年
16『土と内臓　微生物がつくる世界』デイビッド・モントゴメリー／アン・ビクレー、片岡夏実訳、築地書館、２０１６年
17『ゲノム編集の衝撃「神の領域」に迫るテクノロジー』ＮＨＫ「ゲノム編集」取材班、ＮＨＫ出版、２０１６年

第9章　芸術

1　絵画

2　音楽、舞台芸術

1　絵画

『大英博物館展――100のモノが語る世界の歴史』を見て考えさせられ、感動したことの一つに、古代の人々が作ったモノが、場所を問わず、すべて美しいことだった。トナカイの角に彫られたマンモス（最初期のアート）、アボリジニの編み籠、日本の縄文土器、古代エジプトの化粧パレット、ウルのスタンダード（イラク）、オルメカ文明の仮面（メキシコ）、金製の半月型装飾（アイルランド）、ラムセス2世像（エジプト）、アッシリアの戦士のレリーフ（イラク）、タハルコ王のシャブティ（スーダン）、アレクサンドロス大王を表した硬貨（トルコ）などなど。

なぜヒトは美しいものを作るようになったのか？　ヒトは美的センスをいつ身に付けたのか？

大英博物館展第1章、創造の芽生えの中から引用する。「1万年ほど前、最終氷河期が終わった後、急激な変化が起きた。移動生活を送っていた狩猟民が作物を育て、動物を家畜化する方法を見つけ、徐々に定住化する農耕民になった。定住生活にはそれまでとは違う物が必要になった。耕作を可能にし、暮らしを楽にする道具だ。調理用の土器、牛の家畜化といった新しい工夫もここから生まれた。本章に取り上げた多くの物は機能的で、しかも美しい。美しいものを作りたいという願望は、人類の歴史のごく早い時期から顕著に見られ、最終氷期の頃にはすでに、絵を描き、彫刻する人々がいた。……物は当初から機能だけでなく美しさも意識して作られていた」。

先史芸術の最高傑作のひとつである「世界遺産　ラスコー展　クロマニヨン人が残した洞窟壁画」が開催された（国立科学博物館、2016年）。ちょうど、カナダへスキー合宿に行く飛行機に乗る前に上野に立ち寄り、壁画を見ることができた。レプリカではあるが同じ大きさで、精巧に作られていた。

さらにクロマニヨン人が使っていた繊細な縫い針（骨製）も展示されていた。

（ラスコー洞窟：フランス、ヴェゼール渓谷、1904年、子供たちによる発見、洞窟の側面と天井には、数百の馬、山羊、野牛、鹿、カモシカ、人間、幾何学模様の彩画、顔料をふきつけた人間の手形が500点、赤土、木の炭を獣脂でとかして、混ぜ、黒、赤、黄、茶、褐色の顔料を使用）（クロマニヨン人：現生人類ホモ＝サピエンスの解剖学的現代人、フランス、クロマニヨンで発見された）

芸術の起源について考えた。先史時代の芸術と発達の歴史について調べた。横山裕之の『芸術の起源を探る』は、やや古いがラスコー洞窟発見の経緯、遺跡の全体像が描かれている。馬、山羊などの絵画の技法についても詳細に記された良書である。「芸術が人間を真の人間とした。石器時代にクロマニヨン人はすばらしい芸術作品を制作した。人類の歴史上の驚異と奇跡である。」彼らはなぜ、地下深い洞窟に神秘な絵をかいたのか、それらは何を意味するのか？　洞窟は住居ではなかった。一種の『聖域』？　「洞窟壁画は宗教のための豊狩の祈願」？　しかし、彼らが描いた動物は、狩猟の対象であったトナカイ、ノロでなく、馬、牛、鹿であり「狩猟祈願説」は根拠薄弱。横山氏の意見では、ラスコー壁画は「芸術のための芸術」であり、その美しさ故に価値がある。その推論は、洞窟絵画は先祖代々語り伝えた伝説で、描かれた動物の表情には、一種の宗教的な晴朗さが感じられる。当時、馬は神聖な動物で馬を絵にかいて奉納したのではという。

科学技術の発展の中の音で、洞窟壁画の音響効果がレズニコフにより見出された。ラスコー洞窟に描かれた絵の場所は、洞窟の奥で、音響効果を利用し、歌ったりして大自然に対する賛歌の儀式を行っていたのかもしれない。

大英博物館の最古のモノとしてオルドヴァイ渓谷の礫石器が展示されている。石器と一緒に見つかった動物の死骸が叩きつぶされていることから、この道具を使い骨髄を取りだしていたことがわかる。骨髄のような高カロリーの食料を入手できる道具を作り出していたことで、人間の脳はより複雑に発達し、生き残るための新たな戦略を考え出せるようになったと記されている。石器を作る過程で、より良い機能性のある石器を作りたいと努力した。その中で、美意識が獲得されたのではないかと思う（テクニシャン高野の考え）。狩猟採取時代のヒトは、自然の優れた観察者であり、大自然を愛し、賛歌した。動物の群れの中に「愛情の瞬間」が描かれているという。また、謎の魔法使いが描かれているが、「ヒトは強大な動物に対して、崇拝と征服の複雑な心理を持っていた」。人間と動物との複雑な関係を感じていたとも言われている。その強い気持ちをどう表現するかが、芸術の基となったと考えられる。これが私の考えである。

2　音楽　舞台芸術

２０２０年3月17日、コロナウイルス対策でイベント自粛により、ほとんどがキャンセルされる中、サー・アンドラーシュ・シフの演奏会は開催された（大坂・いずみホールで）。

ＣＤやテレビとはまったく違う柔らかい、美しい、そして迫力ある音の生演奏に酔いしれた。音楽は好きではあるが、音楽に詳しくないので、馴染みのない曲目だった。でもロマンチックな場面を想像した。アンコールはなんと5曲も演奏された。４番目の曲は、私にも馴染みのべートーヴェンのワルトシュタインだった。それが全曲演奏されたのだ。なんと素晴らしい！！！私も、会場のほとんどの聴衆と同じく、立ち上がって拍手した。拍手は鳴りやまず、アンコールというより第３部と言ったほうが相応しかった。ウイルス騒ぎの重苦しい、いやな雰囲気の今日このごろを、完全に吹っ飛ばしてくれた演奏会だった。

音楽に目覚め、はまるチャンスは何度かあった。小学校５年の時の担任の先生は、乙羽信子と従妹だと言い、宝塚歌劇場に田舎の子供たちを連れて行ってくれた。あとで知ったが、乙羽信子と春日野八千代（男性役）のコンビは、大変な人気役者だったのだ。宝塚で何を見たのか覚えていない。ピアノを買って欲しい、友人の家にはオルガンがあったので、せめてオルガンでも買って欲しいと言ったが親はまったく相手にしてくれなかった。

大学受験に失敗し、仕方なく入学した学校への通学は時間がかかった。自転車で20分以上、電車で１時間半以上。貧血になったのか、通学が不可能になり、寮に入らざるを得なかった。寮にはテレビが設置されていた。当時イタリア歌劇団が来日し、テレビ放送された。私は夢中で見た。自宅にはテレビが無かったので、寮のテレビを独占していた。

就職し、初めてもらった給料で、ステレオを購入した。そのころレコードコンサートが流行していた。医師が自宅で開催されていた山崎レコードコンサートを、新聞の宣伝で知り、厚かましくも参加させてもらった。先生はじめご家族は真の音楽愛好家で、令嬢たちも音楽学校の生徒だった。参加されていた先生の友人の医師たちも皆、音楽愛好家だった。素人は私のみ。令嬢の音楽学校の先生が生演奏してくださったこともあった。そこでは、有名な音楽家の来日コンサートを聞きに行くかが話題になっていた。私は初めて切符を購入し、見たオペラは、ソ連の演奏家による「ボリス・ゴドゥノフ」東京公演だった。今のような字幕はなし。それでも、オーケストラと歌手たちの歌はすばらしかった。さらに圧巻だったのは重厚で迫力があった合唱だった。舞台装置も見事だった。これが、私が後に購入するチケットの基準になった。その後すぐ見たロシアバレエの「白鳥の湖」の上手さ、ダンサーたちの軽やかで、優雅な動きに魅了された。フランス最高のモダンバレエは、一人のダンサーによる踊りであった。「白鳥の湖」とはまったく違った表現で、パステルカラー色の舞台もまったく違ったが、ほれぼれするものだった。今も頭のどこかに残っている。

日常の仕事が忙しくなり、薄給だったので、有名なコンサートや舞台芸術鑑賞は1年に1回。大変有名なものだけのチケットを買う。それまでは、その公演の日を楽しみに仕事をする。イタリアオペラの「椿姫」や、ワーグナーの「トリスタンとイゾルデ」や、「ニーベルングの指環」などなど素晴らしかった断片が記憶されている。

日本の演劇を、労演会員になり毎月観た。それはほとんどが実験芸術といいたくなるものだった。しかし、1年に1回は、素晴らしいものがあった。「女の一生」「欲望という名の電車」、無名塾創設者の仲代達矢氏の舞台などはまったく感動ものだった。

ロシア民謡の合唱が流行った。自分も歌いたくなり、ある合唱団のテストを受けてみた。声も良くなく、声の幅が狭いという理由で不合格だった。残念！

私にはなんら音楽の才能はない。自分で歌えないし、楽器も何一つ扱うことが出来ない。退職後、音楽にはまり込もうと思ったが、退職と同時に、多くの病気に襲われたので。スキーのとりこになった。スキーは相当練習したこともあって、専門家によるスキー技術の解説は理解しやすい。やはり、受け身はよくない。何か一つでも楽器を習得すべきだった。時間的にその余裕はなかったが……。

一度だけ、ベートーヴェンのピアノソナタ全集（ウィルヘルム・バックハウス）を購入して、毎夜〳〵、聞いたことがあった。大学で実験研究をしたので職場の人々との関係が悪くなった。主人が亡くなり、精神的におかしくなった時、私はベートーヴェンのピアノ曲で慰められた。

なぜ大学の村地研での仕事をしたのか、よく疑問に思われるので説明する。

新しい科長はアメリカ帰りの生化学者で、京大生化学教室での村地先生の先輩だった。日本でも学会活動が必要と思われたのか、ルチン検査の空き時間を利用して、村地研で実験して欲しいと言われ、私を村地先生に紹介してくださった。ところが、化学検査の重要な仕事をしてきた先輩の主任をさしおいて、若手の私が京大に実験に行ったということで、検査科全員の反発をくらい、職場で孤立状態にさせられた。それでも、科長は京大での研究をやめてくれとは言われなかった。そのうち科長は病気で亡くなられた。私はデータを出すことに全力を尽くすしか生きられない。新しい結果はそう簡単に得られるものではない。主人のアドバイスによれば、方法の開発かモノとり（精製品）をすることだった。

すでに、村地研の大学院生は、ラット肝臓の粗抽出液からカルシウム依存性プロテアーゼとその特異的内在性インヒビターをクロマトグラフィーで分離することにより見出していた。村地先生はカルシウム依存性プロテアーゼをカルパイン、内在性インヒビターをカルパスタチンと名付けられた。教授の許可を得て、大学院生と同じ方法で、材料だけを変えてカルパスタチンを分離、精製した（いわゆる銅鉄化学）。土曜、日曜、平日の夜には、ボンボンベットを研究室に持ちこんで実験した。それでも時間の不足を補うため、学生アルバイトを雇い、手伝ってもらった。音楽は私から完全に吹っ飛んでしまった。

ようやく、精製タンパク質が取れた（Takano, E. & Murachi,T. :J Biochem. 92,2021,1982)。抗体を作った。共同研究者による一次構造解析の結果、カルパスタチンは約１４０残基を１単位としたインヒビターが４つ繰り返される構造を持つ、珍しく大きな阻害タンパク質であることが判明した（「カルパスタチンの繰り返しドメイン構造とその生理的機能」牧正敏他、『細胞工学』Vol.7, N0.11、1988)。

初めて、辻井伸行さんのピアノ演奏を聞いたことがあった。ケント・ナガノ指揮、ハンブルク・フィルハーモニー管弦楽団との共演であった。フェスティバルホールの後から３番目くらいの席だった。辻井さんが、ケント・ナガノと共に現れる少し前から、広いホールの空気が急に重くなったのだ。どんなふうにオーケストラと共演されるのか？　聴衆の期待感と上手く演奏されますようにと祈る気持ちが入り混じったような皆の思いが空気を変えたのだと思う。初めての経験であった。そして二人が現れるとともに拍手でいっぱいになった。リストのピアノ協奏曲第1番が演奏され、情熱あふれる力強い音楽に感動した。

目が見えないが、音に敏感だったという子供に、どうピアノを教えたのか、音符が読めないのに立派なピアニストに育て上げ、ヴァン・クライバーン・コンクールで日本人初優勝をなしとげさせたのか。『辻井伸行　奇跡の音色——恩師との12年間』（神原一光）を読んだ。辻井氏を育てたのは、川上昌祐氏、現役のピアニストだった。この物語にもこころを揺さぶられた。ベートーヴェンも感動するが、辻井伸行氏の演奏、彼を育てた川上昌祐氏の行動も大変感動した。生きる上での力を与えてくれる人々だ。

友人たちがシャンソンを習っている。その一人の友人の先生が二村奎子先生だ。私は大昔、宝塚歌劇場出身の越路吹雪のシャンソンが、大変上手かったことを覚えている。その後、有名と言われるシャンソン歌手の歌を聴いたが、越路吹雪のように上手いと思わなかった。ところが、二村先生の70歳記念公演のチケットを貰って聴くと考えが変わった。先生は年代に応じて、衣装を変えて歌われた。真っ白なドレスを身に纏い可憐な姿で、10代後半の若い女性になりすまし、男性と共に歌われた。素敵！　まったく驚いた。先生は歌の上手さだけでなく、舞台、見た眼の楽しさもすごく上手く取り入れられるので感心した。

77歳の「喜寿の会」記念演奏会は、また感動ものだった。1部で、先生の歌、そして大変上手い友部裕子さんの歌に十分酔いしれたが、後半は〝私の歌手人生はこれ〟という、歌の上手さに力強さが加わったオリジナル曲にさらに感動した。歌は生きる力も与えてくれる。

私の父は、いつも謡曲を口ずさんでいた。西欧かぶれの私は、西欧音楽礼賛、日本の謡曲が好きになれなかった。私は変形性関節炎の運動療法による治療のため、貴島会クリニックに通っていた。当時クリニックは大阪日本橋にあった。そのすぐ近くに、国立文楽劇場があった。何を見たか忘れたが、人形のダイナミックな動きに感動した。父に文楽劇場と言った途端、父は日本橋の名前を挙げた。行ったことがあったのか聞かなかったが、さすが毎日謡っていただけはある。一度は誘うべきであったと後悔した。

文献

1『芸術の起源を探る』横山裕之、朝日選書、1992年
2『辻井伸行　奇跡の音色　恩師との12年間』神原一光、文春文庫、2013年

第10章　教育

1　子供時代の体験

2　指導者

3　心の不安に対処できる先生

4　よい生活を築くために考える指導者

5　障害があっても、年をとってもスキーを楽しみたい

6　コロナウイルス禍の助言

教育者になりたくないと言いながら、教育に対する意見がある。

1　子供時代の体験

私の実家では、水を地下水から汲み上げるのに手動ポンプを使っていた。バケツ一杯の水を汲み上げるのに、10回以上手を動かさなければならない。お風呂を沸かす場合なら、風呂桶を満杯するのに、バケツ50杯は汲み上げねばならなかった。毎日ではないが、お風呂沸かしは木の切れ端で炊く。夕食のおかず作りは別の場所で藁で炊く。これらは学校終了後の子供の私の仕事だった。忙しい、かなりつらい仕事だった。母はポンプでの水汲みを、いち早く自動化した。どれだけ助かったことか。母はよく手の動く人だった。頭は普通だが、手仕事では完全に父に勝っていた。いや他の人々にも。田植えの競争で1位になったらしい。走るのも速かった。家事は嫌いではなく、こまめに美味しいもの（よもぎ餅、お寿司など）を作った。家事労働をできるだけ早く、スマートに、より上手にやりたい人だった。おくどさんと呼ばれた5つの窯も廃止して、プロパンガスに変えた。たまに私が訪れると、台所は近代的キッチンに変わり、湯沸かしによるお風呂に変わっていた。

私は子供のころの家事手伝いをよく思っていなかった。しかし、今振り返ると、この経験が生きていることがわかった。食事作りは楽しい作業。すでに作られた総菜は絶対に買わない。さらに研究でも、壊れやすいタンパクを、いかに早く要領よく精製するかにも役立った。

2　指導者

私は芸術が好きだ。動きのあるものを特に好む。NHK、BS1スペシャル「バレエの王子になる！〝世界最高峰〟ロシア・バレエ学校の青春」を見た。ワガノワバレエアカデミーの4人の若者たちを、どのようにして、プロのバレエ王子に育てるのかに興味があった。成績№1の天才肌、№2の子、母が日本人の子アロン、抜群の容姿を持つが努力しない子の4人にスポットを当てていた。指導者の校長はニコライ・ツィスカリーゼで、長年トップのバレエダンサーであった。

ロシア人は、特に芸術性の高いものをつくりだす。若いころ、初めて見たオペラ、ムソルグスキー「ボリス・ゴドゥノフ」「白鳥の湖」の軽やかな魅惑的な踊り。クラッシック音楽も感激する。シンクロナイズスイミング、「アーティスティクスイミング」でさえ、いつもロシアチームが1位だ。日本の有名なコーチでさえもロシアチームを追い越せない。なぜ？

ニコライは超スパルタ教育者に見える。できるまで徹底してやらす。できなければ怒鳴りちらしているようだ。耳の痛いことをずばり指摘する。指摘はあたっている。アロンは背が低く、日本人特有の硬い筋力を持つ。バレエの王子に不向きだ。しかし、誰より高く跳ぶ。アロンはひたむきな努力、努力、努力で誰よりも高く跳ぶことができ、手の柔らかい動きもマスターし、身体の低さの欠点をカバーする高い芸術性を身につけて成長した。校長は単なる超スパルタ教育者ではない。「この世界で奇跡は起きない！　才能もコネクションも何の意味もない。努力しか踊り続ける術はない」これが彼の考えだ。そして一方、試験の前日風邪ひきになった生徒には愛情を持って臨んだ。校長の指導は真のプロのバレリーナを育てるやり方だ。日本人の体育などの指導者は、厳しいだけだ。他のプロの指導にも通用する。そして、プロだけでなく、一般的に、何かをめざす者にもあてはまる。努力、努力、努力。自分を変えることができる。

指導者は、生徒の欠点を見抜き、適切なアドバイスを与え、練習させ、欠点を克服させなければならない。私はスキーの指導について、すでに優秀なスキー指導者から多く指導されたことを書いた。追加する。1989年、私は初めてアメリカに一人旅をした。サンフランシスコでの学会参加だった。英語も話せないのに。めったに出ない海外旅行の許可が出たから、サンフランシスコに近い有名なスキー場、飛行機で約2〜3時間のソルトレイク（ユタ州、ロッキー山脈の西部にある）のスキー場で、学会の前と後に滑ることにした。スキー学校でスキー指導員をお願いした。平坦な斜面を彼の後について滑った。大変上手い滑りだ。あとで写真を見ると、完全なプロスキーヤーだった。私の滑りを見ていないのに、ターンの捉えの初めから終わりまでアドバイスしてくれた。学会終了後、再びソルトレイクに行き、他のスキー場の学校で頼んだ指導員は、私の英語がダメなので日本語が話せる若者で、多分子供の遊び相手だ。子供の指導も能力のある先生が望ましい。別れ際に宗教書をくれた。宗教の町だ。Ａｌｔａの斜面はコブだったが、浅くしまっていた。先日のプロ指導員のアドバイスを思い出し滑ったのでうまく滑れ、楽しかった。

3　心の不安に対処できる先生

中学校1年の時の私は、精神的に不安定だった。担任の先生の自宅は学校の近くにあった。授業が終わった後、先生の家を訪ねて話を聞いてもらっていた。何を話したかはまったく覚えていない。5～10分で終わる話なのにいつまでもだらだら30分～1時間も先生宅に座り込んでいた。まったくいやな顔もせず、じっくり聞いてくださった先生の顔が浮かぶ。後で、なんか気分が軽くなっていたことを覚えている。その先生が亡くなられた知らせは、葬式が済んだあとだった。先生宅に伺い、お悔やみをした後、度々長い話になったことを詫びた。奥様の話では、長話をしに先生宅に押しかけたのは私だけではなかったと言った。やはり皆同じ、先生に助けられたのだ。今ごろは、インターネットで、まったく知らない人に話を聞いてもらい、挙げ句、殺される事件が起きている。学校の先生は、知識を教えるだけではないと思う。死にたいというような若者特有の心の不安な話や、もやもやの話をも聞くことができる先生であってほしい。

4　よい生活を築くために考える指導者

中学では文芸クラブに所属していた。「トンネル」創刊号が発刊された（1952年11月1日）。ガリ版刷りのものだ。T先生の言葉によると、文芸クラブは創立以来満5年という。編集、発行兼印刷は指導者のW先生である。鉄筆を握られたのはF先生で、大変きれいな字が42ページにもわたって並ぶ。パソコンが無い時代の傑作品のひとつだ。この創刊号に3年生のTさん（私の村の先輩）が、創刊のことばを書いておられる。立派な内容だ。中3とは思えない。

創刊号では、「映画『原爆の子』をみて」が特集されている。「原爆の子」は1952年8月6日公開、長田新が編集した作文集『原爆の子――広島の少年少女のうったえ』を基に新藤兼人監督、乙羽信子主演の映画だ。皆の感想文はよく書けていると思う。しかしW先生はそれぞれの文に丁寧に、かつ厳しく批評されている。私の感想文に対してもW先生の批評は、「まとまりすぎ。もっと変化のある文が望ましい。具体例を示して……もっと素直な文で書いてみたらどうだろう」とある。

「トンネル」は毎年1回発行された。作品は、詩、本の読書日記、対談、生活記録、日記、俳句鑑賞、多種にわたっている。文芸クラブ推薦図書も多く掲載されている。文芸クラブ員に男性が少ないのを心配されていた。女だけだと、かたよった批評になるというよりも、文芸は女のする仕事だと思われることが問題だ。文芸クラブはなぐさめや遊びで詩や文章を書いているのではない。よい生活を築くための考える場としてのクラブだとW先生は編集後記に書かれている。若くて情熱あふれる指導をしてくださった。頭がさがる。67年ぶりに「トンネル」を見て、本当によくやってくださった、という思いと、懐かしさがこみあげてきた。会って直接お礼を言いたいという気持ちでいっぱいだ。

5　障害があっても、年をとってもスキーを楽しみたい

サリドマイドのところで書いたように、デーサのスキー指導は抜群だ。彼特有の理論を編み出して今も目の見えない人たちに教えている。その長男の徹さんも、スキー技術に大変熱心だ。大学生のころ、全国大会で何度も優勝している。やはり基礎の滑りも上手い。そしてスキーヤーの滑りをよく観察されている。90歳の長野県の指導員が非常に上手い滑りされるという。残念ながら見るチャンスはない。徹さんは私が頼んでいないのに、わざわざ鹿島槍のマスターズ大

会に来て、私よりずっと早いタイムで滑られる安福さんと、Aさんと私の滑りをビデオに撮影してくれた。私はポールから相当離れたところでターンしていた。もっとそばでターンすれば、タイムは早くなると助言をしてくれた。今までの大会のビデオ写真では、ポールのそばを滑ってもずらしているから遅い。Aさんのように、とらえた力をゆるめずにターンする。ずらさず、ポールのそばをターンする練習をすべきだとアドバイスしてくれた。感謝！　感謝！　2年前の全国マスターズ大会では、少しましな滑りができたように思う。

6　コロナウイルス禍の助言

黒木登志夫氏による『新型コロナの科学　パンデミック、そして共生の未来へ』が昨年12月25日発刊された。新型コロナウイルスの知見についてはよく報道されているが、見落としている場合も多い。どこまで解明されたか――研究の最前線を詳細に、解りやすく述べている。世界の対応は？　そして、日本の対処についての問題点について鋭く迫っている。コロナの科学的知識を知って行動すべきだ。知らなくて行動すれば社会の迷惑にもなりかねない。特に、ぜひ若い人たちに読んでもらいたい本だ。

昨年、ダイアモンド・プリンセス号から香港で降りた乗客一人が感染していた情報が入った際、2月4日、37人にPCR検査をしたところ、10名が陽性だった。大変な驚きだった。船内の乗客と乗員3700人を隔離する場所がない。黒木氏はこの時のPCR検査数の少なさを理解できなかった。後でわかったことだが、厚労省が乗客、乗務員の全員検査に反対したからだったという。

私はPCRを実験でよく使っていたので、なぜ、日本はPCR簡易キットを早く開発し、実施体制を作らないのか疑問だった。韓国はMARSの経験から、1月20日、最初の感染者が武漢から入国した際、1週間後にはPCRキットの開発と大量生産を要請していた。検査をバックアップする病院体制も整備されていた。

台湾もSARS、MERSの経験があったので、対応が早かった。日本ではSARS、MERSも入ってこなかったので対応が遅れたという。が、しかし、専門家会議と厚労省の方針は、症状のはっきりした患者と濃厚接触者にPCR検査を行う方針で、症状のない人は健康であり、病気でもない人に検査をするのは、健康保険の方針に反するからという（おかしい！）。5月初めには、無症状者からの感染が半数であることが研究で示された。日本では公衆衛生に関わる行政組織の予算と人員が切られ、国立感染研、地方衛生研究所、保健所がすべて縮小されている。PCR検査法の開発も、検査もできなくなっているのだ。

新型コロナの感染症は80％が軽症である。高齢者の致死率が非常に高いが、若い人でも死亡した例がある。新型コロナのレセプターACE2は、肺胞、血管の内皮細胞、心筋などにもあり、若い人でも重症化し死亡した例が報告されている。PCR検査が不可欠である。

厚労省は、PCR検査を広げると擬陽性者が増え、医療が崩壊するという理由でPCR検査拡大に反対していたことも本書で知った。この論理は本末転倒である。感染者を見つけることが、新型コロナ対策の基本である。

日本人は、新型コロナによる死亡例が極端に少ない。ドイツを除く欧米の国が人口100万人当たりの死亡者が400人以上であるのに、日本は9・8人である。その原因について、日本人の行動様式、HLAと新型コロナウイルスの感受性との関連や、ネアンデルタール人の遺伝子が関与しているらしい。ネアンデルタール人の遺伝子には重症化するタイプ（欧州や南アジア）と軽症化タイプがあり、日本人の30％ほどとユーラシア大陸に住む半数が軽症化タイプという（2021年2月23日付朝日新聞）。この軽症化問題は研究中であり、まだ、変わる可能性がある。医療崩壊を叫ぶ理由は、病院のICUベッドが非常に少ないことは既に報道されている。医療は効率化を強制され、空いている病床は廃止された。さらに2019年から厚労省は公立・国立病院を統合し、病院を減らす準備をしていたという。

ニューヨーク・タイムズの記事で、「ウイルスが猛威を振るうのは、反リベラル、ポピュリズムの指導者の国」、権力主義でポピュリストの男性首相が新型コロナ対策で失敗する中で目立つのは、女性リーダーたちの成功である。ドイツのメルケル首相、台湾の蔡英文総統、ニュージーランドのアーダーン首相、フィンランドのマリン首相、アイスランドのヤコブストッティ首相など。成功した理由を、ガーディアン紙は、彼女たちの知性であるという。男性の政治家が、政策を実行するとき、経済、社会などのさまざまな圧力の中で、決断が鈍るのに比べると、女性のリーダーは「命あっての経済」から、迷いなく、大胆に方針を決め、実行に移した。第二にコミュニケーション力を挙げている。彼女たちは、普通の言葉で明瞭に、子供を含む国民に訴えた。

新型コロナウイルスの変異は、武漢型の614番目のアミノ酸が、アラギン酸（D）からグリシン（G）へ変わり（D614Gと記載される）ヨーロッパ型になった。ウイルスのスパイクの構造が変化し、3～10倍感染性が増加してヨーロッパでのパンデミックを早めたという。その中で、ドイツは、日本より約10倍多いPCR検査に加え、整備された医療インフラにより、ヨーロッパ他国に比較してコロナ死亡者数が非常に少ない。メルケルは、科学を信頼し、科学者の提案に応えて政策を実行した。

変異株が大変増加している。日本では、オリンピックに伴い、いまや感染力の早い変異株が猛威を振るっている。ワクチンの遅れもあって、若い人の感染が増加。毎日感染者記録を更新し、医療を圧迫している。重症でないと入院もできない。自宅療養とは驚く。この本の出版されるころに治まることを望む。

フィナンシャルタイムズは、新型コロナウイルスによる死者数とＧＤＰの落ち込みの相関図を出した。「コロナをコントロールできない国は、経済の痛みも大きい」ということを示している。

もともとコウモリのウイルスであったコロナウイルスが、なぜ人間の社会に入ってきたのか。コウモリにはコウモリの生活があった。人間は、身勝手にも自らの生活のテリトリーを広げ、コウモリの棲む洞窟まで近づいた。コウモリはウイルスを媒介動物に接触する機会が増えた。動物と人間の棲み分けができない今、これからも人獣共存感染症は、人間の社会に入ってくるであろう……。

新型コロナウイルスは、われわれと共存の道を選んだのだ。パンデミックは繰り返す。これまでもそうであったように、今回もそうであったように、それが一つの自然の摂理であるが故に、そして人間の思い上がりと、愚かさ故に、繰り返し起こるであろう。（黒木氏）

文献

1『新型コロナの科学　パンデミック、そして共生の未来へ』黒木登志夫、中公新書、2020年

第11章　ひとりで生きる

定年退職後、すぐに、いろいろな病気に襲われた。まず、変形性両膝関節炎だ。東北の、現在は閉鎖されたスキー場で、故マルチン・グガニック（グッキー）講習会に参加していた時、リフトの頂上から滑り降りようとして膝がまったく動かなくなった。この急斜面をどうして降りたらよいのか！　やっとの思いで、長時間をかけてなんとかスキーで下まで降りてきた。歩行さえもが上手くできなくなっていた。しばらく間をおいて、スイスのコブ斜面を降りた時にも同じ経験をした。スキーはあきらめるべきか？　スキーの友人が大阪ダイナミックスポーツ医学研究所を紹介してくれた。筋力を強化する運動療法だった。そのおかげでスキーができるようになった。うれしくなりスキーを楽しんだ。

喉が引っかかり上手くしゃべれない。甲状腺腫瘍と診断された。すぐに手術をという医師もいたが、ある内科系の医師はまだ放置しても良いという。主治医が、外科系の医師に変わったので手術を決意した。術前検査をした時、肝臓の検査値が異常に高いのに驚いた。原発性胆汁性肝硬変（ＰＢＣ）と診断された。原因不明の難病だ。できる限りスキーをやるしかないと思った。ハードなフィジカルトレーニングでさらに筋力強化に励んだ結果、下手ながら、競技スキーもできるようになった。競技スキーは難しいが、頭も使うし、面白い。運動と、なによりも、素晴らしい景色の環境の中でのスキー、そのお陰でPBCは進行しないままだ。PBCは自己免疫反応によって肝臓の中の細い胆管が攻撃され壊れると考えられているが、いまだ詳細は不明である。ウルソデオキシコール酸により、胆汁の流れを促進し病気の進行が抑えられ、多くの患者は肝硬変まで進展しない場合がほとんどであることが分かった。病名も、原発性胆汁性胆管炎に変えられた。

めまいの原因を調べた結果、脳にかなり大きい動脈留が2～3個できていた。医師は熱心に手術を勧めてくれたが放置している。原発性胆汁性胆管炎だから。

膝は徐々に弱くなり、完全に歩行できなくなる時もある。スキーレッスンの休みの日、一人でオーストリアの山を散策した時、急に歩けなくなり最終リフトに遅れるところだった。最近は急に膝が硬くなることがしばしばおこる。ロッジからスキー場までスキーを担いで約5分の距離なのに休み〱して何倍も時間がかかった。スキーで滑ると膝が怖がり、スキーが下を向かない。この状態ではスキーは、特に、競技スキーは無理だ。

年末に重い絨毯を捨てた後、肩が動かなくなった。ソファに座ったら立ち上がることもできなくなった。近所の鍼灸師さんにマッサージで助けてもらってなんとか小康状態になったが、2日間は本当に苦労した。現役時代に用手法検査を行っていて、左の腕が動かなくなったことがあった。使い過ぎたからだと思うが、今は変形性関節症と診断された。小指は曲がったまま、腕力は大変弱い。右肩もダメになれば一人で生活はできない。不安だ！　ストレッチ、足振り体操、テレビ（ラジオ）体操を毎日行っているが、どこまでもつだろうか？

そんな時、朝日新聞の書評欄で、ある有名人が推薦した高橋絵里香著『ひとりで暮らす、ひとりをささえる』の本が目に留まった。

フィンランドのある自治体「群島町」は、人口1万人程度でフィンランドの南部の５０００個ある多島海の町。人々は散在して一人で暮らしている。高齢者も一人暮らしで、ホームサービスや訪問看護が支えている。自立独立の気風は岩礁の連なる海域の町の風土から生まれているという。群島町は日々の天気、季節による変化もドラマチックだ。人々はしょっちゅう天候の話をする。天候を気にしながら、大人も子供もどんなに寒くても雨が降っても屋外で活動する。

２０１６年にフィンランド国営放送が、90歳で島を去るまでひとりで住み続けた女性を、ドキュメンタリーに撮った。86歳当時は、薪ストーブで料理し、冬季に水道ポンプが故障すれば、雪を集めて水を作っていた。夏には白樺の枝を天井からつるし、楽しそうに歌を口ずさむ。この自立した生活は、医師が保証し、複数の行政関係者が住まいを訪ねて検分し討議の上サポートを決定した。ケアワーカーが電話で安否確認を行い、必要な時はホームサービスとして訪れる。非常事態、転倒などが発生すれば、ヘリコプターで救出しなければならない。行政はこの場所に暮らし続けたいという彼女の願いを尊重した。遠くに離れて暮らしていても、完全に独立しているわけでなく、遠巻きに見守られている。だが、90歳で、頼りがいの海が逆に怖くなったことから、自身の決定により高齢者向きの介護施設に引っ越した。

終のすみかでは、集中型サービス付き住宅にケアワーカーが常駐。認知症向けの棟もあり、看護師1名常駐、医師はいない。居住型施設に暮らす人々は医師によって承認されたケアプランに従って介護されることが法律で定められている。集中型サービス付き住宅の居住者はDNR（蘇生措置拒否）の決定が下される。DNRは患者自身が自分で選択するか、医師が決める。

フィンランドでは成人になると親と同居する習慣がない。配偶者のいない人の多くが独居状態にある。単身世帯率41％で、124ヵ国の中でもっとも高い（国連報告による）。結婚の形も多様化している。多くのカップルは子供が生まれてから法律上の婚姻関係を結ぶ。平均的な家族の形が日本ほど大多数を占めていないし、家族になる手続きもはっきりしていない。

福祉国家が建設される前から家族の規模は小さかった。17世紀ごろから拡大家族が減少しはじめた。農地の相続法で複数の子供たちに土地が分けられるようになったことや、漁業技術の進歩によって、専業漁師を営むことが可能になり、親世代と子世代の別居が主な原因という。19世紀には、核家族が主流になっていたという。

公的ケアが大きな役割を果たす地域においても、広い意味での家族や親族は、高齢者が行政のケアサービスを受けるための後押しや、公的サービスではサポートしきれない部分を補うといった細々とした手助けを行っている。親族介護（日本でいう家族介護）支援法が施行された（2005年）。親族介護者に対する現金給付（給与）やレスパイトケア（休暇）が保証されることになった。家族、親族による介護が制度化され、介護者を労働者に準ずる。介護者が血縁・婚姻関係にある必要もない。親族であることは、「血がつながっている」ことでなく、同じかまどで調理したご飯を食べること、寝食を共にすることによって、身体の中身が共通のものへと変質していく過程で関係が生じるという考えである。

福祉国家が成立する以前、フィンランドでは、福音ルーテル派教会が、地方の行政組織の役割を果たしていた。ボランティア活動が「地域社会」を支えていた。現在、社会サービスや援助活動を主な職業とする人々を、デイアコニと呼び税金によって雇用されている。所得税の1〜2％と法人税の一部がフィンランド福音ルーテル派教会とフィンランド正教会にあてられる。教会の職員は税金によって雇われている。教会も地域の福祉へ貢献することに熱心である。

一人で自宅に暮らし続けるため、24時間体制の安全電話サービス（腕時計の形）が設置され、サービスハウスに日中は一人、夜間は訪問看護師と受付がペアで行動する。安全電話以外にさまざまな知り合いの手助けを得る。雪かきや芝刈り、読み終わった新聞の交換。突発的な助けが必要な場合は赤十字ボランティアに頼む。安全電話サービスによる緊急通報システムの出動は、回数の多い順に、ボタンが押されたのは、トイレ介助、寝返り、ボタンなしでは、寝る準備、様子確認などであった。

大都市から始まった料金制度ではあるが、ゆっくりと、確実にフィンランド全土に広まりつつある。料金体系の厳密化はフィンランドにおける北欧型福祉国家の新自由主義化という流れの一環である。社会サービスの民間へのアウトソーシングや、自治体のサービス供給組織の効率化を進めることが新自由主義から生まれてきた。実際北欧諸国では、近年、ケア制度の民営化、市場化が急速に進んでいる。スウェーデンでは、２０１１年に、地方自治体が買い上げているケアサービスのうち、営利企業の提供が87％、自治体が運営しているのは3％にすぎない。群島町では民営化のスピードは都市に比べ遅い。ホームサービスの場合、人口の集中している都市は移動コストが低いので利益があがる。群島町では難しいし、二言語自治体（フィンランド憲法ではスウェーデン語とフィンランド語が「国語」と定められている）で、両方をこなせるケアワーカーの雇用も難しい。

ケアワーカー全員にスマートフォンが支給され訪問先での滞在時間と業務内容の記録が求められた。マネジリアリズムに基づいた効率化されたケアは商品としての輪郭をより明確にしていく。群島町の高齢者ケアユニットは、〝最適化プログラム〟とよばれるソフトウエアを導入することでシフト作成の自動化を図ろうとした。２０１９年冬の時点では、平日の夜間システムにのみ試験的利用され、それ以外では進んでいない。

現場の声として「近郊の大都市ではホームサービスの人々は身体的な衛生、投薬、食事の準備しかしない」「社会的なケアはない」「時間どおりに働くんじゃなくて、利用者のニーズに合わせて働くべき」「最適化プログラムには追加の活動をする時間は考慮されていない」などがある。

管理者側は異なる見解を持つ。ケアワーカーが同じ量の仕事をしているというフェアが保てる。労務管理の観点からも、法定の休憩時間を保証できる、などである。両者の主張の正否判定は不可能と、著者はいう。

ソテ改革（社会・医療サービス制度の同時改革）や民営化の波は群島町にも押し寄せている。ケアサービスを商品とする動きは、サービスの内容や価格をはっきりと定義し、少しでも効率的に業務を行うことを要求する。都会から押し寄せてくるこれらの改革はいつか群島町を完全に飲みこんでも、人々は自由と平等の価値を等しく抱き続けられるかどうかは不透明と著者はいう。

日本では2015年に策定された「認知症施策推進総合戦略」(オレンジプラン)が認知症政策の基本方針になっている。認知症サポーターは2018年現在、日本に1100万人以上登録されている。患者の行動を見守ることが中心的な対策の一つにあげられている。つまり日本では患者の「ふるまい」が問題化されているが、フィンランドでは個々人の「記憶」がキーワードである。記憶の問題は、独居者を中心とした在宅介護ベースでの解決や、一人ひとりの予防といった個人主義的な次元での対処が期待されてきた。認知症は意外なほど「社会」問題化されていない。

私は、本書の分析と追及が甘いと思う。自立独立した生活を支える社会的システムが、なぜ群島町でできてきたのかなどなど。一番重要なのは、民営化、市場化・新自由主義が進み、その結果、確立された福祉制度は過去の伝説となるのか不透明と著者は書いているが、この点が今最も重要だと思う。私はスウェーデンの福祉施設を訪れたこともある。日本の介護保険制度についても読み、考えたこともあるので、この点について議論したい。

11年も前のことだが(2009年)、『私にもできる　障害があっても自立した生活　スウェーデンから』を読んで驚いた。どうしてスウェーデンの障害者は一人で生活ができるのか？　私の夫はカリエスを再発し、二度の手術も効果なく、結局歩行不能者、車椅子者になった。車いすで動き回れるよう自宅を改造したが、他人の援助なしには自立生活はできなかった。だから、どうしてスウェーデンの障害者は一人で生活ができるのか？　大変な驚きと同時に興味が湧いてきた。本の出版から13年も経っているので、無理かと思ったが、出版社に問い合わせ、友子・ハンソンさんと通じた。スウェーデン、イエテボリを訪れ、スウェーデンの社会福祉の現場、ブリッタ・ヨハニンソン宅と、福祉施設2か所を案内してもらった。

『私にもできる　障害があっても自立した生活　スウェーデンから』の著者、ブリッタ・ヨハニンソン（1937年生まれ）は調剤師として国営の薬局で勤務し自分の職業に満足していた。野外生活、自転車、スキー、散歩、山歩きが大好きだった。1979年（42歳）山歩き休暇の初日に右足がいうことがきかなくなった。その後、ゆっくり〳〵と悪化し、走れなくなった。1981年、良き理学療法士ウーテに出会う。1982年には母が亡くなる。父は1956年に死亡し一人っ子だった。ウーテが、神経科専門医師ペーターを紹介してくれ、彼の診断で、病名は多発性硬化症（MS）であることが判明した。症状は着実に悪化し、ついに車いす者になった。MSの治療方法が見つかっていないので藁にもすがる思いでさまざまな療法を受けた。〝気違い沙汰〟のほんのいくつかとして取り上げている。民間療法さえも受けた。1987年、暗い穴の底に落ち込んでいた。１９８８年、医師探し。１９９３年、ＭＳ患者協会の療養所の医師、元ＭＳ患者の女医が多くの患者の人生を変えていたチーム仲間に出合い、安心感を得た。

（ＭＳは髄鞘のミエリンが異物と誤認され、免疫系に攻撃されて起こる中枢神経疾患とされている。発症メカニズムは現在も不明。日本では指定難病にされている。欧米人に多く、緯度の高い地域で多い。20〜40歳代で多く、男性より女性の発症率が高い）

１９９０年、高熱で入院。作業療法士が、ブリッタが住んでいる地区は訪問看護が進んでおり、ブリッタの地区からその病院に働きに来ている看護婦もいると知らせてくれた。１９９０年２月、自宅に帰る。ホームヘルプサービス部門の主任が、援助についての希望を聞くために訪問した。介護計画が決められた。とても沢山の援助が必要だ。１昼夜に６回も他人が家に入ってくるし、１週間に15〜20人の異なる人から援助してもらわねばならない。

ＬＳＳ法（一定の機能的な障害のある人々に対する援助とサービスに関する法律で、障害者が希望し必要とする援助を必要な時に得る権利と保障がある。ハンディを持つ人々にとって救世主のような法律）が１９９４年１月１日に施行。深刻な不況下にＬＳＳ法を施行したスウェーデンの勇気を認めてほしいと訳者は言う。

彼女にとって調剤師の仕事は面白くてやりがいがあったので、フルタイムの仕事を諦めねばならなかった時は本当に辛かったという。１９８３年にフルタイムからハーフタイムへ、１９８７年に病気欠勤。１９８９年の秋、職場復帰訓練をし、１９９０年９月から、パソコン、モデム、ファクシミリ、拡声器つき電話を使用して家で仕事をしている。週に12時間勤務、3分の1のパートタイム扱いだ。

「出会いのとき」に書かれた文章によると、「どこかが普通と違う人に対するいろいろな人の態度を観察するのは興味深いものだ。身近な人々、そしてたまにしか会わない人の私への接し方だ。私は、もう今では、ひとりの人間のボディランゲージ（動作）を見ただけで、この人が以前に機能障害者と接したことがあるかどうか、かなりの確率で見極めることができるようになった」。

「1980年代の末ごろ一時期だったが、誰も私を必要としていなかった。少なくとも、私自身が当時の状況をそのように感じていた。……病気で欠勤してから長電話が多いことに気がついた。電話での会話は心配事についてだった。……私には人の話を聞いてあげる時間があり、助言してあげる時間があることに気づいた。そうだ、私は必要とされているのだ。私にもできることがある」（「誰かが私を必要としている」）。

マイライフについて、「私の人生は多くの意味で、今日のほうがずっと豊になったといえる。私は毎日、何か喜びを見いだすようにしている。そして、ささいな問題は簡単に解決できるようになったのである。これが、私の歩む道だ。困難を乗り越えてゆく私の生き方だ。常に、可能性を見いだしてゆく方法を学ばなければならない」。

「私には献身的に尽くしてくれ、常に私を受け入れてくれる良い友人たちがいた。私にとって、この人たちはとても大切な人だ。私の人生の転機は、私を必要としている人たちがいると気づいたことだ。まさにあの日に訪れた。それから、自分ができないことばかりを考えないことだ。その反対に、障害にもかかわらず自分ができることを全部見つけ出していこう!」

この本は日本の読者向けに書かれた。日本の視察団(高齢者と障害福祉)が、彼女のアパートを何回か訪れた。その時知りあった通訳の友子・ハンソンさんは、本に書くことを勧めた。重度の障害があっても、スウェーデンでは普通に生活できることが、日本の大勢の人の励みにもなるし、役にたつと思ったようだ。ブリッタ自身も17年間にもう一度光を当てて、胸のなかに溜まっていた、いろいろな感情を整理することで、自分の気持ちもスッキリできるのではないかと思い記録をまとめる決意をした。身体機能能力が一日一日、著しく衰えていくにもかかわらず、近代的な補助具や充実した社会福祉網のおかげで、活動的で充実した日々を送っていることも分かってほしい。(1996年3月17日)

本当に生きる勇気を与えてくれる本だ。簡潔に分かりやすく書かれている。私と同年齢で、調剤師のブリッタさんに大変親近感が湧き、会ってみたくなった。私のわがままな訪問は、相手に迷惑かもしれないが。幸い、出版社を通じて友子さんと連絡がとれたので、2009年、スイスでのレーシングスキーキャンプの後、8月にスウェーデン、イエテボリを訪れた。

まず、友子さんの案内で、ブリッタ・ヨハニソンさんのアパートを訪れた。車いすのブリッタさんはにこやかな笑顔で迎えてくださった。著書出版の写真からは、13年経っている。ややふっくらした姿になっておられたが、老化を感じさせない。本がずらりと並んでいる書斎、コンピュータのある仕事部屋、寝室には機械が置いてあった。キッチン兼食堂、どの部屋も広く、明るく、快適であった。風景や花の絵なども飾られていて、上手く整えてあった。日がいっぱいさしこむテーブルには食事が用意されていた。若いアシスタントの女性がおられた。昼食をご馳走になった。たしか鮭だったように覚えている。ブリッタさんは左手だけで食事された。くったくないやさしいお顔は、マイライフに書いておられるブリッタさんの人生観を表していた。英語も話された。いろいろ質問したいこと、話したいことがいっぱい頭に浮かぶが、私の英語能力の低さのためできなかったのが大変残念だった。

スウェーデンの社会福祉史について友子・ハンソンさんの文から簡単にまとめた。

1600年代から1900年代初期までは、地域社会や教会が中心になり、障害者や高齢者、身寄りのない人たちの救済に当たっていたという。あくまでも〝慈善〟という施しの行為で、不平等で不定期的であった。スウェーデンが急速に世界でも類をみない高福祉社会になり得た理由は、武装中立国という立場を取りながら、160年以上も戦争に関与していない平和主義を採ってきたから。教会を中心とし、広く農民社会に浸透していたキリスト教による博愛主義もあると思われる。

１９１８年、「貧民救済法」が施行され、〝慈善〟による福祉が市により運営される公的なものとなった。各市に貧民救済院の設立が義務付けられ、１９４７年には、老人ホームが貧民救済院から独立し、高齢者福祉と児童福祉が分化、独立する。「児童手当制度」も導入された。１９５６年には、現在の社会サービス法の前身ともいえる「社会扶助法」が施行された。女性は１９０１年から出産後休暇をとる権利（無給）が与えられ、現在は出産後15ヵ月の有給育児休暇が保障される両親保険制度にまで発展した。第二次世界大戦後、目覚ましい工業化に伴い、女性の社会進出はますます増加し、現代では87％近い女性が職業に就くようになった。スウェーデン社会には専業主婦という言葉は存在しないといっても過言ではない。スウェーデンの社会福祉の発展は、女性の社会進出と手を携えて進んできたともいえる。それゆえ、多くのスウェーデン女性が、現在の高福祉社会は私たちが勝ちとってきたものというのも、必ずしも誤りでないように思う。女性の社会進出化が著しかった１９５０年代から80年代にかけて、行政が先頭にたち、児童や高齢者、障害者への公共福祉、または公的医療制度が充実してきた。

私は北欧についてまったく無知だ。北欧についての知識がないと理解できない。

『物語　北欧の歴史　モデル国家の生成』の著者、武田龍夫（在スウェーデン大使館、在デンマーク大使館、東海大学教授、２００７年逝去。初版は１９９３年で古いが、２０１７年12版）。北欧と言っても、デンマーク、スウェーデン、フィンランド、ノルウェー、アイスランドの国から成り立ち、それぞれ一冊を必要とするが、一般的な知識教養の一部としては十分ではないかと、著者は言う。高度な福祉国家を実現させた国々だが、それらの歴史は平坦ではなく、隣接する強国ロシアとドイツを交えた度重なる戦争や民族独立運動、緊迫した国際情勢の中での苦難に満ちた、複雑な中立外交などからなる。

それぞれの国の物語は大変複雑だ、だが興味深い。なかでもスウェーデンの１９４０年の中立維持の戦いには最も興味を持った。ドイツはスウェーデンの中立に目をつけ利用しようとした。赤十字マークをつけ、何度も武器弾薬を隠してノルウエーに送ろうとした。大砲類の輸送は「ノー」、ドイツ船員と多数の負傷兵の本国への移送は「イエス」。薄氷を踏む「賭け」。やっかいな事件の続出。要求は次々と殺到。「中立」はもう名ばかりのものになっていた。それでも忍耐に忍耐を重ねながらなおもギリギリの弾力的な政策を維持した。スウェーデンは戦局の推移をみながら慎重に対応し、１９４４年の秋に入ってから、初めて今度は連合国の要求に応じてゆく。１９４５年5月7日、第三帝国は崩壊した。正確には中立違反にもかかわらず中立を維持できた。ヒトラーが欧州大戦に乗り出したとき、「中立国」は欧州に20ヵ国あったが、大戦末期にはスウェーデンとスイスとポルトガルのわずか3ヵ国のみであった。スウェーデンの中立は幸運以外の何ものでもなかった。しかし、政府、国民の慎重で賢明な努力と忍耐がなかったら中立も成功しなかった。前半はドイツを助け、後半は連合国を助けた。その意味で中立は「氷のように冷酷で利己的な可能性の政策」だった。だがそれはスウェーデンにとっては生存のための戦いであった。

高度福祉国家の建設の主因は今世紀に入って国民多数の支持を得た社民党（ないし労働党）が何十年もの長期安定政権で福祉政策を推進し、野党各党もこれに協力したことにあるといってよいだろう。それは、資本主義でもなく社会主義でもない「第三の道」、いわゆるスーパー資本主義の政策によるものであった。

これらの小国たちは自国の内政のみでなく、国際平和の維持にも貢献した。途上国に対する援助活動も世界の模範である。そして、学術、科学、文化の面でも世界的に寄与している。

賛歌フィンランディア：ジャン・シベリウスが作曲した『フィンランディア』はよく耳にする。1809年、フィンランドは、スウェーデン王国（スウェーデン＝フィンランド）からロシア支配下に組み込まれた。作曲された1899年当時、フィンランドは帝政ロシアの圧政に苦しめられていた。「スオミネイト」（フィンランドの国土を象徴する乙女）が鷲（ロシア帝国）に襲われている絵が国民の間でシンボルとなっていた。歴史家であり詩人であったアドルフ・イーバル・アルビドソンはフィンランドのスウェーデンからの分離は不幸であったたし、ロシアの一部となったフィンランドの不遇を嘆いた。民族主義ないし愛国主義の偉大な人々が登場した。エリアス・レーンロートは『カレワラ』というフィンランド国民の民族叙事詩を刊行した。

1917年、フィンランド王国成立(フィンランド独立宣言、ロシア帝国から独立)。1918年、フィンランド共和国が成立した。

新薬学のインターネットの知り合いが大熊由紀子著『物語　介護保険　いのちの尊厳のための70のドラマ』を紹介していた。介護保険の成立過程を詳しく記述している（2000年4月1日に介護保険制度の運用が開始)。「寝たきりは、寝かせきり」「雑居部屋で老いたくない」がキャンペーンの原点だ。

1973年の日本の福祉構想は（福祉が進むと家族の情愛が薄れ、スウェーデンのように老人の自殺が増えるなど）福祉思想の誤りから始まる。公衆衛生課長がスウェーデンに見学に行き、誤りを知る。「日本型福祉政策」が生んだ「日本型悲劇」とは、無資格の「付き添いさん」に委ねられた日本の老人病院のことで、退院はほとんど死亡になる。戦後、奇妙なことに老人病院と精神病院が増えた。外国では、1970年代から精神病床が激減、廃止された国もある。精神病院に「患者」として吸い込まれていったのが、当時は「脳軟化症」と呼ばれていた認知症のお年寄りだった。「人間捨て場」だったと記載されている。その後多くの人が、スウェーデンやデンマークの施設を訪れ、福祉の現状を知った。大熊氏も多くの記事を新聞に紹介した。

当時は「雑居部屋で老いたくない」という大熊氏の意見も批判された。「日本の老人は欧米とは人情が違う。相部屋の方が和気あいあいとしていいのだ。現場を知らない論説委員は困ったものだ」というのだ。本当に「和気あいあい」なのか？　これを客観的に、数学的に検証したのが、外山義氏だ（東北大学工学部建築科卒業後、病院建築計画の実務に携わる。京大教授、2002年52歳で逝去）。

岐阜県古川町（飛騨市古川町）にある県立特養ホーム「飛騨寿楽荘」の建て替え前と後で、お年寄りがどう変わったかを比較した有名な研究論文である。6人部屋のお年寄りは、他の5人と視線が合わないように背を向ける姿勢をとっていた（雑居部屋ゆえの閉じこもりと、外山氏は命名）。個室に変えられた後は、ベッドから離れ、互いの部屋を訪問するようになった。人と交流したいという気持ちがおきてくるためには個室が必要と主張した。口から食べる人が増えた。トイレの自立も進んだ。食事を残す量も半分に減った。「高齢者の自我同一性と環境」の論文は1990年度日本建築学会奨励賞を受賞した。どうしてこのような興味深い論文が生まれたのか？

『クリッパンの老人たち　スウェーデンの高齢者ケア』（外山義）を読んでみた。1970年代の後半、第二次石油危機を引き金とした経済が翳りを見せたころ、日本におけるスウェーデンの「福祉国家モデル」の評価は、福祉のなまけものということに一変した。それにひるまず、著者は自らの目で確かめたいとの想いがあった。1982年夏以来1989年3月まで、王立工科大学建設機能研究所において、高齢者ケア、住環境をめぐる調査研究を続けた。研究所主催者の教授は、「いいときにスウェーデンに来た」と言われた。70年代までの施設ケアを主体とする高齢者ケアから、在宅に重心を移した80年代の移行をスウェーデン社会の内側からつまびらかに見届けることができるということであった。

スウェーデン南部のクリッパンの田舎町にある老人ホームで、80歳以上の老人を対象に、生活環境やケア・サービスの状況、生活の自立度などを詳しく調べた。そのうえで住環境がどのような変遷をたどり、どのようになっているかをまとめている。外山氏の老人たちに対する観察が鋭い。深い森のなかの一軒家に、一人で車椅子生活を続ける82歳の老人から、ロカーラ・シュクヘム（住宅＋ケア）に暮らす99歳の老婦人まで、ヘルパーさんから日々のケア・サービスを受けながら、各々の心身の障りと折り合いながらの生活の姿は一つひとつ重く感動的だったという。そして、彼が訪ねた老人たちのなかで、自然との交流が深い人たちは、まず例外なく、自己自身の老いや病に対して恐れたり、薬に極端に頼ったりしていなかった。一方、街中の老人には、老いを後向きに受け止め、愚痴っぽくなったり、不安に襲われたりという様子を見せるケースがごく頻繁にあったのは、単なる偶然だったのだろうか。この問いを、彼が日常調査をしているストックホルムの老人との比較の話に広げれば、ますますこの対比は際立ってくるという。

「高齢者の自我同一性と環境」の研究結果に私も正直驚いた。これは人間の基本的な性質なのか！　最近、獲得されたものなのか！？　私はわがままだった子供時代、日本の田舎の家が、開放的であるが、個室がないので、中二階屋根裏に個室を作ってもらった。そこを弟に譲り、私はお座敷とよばれる大部屋を占領した。私は家の中の間取り、部屋の配置や、窓の開け方など家屋の建築に興味を持っていた。もしなれるものなら建築士を希望したいと思った。

大熊由紀子氏の『物語介護保険』には、良心的な厚生省の職員たち、自治体職員、医師たち、そして僻地医療で活躍した医師の実践物語が載せてある。それにもかかわらず誕生したのは、ひとり暮らしのものが利用しにくい、中途半端な介護保険制度だ。

フィンランドの福祉国家はどのようにして誕生したのか？　山田眞知子氏の著書は詳しい。山田氏は30年間ヘルシンキで市民生活を営んでいた。ハンディを背負った息子を育てながら働き、かつ学ぶことができたのは、北欧型福祉国家の特徴である充実した社会サービスが存在したことと、外人でありながらヘルシンキ市民と同じサービスを享受する権利が保障されたからである。日本の障害者ケアに関わる人たちとの交流の機会が増えるなか、両国のサービスの違いを実感するようになった。この疑問がフィンランド研究を志す原点となった。45歳になって、北海道大学大学院法学研究科に入学し研究者の道を決意した。浅井学園大学に勤務した。現在はヘルシンキ在住。ユニークな経歴の持ち主だ。

『フィンランド福祉国家の形成　社会サービスと地方分権改革』

北欧型福祉国家の特徴は、社会保険と社会サービスの両方が制度上の基盤であり、社会保険は国、サービスは自治体に責任分担が明確である。地方分権が発達している。社会・保険サービスは主に租税によって賄われ、サービスを必要とする住民に提供されるのが原則である。社会サービスとは、主に日常生活を維持するためのケアという。高齢者ケアと保育のサービスが整備されていること、女性の労働参加率が高く中流階級が公的サービスを利用していること、自治体にサービスの供給責任があり、地方分権が高度に発達していることが特徴。社会サービスは所得保障、保険ケア、住宅政策、環境政策などと連動して行われる。利用者である市民が自由意志で受け、できるだけ自己決定権を持って日常生活を送れるように補助、支援するもの。サービスは公的専門職員によって提供される。親族介護給付は家庭保育給付とともに、行政の責任であるケアを肩代わりしている家族に対する所得保障として社会サービスに組み込まれている。社会サービス分野では女性が幹部職をほぼ独占している。

フィンランドは西欧諸国の中でも農業人口の割合が大きく、スウェーデンの2倍以上であった。農業人口の減少が遅く、１９７０年代になってからであった。したがって他の北欧諸国に比べて非常に急激な都市化・工業化を経験した。１９４５年に土地獲得法が制定され、約10万の小規模農家が出現した。ソ連に割譲せざるを得なかった領土からの引揚者、傷痍軍人、戦争末亡人への保障という。

　1940年代末に工業国となった。1960年代には、木材の需要は安定して伸びていったが、紙、パルプ、家具産業の機械化により、農林業の総生産に占める割合は急激に減少し、労働人口も減少した。工業化が急速に進展した。職と、よりよい生活を求めて都市に人口が集中した。スウェーデンに移住した人もいた。経済成長による工業化と都市への移住により大部分が給与生活者となった。この社会構造の変化はさまざまな社会問題を生み出した。これらの問題を解決することが社会政策の目標となり、福祉国家の建設が進展した。

　1966年以降、農民連盟（後の中央党）と、社会民主党（福祉国家建設の主導権を握っていたスウェーデンとは異なり、内部対立が有ったが、中流階級が公的サービスの利用者になっていくなかで、連立政権に加わる）が中心となる連立政権が安定するなかで、福祉国家建設が加速した。

　労働組合は政策決定に関与し、雇用主組合に対して対等の交渉相手となった。1980年代末には給与所得者に対する組合組織率がほぼ90％に達し、社会政策全般に関与するようになる。

　福祉国家の建設が進展するにつれ、公的セクターの役割は増大した。社会・保険サービスが整備されたためである。公的セクターの発達は女性の給与労働参加の普及に拍車をかけ、1990年代には労働力に占める女性の割合は49％に達した。女性の政治参加も活発になり、社会サービス開発の原動力となった。

フィンランド福祉国家の基本理念となる社会政策理論がある。ニエミネンは「異なる社会グループ、家族および個人に対して妥当と考えられる生活水準、社会的安全と快適さを保障すること」、クーシは「国民にとって最善であること」「国民所得の増加であり、生活水準の向上である」、ヴァリスは「平等の原則に基づき、すべての国民、社会集団、家族や個人の妥当な生活水準を保障し、特に弱者の地位と安全を改善すること」と主張した。

公的扶助から社会サービスへの変貌として1922年の救貧法は時代にそぐわなくなった。1956年福祉扶助法が制定された。家庭給付、里親ケアと施設ケアで施設ケアが主流であった。1970年代、都市化・工業化によってそれまでの農村型社会のネットワークが崩壊し、一般市民も、女性が社会で働くために育児、介護にかかわる社会サービスを必要とするようになった。彼らがサービスを利用し始めると、サービスの改革要求が高まった。社会改革を求める学生運動の盛り上がった1960年代の社会状況を背景として、「社会福祉の原則委員会」が設置され、サービス精神、ノーマライゼーションの理念、選択の自由、信頼の原則、予防的福祉、自立の促進などを提唱し個人の日常生活で生じる問題の解決を支援する新しい理念を打ち立てた。

高齢者は依然として救済されるべき困窮者という扱いだったが、一般市民と同じように自治体のサービスを利用する「顧客」の地位と権利を獲得した。病院に社会的入院の状態にあった高齢者が、福祉の施設である老人ホームまたは自宅に移され、そこでサービスを受けられるようになった。

サービスがオープンケアに重点を置いて強力に開発されたので、住宅介護、在宅介護も以前と比較して急速に発達した。同様な傾向が障害者福祉についてもみられた。1980年代には保険ケアと比べて大幅に社会福祉支出が増大し雇用が拡大した。どの地域も地域間格差のないサービスの質と量の保障と利用者の権利保障が達成され、名実ともに福祉国家の一員となった。

包括補助金制度が導入された1990年代前半には、ソ連貿易の激減に起因する深刻な不況を迎えた。GDPはマイナスに落ち込み、失業率は20%近くまで上昇した。不況がそれに拍車をかけた。サービスの開発が縮小、特に弱者と言われる市民層のケアにも問題が生じた。自治体間格差の発生も目立つようになった。2000年代になると、自治体間の格差は改善されつつあると報告されている。情報産業輸出の伸長と財政改革によって、不況から立ち直ったフィンランドの福祉国家は、不況時においても公的サービスに対する国民の強い支持を受けつつ、危機を乗り切り、その役割を果たしているといえようというのが、山田氏の意見だ。

フィンランドは1980年代後半に高成長を実現し、福祉が拡充して、北欧型福祉国家の仲間入りを果たした。1990年代前半の大不況とEU加盟を機に福祉国家に揺らぎが生じた。山田氏の知り合いである、横山純一氏はフィンランドの国庫支出と高齢者福祉に力点をおいた著書『転機にたつフィンランド福祉国家　高齢者福祉の変化と地方財政調整度の改革』を出版した。

大不況以前にリーディング産業であった紙・パルプ産業に代わって、電気光学機械産業が大きく伸長した。さらに、保険・金融・不動産・レンタルや卸売り、小売、ホテル・レストランも伸長した。これら都市型産業といえるものが多いため、北部や北東部の地域に比べ、南部・西南部で発展した。農業の落ち込みが激しかったが、特に北部や東北部で激しかった。南部・西南部と北部・北東部の地域格差や、都市と農村の間での格差が大きくなった。EU加盟国の中で、フィンランドの財政状況は良好な部類に入る。財政支出削減を優先しながら財政再建を行なってきたからだが、低所得者が大幅に増大し、貧富の差が拡大した。電気光学機械産業を始めとして、企業が海外に生産拠点を移す動きが進んだ。若者層の雇用状況が厳しさを増した。

施設福祉サービスから在宅福祉サービスへの流れが強まった。近親者介護手当が増大し、高齢者介護サービスの民営化が進行した。その流れの中で、福祉施設の職員配置がどのように変化し、その結果、サービスの質がどのようになったかの検証や一人の訪問介護従事者が担当するサービスの地域範囲が拡大したか否か、福祉従事者の労働条件についても調査研究が課題となっている。

1990年代、フィンランドの社会福祉サービスの民営化は非営利組織によるものが多かった。2005年以降は営利企業が全面に踊りだし、非営利組織は後景に退いた。サービス付きの高齢者用住宅では、福祉の市場化と「(企業が)稼げる福祉」が進行している。企業はグローバル企業である。

伝統的な自治体直営サービスが縮小し、福祉の民営化が進んできた。大きな営利企業やグローバル企業の参入が進んでいる。若者の失業率が増加している。

今日のフィンランドは、市場原理主義が過度に協調されすぎているように思われると横山氏は指摘する。これでは、地域の格差や貧富の格差は拡大するであろうし、実際そうなってきている。国民の間には閉塞感や将来への不安感が漂っている。将来の社会保障の展望を示し、国民の「安心・安全」が高まる方策が必要だと思うと述べた。

フィンランドは敗戦国であり、農村社会から急激な工業社会への変化、それに伴う農村から都市への人口移動、核家族化など日本と類似点がある。異なるのは女性の働き方だ。出産休暇、保育、教育、病気などに対する子供のケア、そして老人の介護が必要になる。フィンランドの女性は、日本の女性のように結婚したからといって職を辞め、家庭で老人の介護をしなかった。

逆に日本の女性の社会進出の多くは、夫の扶養家族として、収入を抑制されたパート労働者だった。女性としての権利を主張しにくい立場に満足させられていた。

フィンランドでは高齢者は依然として救済されるべき困窮者という扱いだったが、一般市民と同じように自治体のサービスを利用する「顧客」の地位と権利を獲得した。—この考えがすごい！　ヒトの赤ん坊は、保育が必要な形で生まれてくる。さらに、成人までの教育も必要である。（『人体600万年史』上　ダニエル・リーバーマン）病気にもなる。そして最後は、自然死か、他殺されるか、自殺でもしない限り、多かれ少なかれ介護が必要だ。

ケアで有名な研究者、上野千鶴子氏の著書、『ケアの社会学　当事者主権の福祉社会へ』の中で、ケアワークの値段はなぜ安いかを追求しているので取り上げた。2006年改訂後の介護保険法のもとで介護報酬は軒並みに減額され、介護事業者は経営難に喘いでいる。そのしわよせは人件費の抑制となって現れている。ほとんどの介護事業体は、ケアワークを低賃金労働とみなし労働条件を改善してこなかった。制度と政治が、そして詰まるところ有権者である国民が、ケアワークの社会的評価をその程度に低く見ていることを示す。事業者は労働者の賃金を上げようとせず、利用者はできるだけ低価格のサービスを使いたいと選り好みしてきたから。自分は受けたいが、自分からやりたくない労働……ケアワークの実態から浮かびあがってくるのは、こういうホンネである。家事労働と同じく「愛の労働」である。グローバリゼーションで、ケアワークは、条件の悪い女性、安い賃金の外国人、移民、高齢者、低学歴者、非熟練者に担わせることで「解決」されるのだ。――これは大きな人間差別だ。女性差別も超えた。

そして、もう一方はロボット化だ。

上野氏の主張は、ユニバーサルな「社会サービス法」の制定である。「財源を確保したうえ」で、「当事者主権」に基づき「高齢・障害」を統合した、税負担による、公的機関がサービスを保障する構築とする。

前に読んだ古い本だが、30年間、長野県武石村で地域医療を実践してきた矢島嶺氏の考えを『医者が介護の邪魔をする！』から引用する。

医者は介護を低くみる風潮がある。医者が指示して看護師が医療行為を行い、看護師の指示で介護福祉士がケアを行うという順番になっている。医師は看護学については教わらなかった。導尿とか片麻痺の患者の起こし方など。医者は介護の邪魔をしてしまう。日本は今超高齢化社会、後期高齢化社会であり、脳卒中の後遺症や認知症が主要な看護対象となっている。老化に伴う疾患で治療しても治癒しない。最先端医学も歯がたたない。「キュア（救う）よりケア（介護）」の医学だ。

超高齢化社会では老人医療費は増大し続ける。政府は介護保険制度を創出して、医療サービスの一部を安い介護サービスに肩代わりさせ、医療の削減の努力を国民に強いてきた。

「生老病死」に抗うことはできない。関連業界と厚生労働省は、発生する疾病・障害に対して回復可能と幻想を人々に与え、新たな疾病をメディア経由でアピールして国民に恐怖を与えている。メタボリックシンドロームなどの「検診・管理・指導」など業者に丸投げするつもりのようだ。一方、行き場のない全治不可能な後期高齢者に退院を強制している。また、後期高齢者の在宅ケアに対するインフラが進まぬうちに、介護施設から在宅ケアへ向け、介護難民を大量に放出し始めている。

介護病棟の衝撃的な光景を著者は知らなかった。体が動かぬ、胃に穴のあいた、もの言わぬ老人たち。じっとベッドで臥せっているのを見たときは衝撃を受けた。大量の認知障害老人は、自分の意志に関わりなく、鼻腔カテーテルを付けられ、満腹にさせられたり、空腹にさせられたりしている。胃ろうを造設されている。病院から家に戻れず、他に受け入れてもらえる先のない老人たちは「見守り老人」で、「延命しないで」と家族から言われている。一方「生かされ老人」もいる。厚生年金や共済年金が支給される老親は、どんな状態であっても、生きていてくれさえすればありがたい。呼吸しているだけで価値があると考える家族。死ぬ直前まで稼いでいる。皮肉なことに、こういう老人がいないと病院経営はなりたたない。介護保険制度導入により、医療や介護が商品化されたことに原因がある。日本の福祉、日本の社会保障の空洞化は、留まる所を知らない。市場原理の競争社会では、社会的弱者は人間らしく生きられない。フェアな市場原理なら真面目に介護すれば、当然介護者にまともな報酬があるはずだ。介護報酬は権力的に勝手に安く抑えられている。

本来、社会保障として公的に支出すべき医療費と介護費は私的保険として市場化され、医療介護サービスは商品化され、自己負担・自己責任にされ、医療・介護関連産業の絶好の儲けのチャンスとなっている。医療と介護を市場原理に任せれば、予防医学・治療・リハビリ・ターミナルケア・施設介護・在宅ケア・老人ホーム・託老・介護予防。介護事業はたちどころに商売の現場と化す。コムスンが良い例だ。

(コムスン事件：コムスンは、社会福祉法人せいうん会理事長が１９８８年に北九州で２人で設立した志のある介護サービス会社で、１９９２年、夜間巡回型モデルを厚生省の研究委託事業として開発した。しかし、モデル事業が終わるとコムスンは大赤字になり、ベンチャー企業のグッドウィルの傘下に入ることになった。介護保険制度の開始は、全国で１５００カ所の事業が参入し業界大手に成長した。２００５年の介護保険法改定でサービス事業の指定更新制と連座制が導入され、２００７年、東京都がコムスンを含む大手３社に改善勧告を出した。コムスンは事業所指定を取り下げることで「処分逃れ」。数カ所の訪問介護事業所でヘルパー人数水増しが発覚、連座制が適用され、2007年から5年間指定更新が受けられなくなり、2009年に解散した。）

私が北欧の福祉に魅力を感じた本の一冊は『北欧のノーマライゼーション　エイジレス社会の暮らしと住まいを訪ねて』（2008年）だ。ノーマライゼーションとは、「誰もが、普通の生活を普通にできる権利」として使われているが、スウェーデンでは「ノーマライゼーション」という言葉は使われない。障がい者だけでなく、高齢者など社会的弱者も、誰もが普通に暮らせる「共生の社会」で、「政策」の項に「国民が日常生活に支障をきたさないように備える政治」と記載されており、徹底して実践されているという。スウェーデンとデンマークの高齢者住宅とそこでの彼らの暮らしぶりが、美しい写真の数々と共に示されている。私は「死に方」よりも、誰もが、最後まで、生き生きと現役で楽しく生活できる社会を実践しているのに感心した、そしてその先に人間として尊厳をもって最後を終えるのに興味を持つ。

一方、2009年の朝日新聞記事（4月22日）は、群馬県高齢者向け住宅「たまゆら」の火災を「劣悪施設、目をつむり紹介」と報じた。犠牲者10人のうち6人は東京都墨田区から生活保護を受けていた。東京から生活保護を受けながら都外の無届施設に滞在するのは111人(朝日新聞社調べ)。特別養護老人ホーム待機者は全国に38万人。2000年に介護保険制度が導入されてからは要介護度重い人が優先されたので、都内の待機者は4万人近い。都内の生活保護担当職員は「生活保護人の大半は身寄りがなく、在宅介護は困難。自分の親族ならば入れないような施設も紹介せざるを得ないこともある」と話す。国の医療費抑制策も、受給者の居場所を奪いつつある。以前は要介護度が軽い受給者も受け入れていた長期入院患者向けの療養病床。政府は2006年、大幅削減する方向を決めた。一般病床も患者の入院数が長引くほど1日当たりの診療報酬が下がる。経営者は入院日数を減らせという。転院先は見つからず。「たまゆら」に入るような弱い立場の少数者の声は、票にもならないので議員も代弁しないし、制度も改善しない。

介護保険料が天引きされた時、私は区役所に行き、介護保険について説明を求めた。介護について3つの部門に分かれており、まったく要領を得ない説明だった。自宅に近い医師に診療してもらったほうが良いと、何件かの医院が示された。私のPBCと変形性関節炎については、長期間、医療機関で受診しているので、そこにデータが保存されてれている。

毎朝のトレーニングにもかかわらず身体のバランスが悪い。ちょっとした段差で転び腰を打った。パソコンを使っての文章作りで、右肩の異常を感じ、右手が使いにくくなる。他にも、夜中の立ち上がりが困難になってきた。いよいよ他人の介護が必要？　日本の介護について在宅医療と公的介護保険の最近の現状を調べた。

『在宅ひとり死のススメ』の上野千鶴子氏は、『おひとりさまの老後』など「おひとりさま」シリーズを出版してきた。日本では孤独死をネガティブにしか取り上げられない。しかし、上野氏は在宅ひとり死を勧める。それが可能になったのは、介護保険のおかげともいう。

外山義氏（『自宅でない住宅』）は個室特養を基本にする全室個室特養を唱えたが、ホテルコスト（居住費）が必要。これは、在宅介護に移行する過渡期の産物と位置付けられるのではないかとの上野氏の意見だ。世界の高齢者介護の流れは施設から住宅へと完全にシフトしている。看取りコストは「病院」>「施設」>「在宅」で、政府が在宅死へ誘導するという。小笠原文雄氏の『なんとめでたい御臨終』（２０１７年）は、ある患者の３ヵ月間の自己負担額を示し、40～50万円、本人負担は7～8万円程度。日本の介護保険は独居高齢者の看取りを想定していないので、終末期生活の質を高めたいなら、自費サービスを入れれば良いというのが、政府の方針だ。10割跳ね上がる。終末期は約2ヵ月半と短い。小笠原氏によれば、在宅ひとり死の費用は30万円から３００万円まで。最近は医師の診断書はあらかじめ主治医として訪問医療を受けていれば、医師の立ち合いはなくても死亡診断書は書いてもらえる。「死ぬのに医者も看護師もいらない」「介護職だけで看取りができる」という。

認知症になった場合が問題だ。家族は認知症者の居場所、『認知者治療病棟』と『死に場所』を求める。『認知症になってもひとりで暮らせる』、奈良市のあすなら苑を経営している生協系社会福祉法人協働福祉会の実践記録が紹介されている。あすなら苑は、老人施設、サービス付き高齢者住宅、デイサービス、ショートスティ、小規模多機能型事業を複合的に組み合わせ、「通い」「泊まり」、「訪問」を提供している。ここでは、個別の利用者だけでなく、地域をまるごと支援している。初めは地域住民の反対もあった。「いずれは誰もがたどる道」と情報を提供し、暮らしぶりを見せた結果、地域住民の態度が180度変わった人もいるという。「みんな将来は認知症になる」を前提に。「認知症になってもよい」社会へ、「認知症にそなえる」社会へ、認知症の生きやすい社会は、そうでない人にも生きやすい社会。認知症ケアの向かう方向は、障害者ケアと同じと主張した。そして、「自分で自分の人生の幕をとじる」これを実現するには、自分の意志で決め、周囲が覚悟を決めて、医療で支え、死亡診断する在宅医がいて、さらに24時間の生活を支える介護職がいることが必須。在宅で最後を迎えるには、往診医、訪問看護、家族の介護力が必要であった。家族介護ができない今や高齢独居者でも、定期巡回・随時対応型訪問介護や小規模多機能型居宅介護などの24時間型生活支援サービスと地域医療が一緒になって、自宅で暮らし続ける人を支える時代になろうとしているという。ただし、小規模多機能型居宅介護は小規模のため、看護師の人件費が高く事業的に維持できない。「看護多機能型ケアホーム」は生活圏ごとに200人の利用者がいて、自立支援ケアのための通い、泊まりがあり、グループホームのような住まいが72室くらいあれば24時間ケアが、経済的にも実現できるという。

認知症も含め高齢者の最期を支えているスウェーデンとデンマークの例を『北欧のノーマライゼーション』（2008年と古いが）から引用した。

周囲を森林に囲まれた「ハーガゴーデン高齢者複合施設」ハーニング。グループホームを中心に、デイサービスセンター、シニア住宅から成る複合施設。グループホームは認知症高齢者が介護を受けながら生活する場。安心、安全、プライバシーの確保された自宅の延長として「もう一つの我が家」の生活の場であり、介護の場でもある。共同スペースは人と人との交流ができる。みんなで共同作業（料理など）をすることにより、認知症高齢者の自発性、自立を促すことができる。

「セラーフェン高齢者介護施設」（ストックホルム中央駅近く）認知症高齢者用と精神障がい者用複合施設。外観は高級マンションのようで、内装はもっとすばらしい。各ユニット（9、12人）には町の名前がついている。居室は自宅。今は財政難で民間活力を導入し「公設民営」。デンマーク「ソフィールンド高齢者タウン」市の中心から高齢者タウンまで800mほど。一般市民の住宅は高齢者タウンを取り囲むように点在し、社会的な弱者の高齢者の生活を地域が見守っているような配置になっている。「民設公営」方式の運営だ。

高齢者住宅は総じて駅に近く、商店、病院、郵便局や銀行へのアクセスや、外出をためらわないような環境に気配りされている。

「ノーマライゼーション」と言う言葉は50年以上前にデンマークから提唱された。デンマークの今日の福祉制度は「貧しさと苦しみのなかで懸命に考え、絞り出された知恵の成果である」という。「ヨーロッパの田舎」と呼ばれる農業国で、大地主などが君臨し、労働者を過酷に使う。福祉とは無縁の国だった。第一次世界大戦で多くの若い世代を無くしたので、国を担う若者の「命と教育の重要さ」を学んだ。第二次世界大戦では不戦を貫いた。戦後、他国が復興に手間取る中、デンマークは好況に沸き、労働力不足で、女性の社会進出を促した。スウェーデンと同じ。女性が安心して社会に進出できる環境を整えるには女性の役割を社会が代わってやる。高齢者の介護は「個人でなく、社会全体で支えるべき問題」だと考えた。

地域医療のもう一つの例は、『京都の訪問診療所おせっかい日誌』だ。33年前、地域に根差した医療を届けたいと京都・上賀茂に渡辺西賀茂診療所を開いた在宅医の意見。彼は訪問診療のため患者の自宅におじゃますると、在宅医療の「醍醐味」を感じることがある。患者の生活ぶり、家族との関係、性格、さらには彼らが歩んできた軌跡までが垣間見られる。そのことと病とは無関係ではなく、そうした患者や患者家族とのつながりが在宅医療の役に立つことも多い。いや、患者の背景を知らないと在宅医療は成り立たない。時には、医療の提供だけでなく、心のケア、そして介護の連携が、患者やその家族の状態を良くすることにつながったりもする。

その際のキーワードを「おせっかい」だと考えている。「病院は患者の病気を治すところ」に対し、在宅は「病気、生活を含めて患者自身を診るところ」さらに、病院は「患者が客」であり、在宅は「医療従事者が客」であると関係性の違いを述べた。最後まで自宅でいたいと思っても、在宅では、末期での満足のいく治療が受けられないという先入観がある。が、現在の病院で行っている治療のほとんどは在宅でも可能である。末期がんの疼痛緩和も十分に施せる。認知症患者の増加に対して、在宅医師の人材育成、訪問看護師の育成。在宅では医師より看護師のほうが優先順位は上かもしれない。歯科医師、薬剤師、看護師のチームと組んで患者に当たればある程度は人材不足を補えると、地域地消の在宅医の意見である。この診療所で働く男性訪問看護師が、終末期患者の最後の望みを、大変困難な状況であっても、医療費でなく「診療所への寄付金」で叶え、患者は安らかに最後を終えた例が多く示された。佐々涼子氏のノンフィクション小説『エンド・オブ・ライフ』に示された。

『いのちの停車場』南杏子は医師で小説家。医師の特異性を活かしたテーマになっている。大学病院の救命救急センターの医師が、在宅医療医に変わった場合の医師の役割の違いを描いた。末期医療では、家族に対し「死のレクチャー」も必要であった。日本では不合法である積極的安楽死（すでに外国の例を記した本あり）を自分の親が要求した時、医師としてどう対処するか？

そして、終末期医療の在宅医師にとって、看護師の役割が重要であることをも示した。

上野氏は、介護保険20年の蓄積は、現場の経験値とスキルを上げることで、独居者の在宅死を可能にしたという(かろうじてだ。生協あすなら苑や、渡辺西賀茂診療所の地域医療の良き例はあるが、少ない)。しかし、介護保険が、いま危機に立っていると主張する。

『介護保険が危ない!』岩波ブックレットには、2020年1月14日、上野千鶴子氏と樋口恵子氏の掛け声で、「介護保険の後退を絶対にゆるさない! 1・14院内集会」に集まった利用者、ケアマネージャー、ホームヘルパー、デイサービス事業者、在宅医、訪問看護師の意見が掲載された。上野氏の文を引用した。2000年にスタートしたこの法律は3年毎に利用抑制に転じてきた。介護報酬減額や同居家族への利用制限など「不適切利用」への指導が続いた。2005年には要介護1を介護保険から外して要支援1、2へ、2006の報酬改定では住宅も施設も減額、個室特養にはホテルコストが導入された。2014年、特養への入居資格条件が要介護3以上と厳格になり、所得に応じて地域総合事業への移行が検討されているという。日本はこの制度で「介護の社会化」別名で「脱家族化」への第一歩を踏み出し、その恩恵を多くの高齢者とその家族が受け取った。介護保険はもともと高齢者の在宅支援が制度の設計趣旨だった。その在宅に、もはや家族の介護力はない。施行20年の間に、家族は大きく変貌し、高齢者のみの世帯と高齢者独居を合わせて5割を超えた。家族の介護力が失われた高齢者の在宅生活を支えるには、介護保険の力が不可欠だが、政府の改定方針は、高齢者の在宅生活を困難にする方向に向かっている。

介護保険で私が一番利用しにくいと思ったのは、「要介護認定」である。独居生活者が急に体調不良になった時、市町村の窓口に申請に行くことができない。認定結果が下りるまで30日以内となっているが、最近では平均39日かかっている例もある。この間どうしてすごすのか？

上野氏は、年寄りの容態が急変したら、家族がまずすべきことは、訪問看護ステーションに連絡すること。ダメなら、主治医、ケアマネージャーに、そして訪問介護事業所の緊急対応窓口へ電話すること。以上の電話番号を優先順位に大きな数字で記して貼り出しておくこと。でも独り暮らしだとどうするのか？　早めに主治医を地域の在宅医に変えるべきか？

『介護保険が危ない！』岩波ブックレットの中での意見では、介護保険を使えない、使わない人たちが多数いる。特に認知症の方たち、独居や老老介護者に多い。これは申請主義の盲点である。今こそ「介護の社会化」を立て直すべきだと一NPO法人代表理事は言う。

訪問介護事業者は、「人材難は制度改定が原因、訪問介護の従業者の多くは60代、70代。求人広告を出しても人がこない。生活援助より、身体介護のほうが難しいとされ、制度改定のたびに訪問介護の仕事の価値を否定される」と言う。さらに、財源がないから介護保険など社会保障費が削減されているようだが、科学技術の発達やAIの開発、グローバリゼーションにより世界の富（お金）は増え続けており、それが、一部の富裕層に流れている。人々の幸せのために介護保険が機能するように、うまく使う政策が重要である。消費税が上がったのに社会保障は削減されるのは、本末転倒という主張する人もいる。

ヘルパーは訴えた。院内介護も散歩介助も同居家族の生活援助も、あれも駄目、これも駄目。ヘルパーの仕事はやってはいけないことばかりになっている。それまで60分だった「生活援助2」の時間が45分に切り下げられた。黙って15分延長して、ボランティアのような形で利用者を支えているヘルパーもいる。ヘルパーは生活援助という支援を通じて、利用者のお宅を訪問し、利用者さんの生活史を知り、利用者さんの状態を知り、病状を把握し、さまざまな気付きの視点をもって仕事をしている。時間が短くなったことで、その気付きを持てなくなる。

介護保険をもっと使いやすく、シンプルなものにすべきだ。そして介護者教育をしっかりすべきというのが私の意見である。

高級老人ホームに入った知り合いの女性を1年半前に尋ねた。住人達はレストランに集まって話を聞いていた。各個室の広さは、以前にスウェーデンで見たよりも狭かった。2階に共通のかなり広いスペースがあり、窓からは神戸の町が見渡せた。小さな本棚がひとつ。リハビリ用ベッドがひとつ設置されていた。3階の共通スペースも同じ広さで、そこには新聞が置かれていた。読書好きの彼女は毎日、そこで新聞を読む。しかし誰も個室から出てこないと言う。彼女は建物の外に出たいのだが、なかなか許可が出ない。やっと近くのポストまで行けるようになったという。

スウェーデンで見学したケアハウスを思い出した。玄関を入ると、100~200人くらい収容できるホールがあった。奥に非常に大きな庭があり、庭を囲んで片方には重度の患者の個室、反対側には軽症認知症の部屋があった。そこで一人の女性患者がにこやかに声をかけてきたので、部屋を見せてもらった。思い出の品々が持ち込まれていた。なんといってもガーデンが素晴らしい！そこの木々、花を見るだけでも気分が良くなる。散歩すれば木々のスメルで元気になるであろう。もう一つの老人ホームは庶民的だった。レストランは住人だけでなく、外来者も利用できた。レストランの前にはかなり広いガーデンが設置されていた。

日本の高級老人ホームでは庭もなく、建物内に住人を閉じ込めておくシステムだった。現在でも、福祉施設は、北欧との差があまりにも大きいことを知り、ショックを受けた。

日本の女性の社会進出がフィンランドやスウェーデンと異なる理

スウェーデン・ケアハウスのガーデン

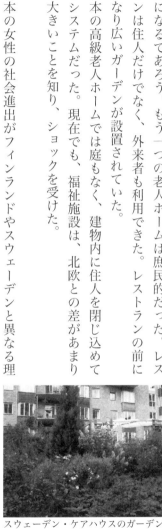

スウェーデン・ケアハウスのガーデン

由を考えた。

日本は伝統的に家族を継続化する文化があった。嫁は家族を守らねばならない。働きに出ても、夫の扶養家族としてパートタイマーだ。正職員になっても地位が低く、優遇されず、意見が言えない立場に置かれる場合が多い。P142でも触れた持統天皇であるが、最近、建築家の武澤秀一氏が『持統天皇と男系継続の起源——古代王朝の謎を解く』を出版した。伊勢神宮の建築の研究から持統天皇に興味を持った。もともとは男尊女卑とは無縁の飛鳥・奈良時代から、なぜ男系社会になったかが詳細に示されており興味深い。NHK番組ではこの天皇制が一般社会にも広がったと議論されていた。

北欧では、子供は成人すると親と同居せずに家を出る。P144でも述べたが、日本では女性の生理的特徴を正しく教育されないし、日本の男性は女性の権利を正当に、正しく認めない。男性社会だ。これも影響していると思う。

私の勝手な思い‥老人介護は子供や病人の介護のように労働力再生産とは関係ないが、人間として社会で役割を果たしてきた人を、尊厳を持って介護し、最後を見守ることは、人間としてなされるべき権利だ。

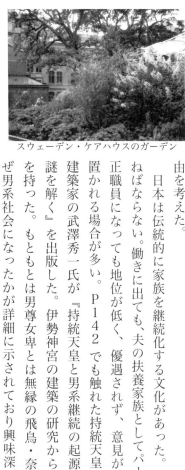

「サンナ・マリン（34歳女性）第46代フィンランド共和国首相　フィンランド理想郷？」（2020年2月1日付朝日新聞）が、話題になった。フィンランドではすでに女性議員の登場はめずらしくない。女性であるというよりも、「新世代」の政治家として注目されているようだ。国民の「安心・安全」が高まる方策をもって、若き女性の力で、解決して欲しいと願う。

世界の女性議員割合は、国別ランキング2020によると、1位ルワンダ……7位スウェーデン、9位フィンランド……15ノルウエー、…………147位日本となっており、北欧が多く、反対にあまりにも少ないのが日本だ。女性の意見が政治に反映されていない日本を問題にすべきだ。それは、なぜ日本が福祉国家として中途半端なのかとも、おおいに関係しているのではないか。ただし、古い意見を持つ男性の代理者のような女性議員の数だけ増加しても意味がない。女性の生理的特徴と女性の持つ能力を正しく認識し、その人権を正当に評価し、平等意識を持った女性議員を増やすべきだ。

コロナ社会の後の未来はどうなるのか分からないが、ＡＩによって得られた利益の分配につき、ベーシックインカムを主張する人もいる。また人の労働時間もゆとりができるはず。余ったお金と労働を人生最後の介護に充てるべきだ。ロボットにお帰り、どうですかの言葉は不要。

できるだけ外国人でなく、自分の人生を想い出させ、語れるような介護を勉強した正しい免許取得者を、高い給料で雇うべきだ。介護者も、介護した老人から人生を学ぶ機会が持てる。

コロナ危機のおかげで、ウイルスと共存してゆくためには、ヒト優位の社会を反省すべきと考える。自然を知る。生物、ヒトの進化の歴史を知ることが大切だ。

文献

1『ひとりで暮らす、ひとりを支える――フィンランド高齢者ケアのエスノグラフィー』高橋絵里香、青土社、2019年

2『私にもできる 障害があっても自立した生活 スウェーデンから』ブリッタ・ヨハニンソン、友子・ハンソン訳、萌文社、1997年

3『物語 北欧の歴史 モデル国家の生成』武田龍夫、中公新書、1993年

4『物語 介護保険 いのちの尊厳のための70のドラマ』(上・下)大熊由紀子、岩波書店、2010年

5『クリッパンの老人たち スウェーデンの高齢者ケア』外山義、ドメス出版、1990年

6『フィンランド福祉国家の形成 社会サービスと地方分権改革』山田眞知子、木鐸社、2006年

7『転機にたつフィンランド福祉国家　高齢者福祉の変化と地方財政調整度の改革』横山純一、同文館出版、２０１９年
8『ケアの社会学　当事者主権の福祉社会へ』上野千鶴子、太田出版、２０１１年
9『医者が介護の邪魔をする！』矢島嶺、講談社、２００７年
10『北欧のノーマライゼーション　エイジレス社会の暮らしと住まいを訪ねて』文・田中一正、写真・川口政則、TOTO出版、２００８年
11『在宅ひとり死のススメ』上野千鶴子、文春新書、２０２１年
12『なんとめでたい御臨終』小笠原文雄、小学館、２０１７年
13『認知症になってもひとりで暮らせる　みんなでつくる「地域包括ケア社会」』社会福祉法人共同福祉会編、クリエイツかもがわ、２０１９年
14『京都の訪問診療所　おせっかい日誌』渡辺西賀茂診療所編、幻冬舎メディアコンサルティング、２０１８年
15『いのちの停車場』南杏子、幻冬舎文庫、２０２０年
16『エンド・オブ・ライフ』佐々涼子、集英社インターナショナル、２０２０年
17『介護保険が危ない！』上野千鶴子、樋口恵子編、岩波ブックレット、２０２０年
18『持統天皇と男系継続の起源――古代王朝の謎を解く』武澤秀一、ちくま新書、２０２１年

おわりに

北に明星山（２３３ｍ）を主峰とする山々と、南には仏徳山に囲まれた団地である。仏徳山への脇道を通り抜ければ興聖寺の裏側に出て宇治川に突き当たり、川の南には平等院がある。あるいは仏徳山を越して下れば、世界遺産の宇治上神社に出る。素晴らしい環境に移ってきたと思っていた。

２０１２年、宇治菟道地区付近にゲリラ豪雨が襲った。団地はやや高台になっているので安全だったが、団地の入り口辺りから、京阪電車の三室戸までの道には、泥水が溢れた。２０１３年にも水害が起きている。（東宇治地区の水田や茶畑が住宅などに宅地化された。宅地化された地域の排水は農業用水路や旧来のままの河川水路につなげられ、下流に行くほど排水の負荷が増したが、下流の水路の改修が遅れたため――『現代の災害と防災』より）

子供のころ、近くの桂川が決壊寸前になったので、男性たちは皆、決壊防止に駆り出されていた。母と子供の私で、重要な物を二階に移動させ、小学校に避難した。私一人そっと桂川を見に行くと、濁った急流が川幅いっぱいで、いまにも溢れんばかりだった。木々やいろいろな

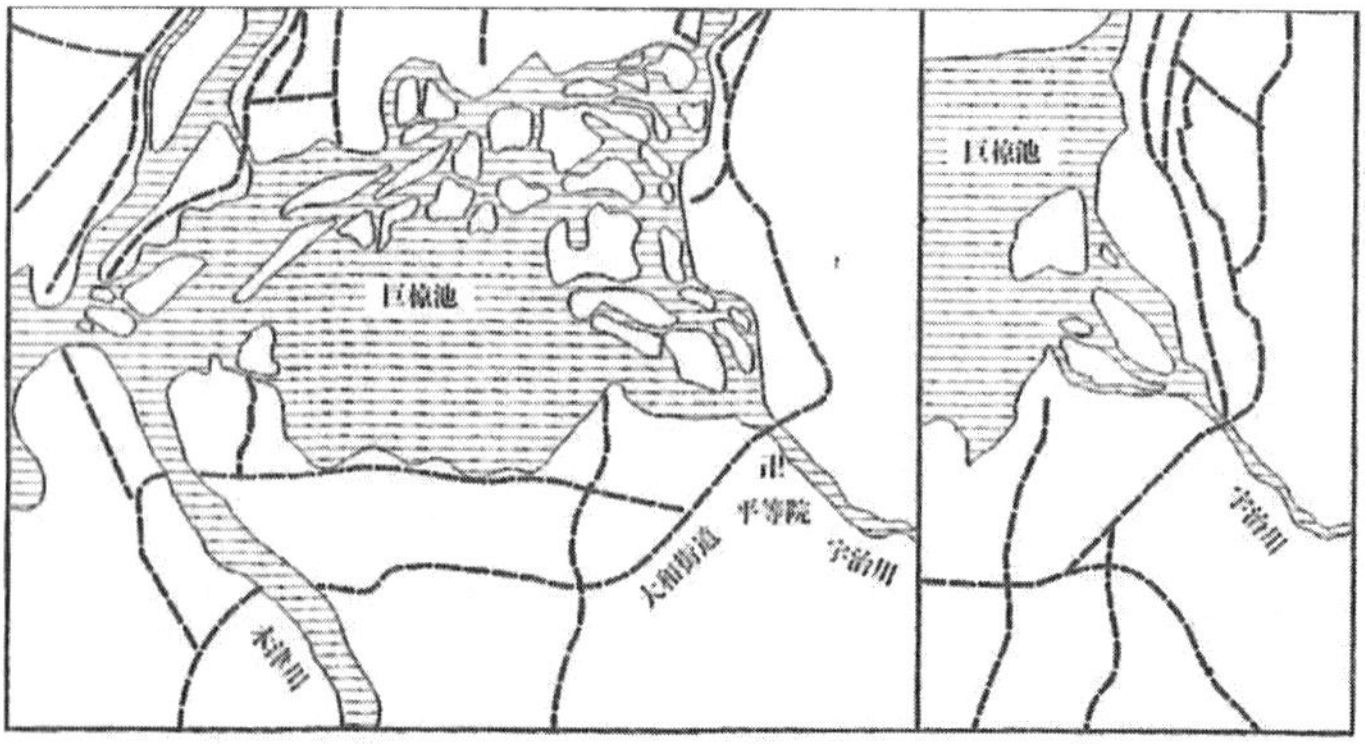

巨椋池の変遷　0　1km
右　古墳時代の巨椋池（宇治市歴史博物館、1996）
左　平安遷都以降、秀吉伏見城築城まで（巨椋池土地改良区、1962）
図５　巨椋池と洪水「現代の災害と防災」

ものが流れてきた。大変恐ろしい光景だった。それを思い浮かべ、明星町の高台に移ってきて良かったと思った。しかし、明星町には黄檗断層があると『災害と防災』の著者である志岐常正先生から知らされていた。町内会の防災会議の集まりに志岐先生が来られて、明星町の地形について詳しく話された。明星町は安全な所ではないという。

京阪電車には、京都の手前に、宇治行きに乗り換える中書島駅がある。中書島近くに、向島、槇島などの地名がある。何故〝島〟の地名があるのか？巨椋池干拓以前の名前の名残である。私の生まれ、育ったところ、「久我」「伏見」、そして現在住んでいる宇治について、巨椋池の歴史と関わりが大きいことを知った。

16世紀末、天下統一の事業を果たした豊臣秀吉が伏見城築城と共に大規模土木工事を行ったが（すでにP80に記した）、それは巨椋池の地形を一変させるものであった。

『現代の災害と防災』の紺谷吉弘氏の文から抜粋した。古墳時代の（図5右）では宇治川の河口付近と巨椋池の一部だが、東側の陸地は巨椋池に張り出す扇状地を形成し、宇治川の河口にはいくつかの三角州ができている。平安時代の（図5左）では、西側から北側の広い範囲に三角州堆積物が拡大。宇治川上流の花崗岩地帯での森林伐採が大量の土砂流出を引き起こし、三角州を形成した。巨

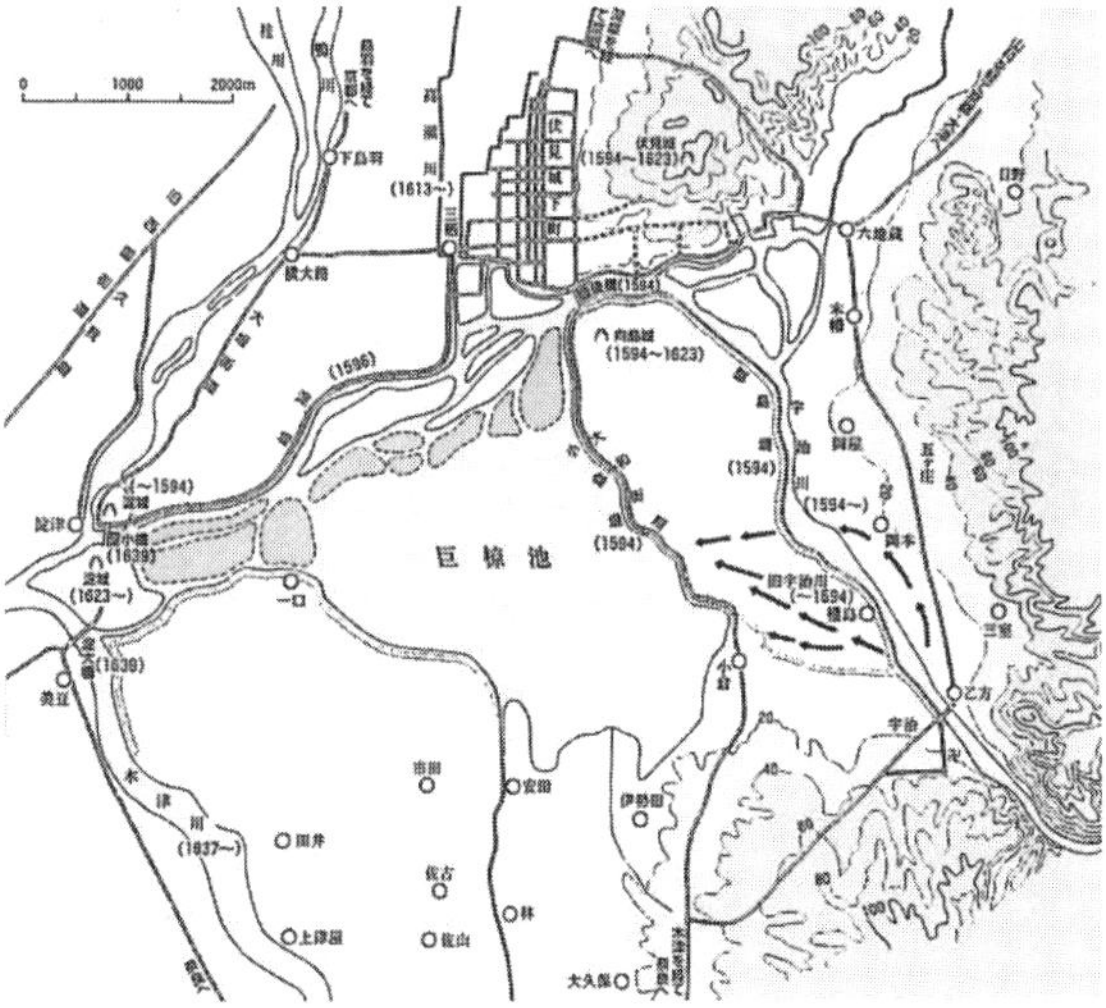

図6a 『巨椋池干拓六十年史』
宇治川改修をめぐる土木工事（宇治市史）

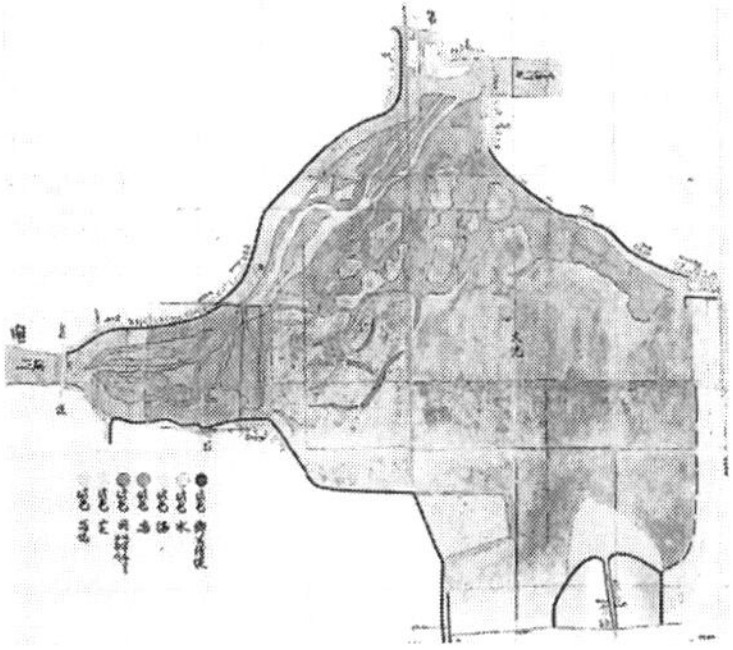

図6b 大池葭島絵図（山田家蔵、宇治市歴史資料館提供）
宝永8年（1711）淀の絵師築山勘右衛門作成
本絵図は、池西端付近の葭島の変化を別紙の貼りこみによって新旧対象して見ることができるよう表現したもの

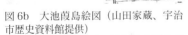

椋池の東から張り出した扇状地によって直進を阻まれた宇治川からの流れが三角州を横断する流路を作る。花崗岩由来の砂（マサ）を主体とする小規模な島が形成された。大島、向島、蝦島など（図6bの上側）。秀吉が三角州や中州をつなぐ堤防を築いて、宇治川と巨椋池を切り離した。宇治川、木津川、桂川が流れ込む広大な巨椋池は縮小され、新たな人工河川である宇治川が巨椋池を取り囲む天井川として流れて行くようになった。人工河川で天井川であるという不自然さ故に大雨洪水による破堤と修復強化が繰り返されてきた。宇治市史によれば、１５９４年の築堤以来今日迄のほぼ４２０年間に、16回、平均して26年に1回の割で破堤が生じている。

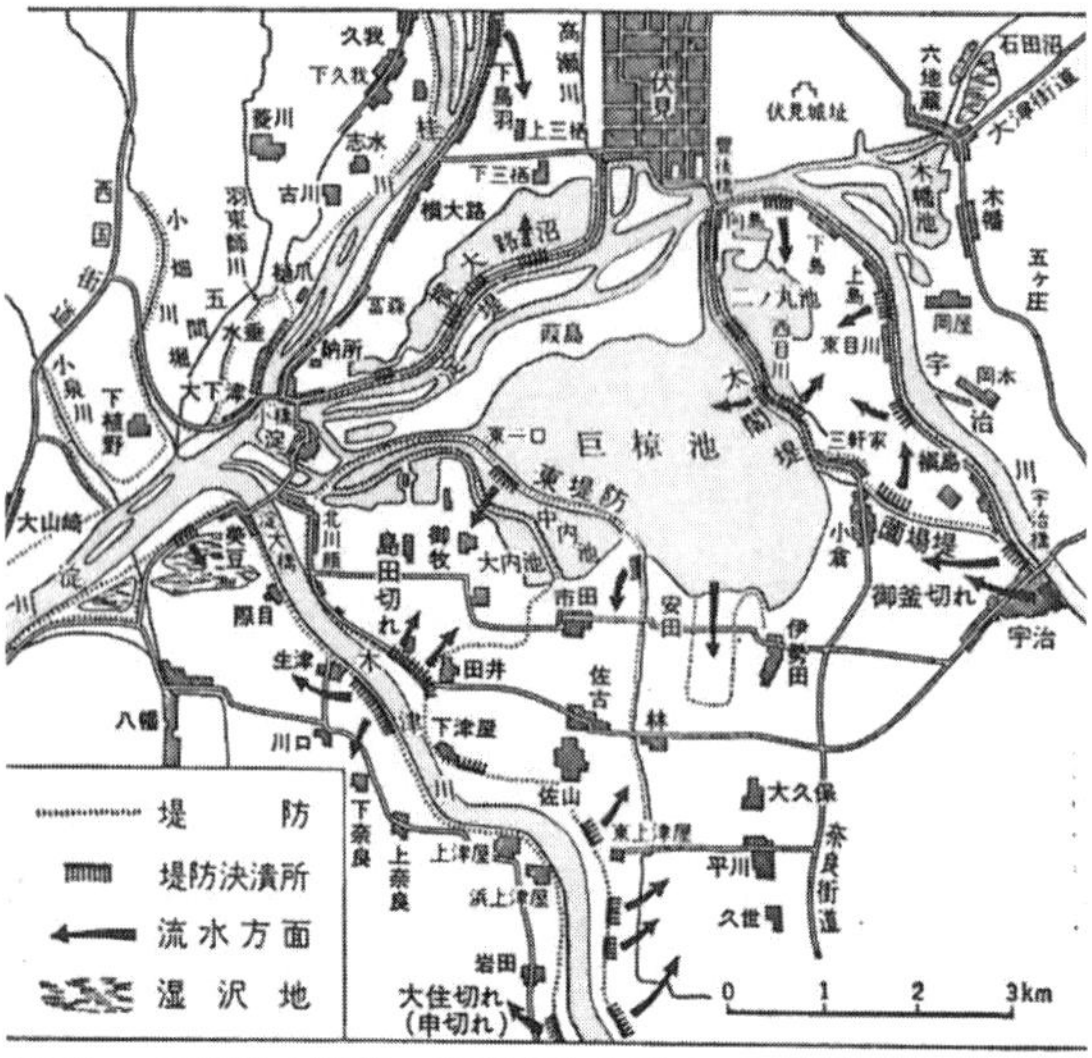

図6c　巨椋池の氾濫　復刻宇治文庫３　巨椋池
過去の巨椋池の氾濫『巨椋池干拓誌』

　堤について更に詳しく書かれた『巨椋池干拓60年史』、『巨椋池―そして干拓は行われた―』、『宇治文庫３　巨椋池』によれば、最も大きな変化をもたらしたのは、伏見城の軍事的位置を強固にし、新たな交通の拠点として伏見港を築くために行った宇治槇島から伏見に至る槇島堤（宇治堤）の建設で、これにより三軒家付近から直接巨椋池に流れ込んでいた宇治川は、巨椋池と切り離され、宇治川、木津川、桂川が淀付近で合流することとなり、巨椋池は淀付近でのみ三川とつながるという半ば独立した湖沼となった。そして、大出水時には三川の水が逆流入する状態となった。さらに、巨椋池は、太閤堤（現近鉄京都線沿い、小倉堤ともいう）大池堤（現古川沿い、東堤防ともいう）中堤防（北川顔から田井に至る堤防）により二の丸池、大池、中内池、大内池の4つに分画された。（図6a、b、c）しかし、巨椋池をめぐる洪水は、これまでとは異なり、三川の水が逆流することから、洪水時には、湖岸の農地が水没し、築城されたが故にかえって水が停滞し、以前に倍する洪水を招き、農民を苦しめた（図6c）。巨椋池干拓事業は1933年～1941年に行われた。

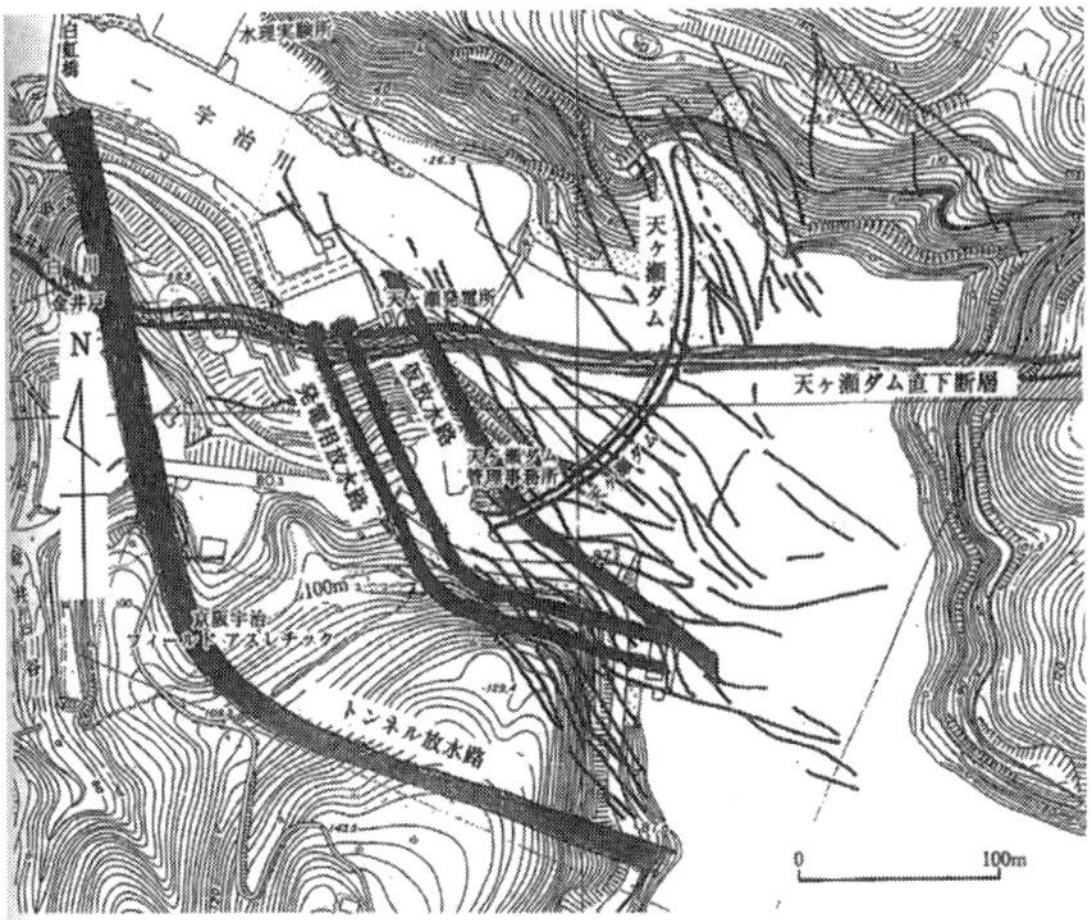

天ヶ瀬ダム、天ヶ瀬ダム直下断層や周辺の中小断層、亀裂郡、新・旧放水路トンネルを合わせて示す。「紺谷吉弘『国土問題72号』国土問題研究会、46頁、2011年」の図に加筆。

図7 『災害と防災 これまでと今』

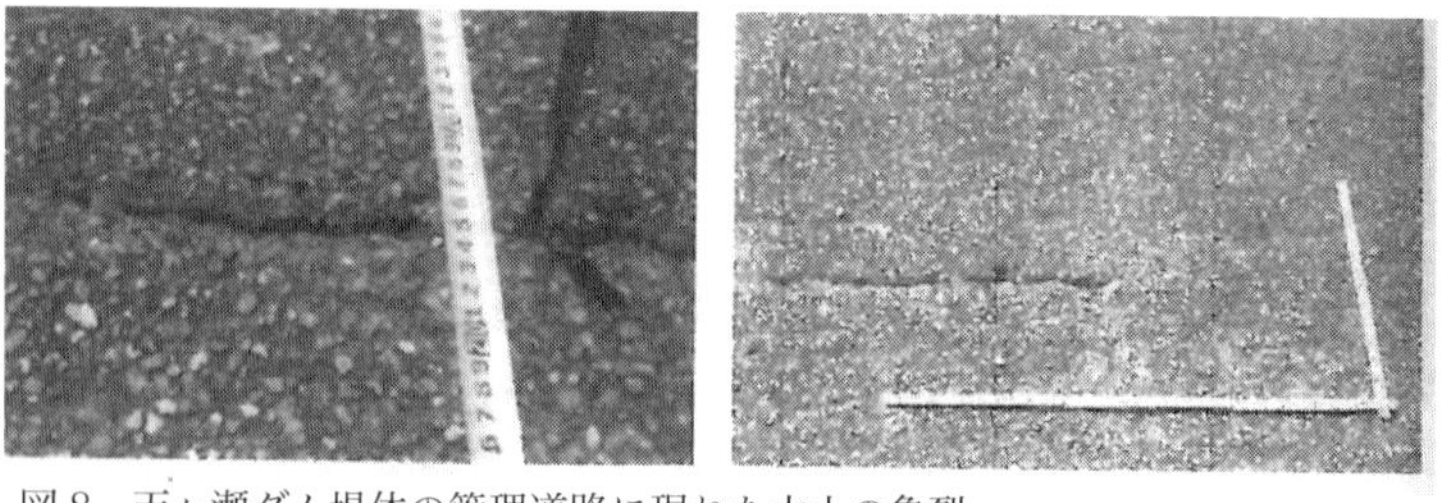

図８　天ヶ瀬ダム堤体の管理道路に現れた大小の亀裂。
舗装の前からあり、舗装後にまた現れた。他の場所も何度〝化粧〟をしても同じ。
『災害と防災　これまでと今』

水害の記録と全国的な電源開発の機運が重なる中で、天ヶ瀬ダムが淀川水系の多目的第一号として建設された。志岐常正氏によれば、１９３０～41年代にダムを計画した建設省の地質調査の結果で、元々地山条件の悪い所に建設されたことが読み取れるという（図７）。『災害と防災　これまでと今』の紺谷吉弘氏の図８に示されているように、天ヶ瀬ダムの至る所に大小の亀裂が生じていることが、見学会に参加して確認できた。どうしてこんな危険な所にダムを作ったのか？　若い人たちは、ぜひ天ヶ瀬ダムに行って見てきてほしい。

モノ、道具を作ることで、ヒトは、進化した。ヒトは道具を使用して、アフリカから世界に広がり、気候変動にも耐えて生き延びた。移動する中で、大型動物を絶滅させたという。産業革命後、工業国の人間社会は豊かになった。一方非工業国の人々との貧富の格差は大きくなった。地球が長年にわたり貯めてきたエネルギーを使い果たそうとしている。地球温暖化や、多様な生物を絶滅に追い込んでいる。これは、個人的な欲求を超えたグローバル資本主義に左右されているという。「人新世」の著者らの意見だ。

確かに人間は素晴らしい美しいものを作り、芸術として発展させ、文化を築いてきた。しかし、一方戦争をしてさまざまな道具でもって人々を殺害し、大切な文化をも破壊してきた。原爆投下による大量殺害。化学物質を使って無惨な殺戮など。さらにより容易に殺害できる兵器を競って開発している。コロナ渦でも世界の防衛費は増加し、２０２０年の世界の防衛費は前年比で３・９％（英国のシンクタンク年次報告書「ミリタリーバランス」）増加している。人間にとって便利なものを作り、地球上にばらまいている。まったく人間本位の社会だ。それが地球の破壊を早める結果となっていると思う。地球外の星に行って生き延びる？

一方、環境の変化に素早く対応し、他者（鳥など、人間も含めた）を上手く利用し、防衛し、戦わずして（人間から見て）世界中に繁殖してきた植物、そして人間社会を潤している植物の在り方に魅力を感じ、学ぶべきだと痛感した。

今、コロナウイルス禍に見舞われ、われわれはおおいに反省すべき時を迎えていると思う。ＣＯＶＩＤ—19ウイルスは全世界に、南極大陸にまで拡散した。これは人間社会が行ったことだ。

五箇公一は「生物多様性とはなにか、なぜ重要か？」の論文を発表している（『世界』、岩波書店、２０２1年２月号）。五箇氏の表現を借りれば、人間活動の肥大化に伴い、野生生物の絶滅が急速に進行し、生物多様性が劣化し、健全な生態系システムの破壊が続行しており、それが、地球温暖化、自然災害につながり、新型コロナウイルスのような新興感染症に限らず、いま人間にとって不都合な生物種がその数を増加し続けている。例えば、サバクワタリバッタがアフリカから西アジアにかけて農作物に甚大な被害を与えていると指摘した。発酵（アルコール、発酵食品）を、ヒトは昔から利用してきたが、われわれが退治すべきと考えていた微生物に、逆にコントロールされていることを知って驚く。すでに細菌叢で書いたが、最近問題になっている現代病は、大腸の微生物バランスの崩れと指摘されている。人間が開発した遺伝子解析技術、「生物道具」でもって次々と明らかにされている。

日高敏隆は１９３０年生まれ、日本の動物行動学の先駆けとして長年活躍してきた。さまざまな動物や昆虫の生態を通して、多くのエッセイを書き、『人間の寓話』（１９９1年）として刊行した。これが『ホモ・サピエンスは反逆する』として改題され、再編集されて復刊された（２０２０年）。エッセイのすべてが示唆に富んでいる。人間が特別な動物であるというのは〝驕り〟だという。一例を挙げると、「他の動物も環境を汚染する。しかしそれはあまり進まぬうちに留まるか、あるいは汚染の結果その動物がその場所で死滅することによって、環境はまもなく元に戻る。ところが人間は半永久的な形の物をつくり、それによって汚染するために、もはや原型には戻らない（『SD』鹿島出版会、1970年11月号）」。興味深い指摘である。

地球だけでなく、宇宙の全体を知り、生物、植物、動物の進化の歴史を知り、ヒトとその他の生物との関係を理解することが大切だ。自然をどう保護するのか。そして今や、人間の生活のやり方を考え直す時だ。グローバル化はどこまでやるか？　食糧の生産は？

そして、AIで得られるだろうお金で世界の人々の平等化を図るべきだ。

2020年のノーベル化学賞にゲノム編集が選ばれた。予想されていたとは言え、驚く。1953年、DNA二重らせん構造が発見され、生命の情報が明らかになってきた。そして、クリスパー・キャス9の技術でゲノム編集生物が簡単に作られるようになった。「生命の道具化」とも言われてる。ゲノム編集食品は安全か？　ゲノム編集生物が環境に影響するのか、しないか？　医療への応用は？　デザイナーベビー作成に使用される恐れもある。人間が作り出した、この危険ともいえる技術をどう使用するか、研究者だけに任せるのでなく、広く一般のわれわれも踏まえて、謙虚な気持ちで議論すべきである。

最後に、一テクニシャンにもかかわらず研究の場を与えて下さった大学の先生方、同級生、近所の友人、小谷の仲間（白馬乗鞍、栂池スキー学校関係者）、その他スキー仲間、主人の友人、花の絵を描いてくださった田辺津紀江さん、皆様に感謝する。退職後スキーが思う存分できた。そして、今までそれなりに活発に生き延びていることは、裕福であったからではない。労働者が大変よく働き、自分の家を持ちたいという欲求が強まったので、住宅団地ができた。そのための道路拡張に、両親は農地を売却せざるを得なかった。そのお金を上手く使うはずの弟が山で亡くなっていた。病気がちの、車いす者の夫を抱えた私にも、少しおこぼれを渡すべきと両親は思いついたようだ。でもその時は、私はすでにPBCを発症していた。当時、長生きできないと思われていたので、それでは、できる限りスキーを楽しんで、スキー人生で終わりたいと思った。ところが、素晴らしい景色の中での運動が良かったのかもしれない。

皆様に感謝して出版する。感謝の気持ちを持って、最後のおこぼれを本書の出版費用にする。

文献

1『生物多様性とはなにか、なぜ重要か？』五箇公一、『世界』特集1大絶滅の時代、岩波書店、２０２1年 2月号
2『ホモ・サピエンスは反逆する』日高敏隆、朝日文庫、２０２０年
3『現代の災害と防災―その実態と変化を見据えて―』志岐常正編著、本の泉社、２０１6年
4『災害と防災　これまでと今　土砂・洪水災害、地震・津波災害、原発災害』志岐常正、本の泉社、２０１8年
5『巨椋池干拓六十年史　21世紀への歩み』巨椋池土地改良区、２００1年
6『特別展　巨椋池―そして、干拓は行われた―』宇治市歴史資料館編、宇治市歴史資料館、２０１1年
7『宇治文庫3　巨椋池』宇治市歴史資料館企画編集、宇治市教育委員会、１９９1年

〈著者紹介〉

高野恵美子（たかの えみこ）

1938 年　京都府生まれ
1962 年　神戸薬科大学卒業
1964 年　病院に検査技師として入職
1988 年　京都大学医学博士取得
趣味：スキー、読書

私の生きてきた時代
—人間の驕り—

定価（本体1600円+税）

乱丁･落丁はお取り替えします。

2021年12月22日初版第1刷印刷
2021年12月28日初版第1刷発行
著　者　高野恵美子
発行者　百瀬精一
発行所　鳥影社（www.choeisha.com）
〒160-0023　東京都新宿区西新宿3-5-12トーカン新宿7F
電話　03（5948）6470, FAX 0120（586）771
〒392-0012　長野県諏訪市四賀 229-1（本社・編集室）
電話 0266（53）2903,　FAX 0266（58）6771
印刷・製本　モリモト印刷

ISBN978-4-86265-940-8　C0095